LIEBE JENSEITS ALLER MASSE

EIN-SCHOTTISCHER ZEITREISE-ROMANZE

BETHANY CLAIRE

BCB

Englischer Herausgeber: Jonathan Baker

Deutsche Übersetzerin: Anja Möst

Deutsche Lektorin: Nicole Wszalek

Cover entworfen von Damonza

E-Book ISBN: 978-1-970110-35-7

Taschenbuch ISBN: 978-1-970110-52-4

http://www.bethanyclaire.com

KAPITEL 1

Burg McMillan, Schottland – 28. Dezember 1648

Winzige, eiskalte Zehen drückten sich gegen die Seite meines Beins und rissen mich aus einem Traum, der selbst eine Nonne in Wallung gebracht hätte.

»Es müssen immer die guten Träume sein, nicht wahr, Coop? Du kannst mich nie wecken, wenn ich von Spinnen, Würmern oder Haien träume.«

»Hm?«

»Schon gut.« Instinktiv wich ich zurück und rollte mich, während ich meine Hände benutzte, um den viel zu früh aufgewachten Sechsjährigen auf die andere Seite des Bettes zu schieben. Sofort flehte Coopers schläfrige Stimme mich an, während seine wärmesuchenden Zehen wieder nach meiner Seite tasteten.

»Oh, bitte nicht, Tante Jane. Mir ist kalt.«

Ich hielt meine Augenlider geschlossen und tat mein Bestes, um den letzten Rest meines Traums festzuhalten.

»Coop, ich liebe dich, aber du kennst die Regel, dass man niemanden vor sechs Uhr morgens wecken darf.«

»Erstens weißt du, dass das nicht mehr die Regel ist, Tante Jane. Wir haben hier keine Uhren, also muss ich warten, bis die Sonne aufgeht. Und zweitens …«

Er machte eine dramatische Pause, und ich konnte förmlich sehen, wie seine kleinen Finger seine Standpunkte aufzählten. Nach einer langen Pause fuhr er fort.

»Ich bin nicht gekommen, um dich zu wecken. Ich bin gekommen, um zu schlafen. Ich bin soooo müde.«

Ich hörte ihn in der Dunkelheit gähnen, und da wusste ich, was ihn mitten in der Nacht aus seinem Zimmer hatte fliehen lassen. »Hält die kleine Violet dich wach?«

»Ja. Sie weint wirklich sehr viel. Ich kann sie durch die Wände hören. Ich weiß, das ist irgendwann vorbei, aber im Moment … wünschte ich mir einfach, sie wäre in Mom geblieben.«

Ich lachte, öffnete meine Augen und wälzte mich zu ihm herum. Durch das Fenster fiel das Mondlicht herein und beleuchtete seine Umrisse. Ich konnte ein paar Sommersprossen in seinem Gesicht erkennen, und seine blonden Locken glänzten im Mondlicht. »Ich bin mir ziemlich sicher, dass deine Mutter lange Zeit genauso über mich gedacht hat.«

»Ach was. Ich wette, du warst immer ganz artig.«

Cooper war der einzige Mensch auf der Welt, der so viel von mir hielt.

»Glaube mir, das war ich nicht. Und jetzt«, ich riss den Mund auf und wiederholte Coopers Gähnen, »bist du bereit, ein bisschen zu schlafen?«

Cooper schloss den Mund mit einem Zähneklappern, um

den Effekt zu verstärken. »Nicht bevor meine Füße warm sind.«

Widerstrebend richtete ich mich im Bett auf. »Okay, gut. Streck deine Zehen hier hoch.«

Er bewegte sich im Bett und drehte sich so, dass sein Kopf nahe am Fußende des Bettes war, während er seine Füße in Richtung meines Gesichts schob. »Danke. Ich bin mir ziemlich sicher, dass sie mir gleich abgefallen wären.«

»O ja, ganz bestimmt.« Ich lachte, während ich mit meinen Händen über seine Füße strich. »Warum trägst du keine Socken im Bett? Ich weiß, dass du welche hast.«

»Weißt du, wenn ich schlafen gehe, habe ich immer welche an. Mom zwingt mich immer, sie anzuziehen, aber irgendwie drehe und wende ich mich, und dann sind sie verschwunden. Ich habe eine Theorie. Ich glaube natürlich nicht, dass sie wirklich verschwinden. Ich glaube, die kleinen Feen, von denen Opa sagt, dass sie in den Highlands leben, kommen in den kälteren Monaten in die Burg und nehmen nachts meine Socken, um sie als Schlafsack zu benutzen, damit sie warm bleiben. Das ist gut für sie, aber meine Füße werden dadurch kalt.«

»Wow, das ist ... das ist eine tolle Theorie, Coop.« Cooper war ziemlich intelligent für sein Alter – das war er schon immer gewesen.

»Ich weiß, dass es so ist.«

Seine Füße fühlten sich jetzt warm an, und ich gab ihnen einen Klaps, damit er wusste, dass ich fertig war, während ich ihm half, sich so zu drehen, dass sein Kopf wieder am Kopfende des Bettes lag.

»Bist du jetzt bereit fürs Bett? Ich verspreche, nicht zu weinen und dich zu wecken wie die kleine Vi.«

»Bist du sicher? Du warst in letzter Zeit genauso weinerlich wie sie, Tante Jane.«

Die Dinge, die aus dem Mund dieses kleinen Mannes kamen, verblüfften mich immer wieder. »Was?«

Er kam näher, um sich an mich zu schmiegen, zweifellos ein Versuch, den verbalen Angriff zu mildern. Ich erlaubte ihm, seinen Kopf an meine Schulter zu legen, als er wieder das Wort ergriff.

»Du hast mich schon verstanden. Gefällt es dir hier nicht, Tante Jane? Ich würde dich nämlich wahnsinnig vermissen, aber ich will nicht, dass du nur wegen mir hierbleibst.«

»Ach Coop.« Mein Herz verkrampfte sich und verursachte einen Schmerz, der sich tief in meiner Brust festsetzte. Ich konnte mir nicht vorstellen, wie es sein würde, ein eigenes Kind zu haben. Die unumstößliche Liebe, die so stark war, dass sie fast schmerzte? Die Tatsache, dass die Worte eines Kindes einen völlig umhauen konnten? Das schien zu intensiv. »Ich bleibe nicht nur deinetwegen hier. Alle Menschen, die mir auf der Welt am wichtigsten sind, sind hier. Ich werde nirgendwo hingehen. Das will ich auch nicht.«

»O gut. Das ist wirklich gut, Tante Jane.«

Er gähnte, und ich wusste, dass es nicht mehr lange dauern würde, bis er einschlief, jetzt, da seine Sorge besänftigt worden war. Nicht, dass er lange schlafen würde. Cooper war dafür bekannt, dass er Stunden früher aufwachte als jedes andere Mitglieder der Mitchell-Familie.

Ich beugte mich vor, um ihm einen Kuss auf den Kopf zu geben, und rollte mich wieder im Bett zusammen. Coopers Auffassungsgabe war so scharf wie immer. Ich war nicht unglücklich, nur unzufrieden. Irgendwie mangelte es mir an Lebensinhalt. Mit jedem Tag, der verging, hatte ich das Gefühl, dem Abgrund einen Schritt näher zu kommen. Irgendwann würde ich meinen Verstand verlieren und damit auch alles, was mich ausmachte.

Ich wusste mit meiner ganzen Zeit hier nichts anzufangen. Und die Zeit schien im siebzehnten Jahrhundert furchtbar langsam zu vergehen. In der Gegenwart sagten die Leute, dass sie sich wünschten, in eine andere Zeit zu entfliehen, damit sie ein entschleunigtes Leben genießen konnten, dabei hatten sie offensichtlich nie darüber nachgedacht, was das genau bedeutete.

Für mich, die unverheiratete Schwester der Schwägerin des Burgherrn, bedeutete es, dass ich mein Leben in einem seltsamen Zustand der Sinnlosigkeit lebte. Ich trug nichts zu dem puren Luxus bei, den mir die Menschen auf der Burg ermöglichten, im Gegensatz zu den Bürgern, die außerhalb der Burgmauern hausten – Menschen, die für alles, was sie besaßen, arbeiteten, indem sie mit der Sonne aufstanden und bis tief in die Nacht hinein arbeiteten, während sie für jeden einzelnen Segen dankbar waren.

Da ich keine Verantwortung in der Burg hatte, kam ich mir wie eine faule, verwöhnte Schmarotzerin vor. Und wenn das so weiterging, würde mich das in ein paar Monaten in den Wahnsinn treiben, das wusste ich.

Nicht, dass ich mein Leben in der Gegenwart sonderlich zielstrebig geführt hatte. Ich wusste, dass der Reichtum meiner Familie mir einiges ermöglicht hatte. In jungen Jahren hatte ich das voll ausgenutzt und vergeudete Jahre damit, genau das zu tun, was mir gefiel, anstatt mich als produktives, verantwortungsbewusstes Mitglied der Gesellschaft einzubringen.

Ich mochte fröhlich und sorglos gewirkt haben, aber dieser

Lebensstil hatte mich schon in meinem alten Leben belastet, genauso wie er es hier tat. Der Unterschied war, dass es im einundzwanzigsten Jahrhundert so viel mehr Ablenkungen gab, so viele betäubende Formen der Unterhaltung und soziale Aktivitäten, mit denen ich meine Tage gefüllt und mich davon abgehalten hatte, überhaupt darüber nachzudenken. Hier hatte ich mit meiner Zeit nichts Besseres zu tun, als nachzudenken.

Und nachdenken konnte ich gut. Cooper wusste nicht, dass mein seltsames, weinerliches Verhalten in den letzten Wochen nicht aus Unzufriedenheit, sondern aus Nervosität und Angst herrührte. Ich wusste, was ich mit all meiner Freizeit anfangen wollte, aber ich wusste auch, dass es nicht als angemessen betrachtet werden würde. Wenn ich um Erlaubnis bitten würde – was ich auf keinen Fall tun wollte, egal in welcher Zeit –, würde man sie mir verweigern.

Ich würde meine Pläne vor allen außer ein paar wenigen geheim halten müssen.

Als ich am nächsten Morgen aufwachte, stellte ich mit Schrecken fest, dass Cooper noch immer fest neben mir schlief. Die kleine Violet hatte alles in der Burg verändert, aber für niemanden waren diese Veränderungen so gravierend wie für Cooper, wenn sie die Macht hatte, ihn so müde zu machen, dass er bis nach fünf Uhr morgens schlief.

Ich schlüpfte so leise wie möglich aus dem Bett und ging quer durch den Raum, um mir das Gesicht in der Schüssel mit dem eiskalten Wasser zu waschen. Bei dem kalten Wetter, das jetzt herrschte, war ich mir nicht sicher, ob es sich lohnte, mein Gesicht zu waschen. Um der Eitelkeit willen biss ich die Zähne zusammen, schrubbte mir den Schlaf aus den Augen und steckte mir die Haare hoch. Dann zog ich mir ein einfaches, aber dickes grünes Kleid an, das mich beim Reiten vor der bitteren Kälte schützen würde. Nicht annähernd so gut wie eine Jeans und ein paar Stiefel, aber etwas Besseres konnte ich hier nicht finden.

Sobald ich angezogen war, trat ich auf den Flur hinaus und direkt in den Weg meiner schlaftrunkenen Schwester.

»Hat Coop bei dir übernachtet?«

Sie hatte dunkle Augenringe, und ich kam ihr entgegen, um sie zu umarmen. »Ja, das hat er. Du siehst beschissen aus, Grace.«

Sie stöhnte in mein Ohr und schmiegte sich an mich. Ich musste meinen Stand verlagern, damit wir nicht umfielen.

»Natürlich sehe ich beschissen aus. Ich glaube, Violet ist zum Teil eine Fledermaus. Sie ist sogar noch nachtaktiver als Cooper. Ich hatte gehofft, dass sie nach den ersten Monaten nachts mehr schlafen würde, aber sie ist jetzt neun Monate alt und nachts immer noch so unruhig.«

Ich blickte auf die kleine Wölbung von Graces Bauch hinunter. »Na, hoffentlich wird es dir mit dem dritten Baby leichter fallen.«

Grace zog sich zurück. Sie war den Tränen nahe, das konnte ich sehen. Sie weinte immer, wenn sie erschöpft war, und das war verständlich. Ich wusste, dass sie sich auf das nächste Baby freute, das Ende Mai zur Welt kommen sollte, aber einen Sechsjährigen, ein neun Monate altes Baby und eine Schwangerschaft im vierten Monat unter einen Hut zu bringen, war sehr viel auf einmal. Vor allem, wenn sie sich weigerte, die Hilfe der Burg in Anspruch zu nehmen, die Eoghanan und der Burgherr Baodan ihr ständig anboten. Sie hatte Cooper jahrelang nur mit Jeffreys Hilfe großgezogen, und sie war entschlossen, ihre anderen Kinder genauso zu erziehen.

»Das hoffe ich sehr. Kathleen hat Violet im Moment. Ich denke, ich werde versuchen, mich ein wenig auszuruhen.«

»Genau das solltest du tun, aber bevor du gehst … kannst du mir sagen, wo Eoghanan ist? Ich muss etwas mit ihm besprechen.«

»Äh …« Sie zögerte, und ich fragte mich, ob sie kurz davor war, an Ort und Stelle einzuschlafen. »Ich glaube, er hat gesagt, dass er Violet vor Kathleens Gesang gerettet hat, also könnte er das Baby jetzt haben. Ich bin mir nicht sicher.«

»Okay.« Ich tätschelte ihr die Schulter und drehte sie wieder in die Richtung, in die sie gegangen war. »Ruh dich etwas aus, Grace. Ich werde ihn schon finden.«

KAPITEL 2

Ich fand Kathleen im großen Saal, wo sie das Baby hin und her wiegte, während sie leise sang – und das mit einer schiefen, schrecklichen Stimme, die nur dazu dienen konnte, das Baby länger wach zu halten. Sie stand in sicherer Entfernung zum Feuer, das in der Ecke des Raumes brannte, aber nahe genug, damit sie und das Baby warm gehalten wurden.

»Du verarschst mich, stimmt's? Du weißt, dass du niemals singen solltest, vor allem nicht, wenn du willst, dass das Baby einschläft.«

Sie blickte auf und verzog das Gesicht zu einer entschuldigenden Miene. Sie zuckte mit den Schultern. »Ich weiß. Aber das ist doch ganz natürlich, oder? Wenn du ein Baby im Arm hältst, hast du das Gefühl, du müsstest singen. Ich kann nichts dafür, aber ich sehe an ihrem Blick, dass sie es bevorzugen würde, wenn ich still wäre.«

Ich lachte, als ich mit dem Daumen über Violets Wange strich. »Ich bezweifle, dass sie das denkt, aber ich weiß, dass es uns allen lieber wäre, wenn du mit dem Gesinge aufhören würdest.«

»Mit Vergnügen.«

»Ich schätze, du hast Eoghanan nicht gesehen, oder?«

Kathleen verlagerte Violet in ihren anderen Arm, bevor sie zu mir aufblickte.

»Nein, habe ich nicht, aber heißt das, dass du ihn heute fragen wirst? Hast du es Grace schon gesagt?«

Ich liebte meine Schwester. Neben Kathleen betrachtete ich sie als meine beste Freundin, aber sie war älter und neigte dazu, jede meiner Entscheidungen als falsch zu bewerten. Sie war mehr als nur ein bisschen überfürsorglich.

»Nein, das habe ich nicht und ich habe es auch nicht vor.«

Das Geräusch von Schritten erklang, und ich drehte mich zur anderen Seite des Raums, um Eoghanan auf uns zukommen zu sehen. Grace hatte recht gehabt. Er wollte seine Tochter tatsächlich retten, aber jetzt, da ich den grauenvollen Gesang zum Erliegen gebracht hatte, war das nicht mehr nötig. Ich schritt auf ihn zu und ergriff seinen Arm, um ihn zu entführen, bevor Kathleen ihm das Baby übergeben konnte.

»Eoghanan, wie geht es dir heute Morgen? Hast du gut geschlafen?«

Er ließ sich von mir in den Flur führen, beäugte mich aber skeptisch, da er meine frühmorgendliche Munterkeit zweifellos für verdächtig hielt.

»Ja, ich habe geschlafen wie ein kleines Kind, natürlich nicht mein kleines Kind, sondern ein ganz normales, das nachts schläft, und die Nachtruhe hat mich in eine sehr schlechte Stimmung versetzt.«

»Oh. Warum solltest du deswegen schlechte Laune haben?«

»Ich möchte nicht so tief schlafen, wenn Grace mit dem Baby wach ist, aber wenn ich einmal eingeschlafen bin, kann ich nichts mehr hören. Auch wenn ich ihr sage, sie soll mich wecken, tut sie es nicht.«

Er blieb stehen, drehte sich um und lehnte sich gegen den Steinrahmen eines der Fenster. Er redete weiter, aber an seiner starren Miene konnte ich erkennen, dass er über etwas anderes nachgrübelte.

»Vor Grace gab es eine Zeit … eine lange Zeit, in der ich jede Nacht nur wenig schlafen konnte. Seit Grace bin ich nicht mehr so leicht zu wecken, wenn ich eingeschlafen bin. Sie überanstrengt sich, und das gefällt mir nicht.«

Ich konnte ihm nicht widersprechen. Grace musste Hilfe annehmen, aber ich kannte sie gut genug, um zu wissen, dass niemand sie je davon überzeugen konnte, solange sie nicht selbst zu diesem Schluss kam. Trotz seiner fragwürdigen Stimmung würde meine Bitte vielleicht ausreichen, um Eoghanan für eine Weile von seinen Sorgen um Grace abzulenken und ihm das Gefühl zu geben, dass er wenigstens irgendjemandem helfen konnte.

»Das tut sie, aber du kannst nicht viel dagegen tun, außer sie zu betäuben, damit sie gezwungen ist, etwas zu schlafen. Aber ich glaube nicht, dass sie das sehr schätzen würde.« Ich ignorierte seinen entsetzten Gesichtsausdruck und fuhr fort. »Es gibt jedoch etwas, das du tun kannst, um mir zu helfen.«

»Tatsächlich? Dann frag mich und ich stehe dir zur Verfügung, Jane.«

Ich grinste und lehnte mich an die gegenüberliegende Wand. »Bist du sicher? Vielleicht willst du mir nicht mehr zur Verfügung stehen, sobald ich dir erzählt habe, worum es geht.«

Er verschränkte die Arme und runzelte die Stirn. »Das bezweifle ich nicht, aber ja, Jane, was immer du willst, ich werde dir helfen.«

»Schwörst du es? Was auch immer ich will?«

»Zum letzten Mal, ja. Du gehörst zur Familie, Jane. Es gibt nichts, was ich nicht für dich tun würde. Und jetzt erzähl schon.«

Ich wollte seine Ritterlichkeit nicht ausnutzen, indem ich ihn dazu brachte, mir sein Wort zu geben, bevor ich ihm sagte, was ich brauchte, aber um ehrlich zu sein, war mir das in diesem Moment egal. Ich war mir nicht sicher, ob er mir sonst helfen würde.

»Ich brauche einen Job und ich brauche deine Hilfe bei der Beschaffung dieses Jobs.«

Er stöhnte und atmete aus, während er sich mit den Handflächen über das Gesicht rieb. Es war ein verzweifelter Blick, der mir genau zu verstehen gab, was er dachte. Er bereute, dass er mir seine Hilfe angeboten hatte und hielt mich für verrückt.

»Aber du brauchst doch keinen Job, Jane. Es gibt nichts, was dir hier nicht zur Verfügung steht. Dafür sorgt Baodan bereits. Er würde es niemals zulassen.«

»Und genau deshalb habe ich Baodan nicht gefragt. Ich brauche vielleicht keinen Job, um Geld zu verdienen, aber ich brauche einen Job, um bei Verstand zu bleiben. Das kannst du doch sicher verstehen. Ich habe hier nichts zu tun. Keiner der Bediensteten der Burg erlaubt mir, bei irgendetwas zu helfen. Zumindest beschäftigen Grace und Mitsy sich mit dem Betrieb der Burg und mit ihren Kindern. Und Jeffrey erlaubt Kathleen, ihm die ganze Zeit zu helfen. Er ist nicht so rückständig wie der Rest von euch. Aber ich … Hier gibt es einfach nichts, womit ich mich beschäftigen könnte.«

Ich hielt inne, als mir bewusst wurde, dass meine Stimme eskaliert war und ich angefangen hatte, unruhig durch den Flur zu laufen. Meine Brust schmerzte, weil ich unbedingt aus diesen Steinmauern raus wollte. Meine frustrierte Schimpftirade erschöpfte mich, also kehrte ich auf meinen Platz an der Wand gegenüber von Eoghanan zurück. Er starrte mich an und schwieg, bis auch ich zur Ruhe kam.

»Hast du mich gerade rückständig genannt? Das scheint nicht besonders klug zu sein, wenn du willst, dass ich dir helfe.«

Mein Mundwerk konnte mich schneller in Schwierigkeiten bringen als alles andere, also tat ich mein Bestes, um einen Rückzieher zu machen. »Ich habe nicht speziell dich gemeint. Du bist besser als die meisten. Es ist nur so, dass die Männer dieser Zeit zu denken scheinen, dass Frauen nichts anderes tun sollten, als Babys zu machen und hübsch auszusehen.«

»Das glaube ich nicht, aber da Baodan der Burgherr ist, sollten bestimmte Äußerlichkeiten gewahrt werden. Ich selbst mache mir darüber nicht so sehr Gedanken, aber wir müssen um seinetwillen dafür sorgen, dass sie aufrechterhalten bleiben.«

Wut verdrängte meine Frustration, und ich trat auf ihn zu. »Heißt das, du wirst mir helfen?«

Eoghanan wandte sich vom Fenster ab und ging in zügigem Tempo den Flur entlang. Ich hob den unteren Teil meines Kleides an, damit ich mithalten konnte.

»Ja, vielleicht, wenn der Mann, den ich im Sinn habe, einverstanden ist. Hol dir einen warmen Mantel und triff mich bei den Ställen.«

KAPITEL 3

Eoghanan wartete, bis wir weit von der Burg entfernt waren, um irgendetwas zu erklären. Obwohl ich seine Diskretion schätzte, konnte ich nicht anders, als sein Verhalten ein wenig übervorsichtig zu finden. Ich konnte mir nicht vorstellen, dass dieselben kleinen Feen, von denen Cooper glaubte, sie hätten seine Socken gestohlen, irgendjemanden innerhalb oder in der Nähe der Burg verpetzen würden.

Als wir schließlich am Waldrand entlangritten und auf dem Weg waren, der uns ins Dorf führen würde, sprach er.

»Hast du schon einmal in dem Gasthaus hier gegessen, Jane?«

Seit ich ins siebzehnte Jahrhundert gereist war und beschlossen hatte, hier zu bleiben, war ich nur ein einziges Mal im Dorf gewesen.

»Nein. Das einzige Mal, dass ich durch das Dorf gekommen bin, war, als wir mit Jeffrey und Kathleen zur Festung Cagair unterwegs waren.«

Sein Pferd trottete vor meinem, aber er drehte sich so, dass er mir ungläubig in die Augen schauen konnte.

»Das ist wirklich das einzige Mal gewesen? Kein Wunder, dass du das Gefühl hast, du würdest verrückt werden. Du hättest schon früher etwas sagen sollen. Du bist keine Gefangene.«

Ich sagte nichts und ließ ihm einen Moment Zeit, seine Erklärung fortzusetzen.

»Es gibt dort einen Mann, mit dem ich aufgewachsen bin. Seine Mutter hat auf der Burg gearbeitet, als wir junge Männer waren. Jetzt gehört ihm das Gasthaus und er betreibt es zusammen mit seiner Frau. Nur ist sie krank geworden und kann nicht mehr so viel helfen wie früher. Ich weiß, dass er jemanden gebrauchen kann, der ihm hilft, vor allem, wenn es sich um jemanden handelt, der für sehr wenig Geld arbeitet.«

Über die Bezahlung hatte ich noch gar nicht nachgedacht. »Oh, das ist schon in Ordnung. Er muss mich überhaupt nicht bezahlen, wenn er nicht will.«

»So wie ich ihn kenne, wird er darauf bestehen, dir etwas zu zahlen, aber es wird ihn beruhigen zu wissen, dass du es nicht wirklich brauchst, und er wird unser Geheimnis bewahren. Das wird ein Kinderspiel, denn niemand wird dich dort sehen.«

Als wir uns dem Dorf näherten, entdeckte ich in der Ferne das Gasthausschild. Ich war noch nicht oft als Haushälterin tätig gewesen, aber ich war sicher, dass ich das lernen konnte.

»Weil ich die Zimmer putzen werde, wenn die Gäste weg sind, meinst du? Weil sie frühmorgens abreisen?«

Eoghanan lachte und verlangsamte den Schritt seines Pferdes, sodass er neben mir her ritt. »Du wirst keine Zimmer putzen, Jane. Das ist Gregors Aufgabe. Seine Frau Isobel bereitet das Essen zu. Du wirst als Köchin arbeiten.«

Panik war das Einzige, was ich angesichts der Worte von Eoghanan empfand – keine Nervosität mehr, keine Aufregung mehr. Reine Panik, wenn ich daran dachte, für eine solche Aufgabe verantwortlich zu sein. Ehrlich gesagt wusste ich, dass ich auf so gut wie jede Aufgabe unvorbereitet war, aber ich befürchtete, dass dies unmöglich sein würde.

»Warte mal. Hast du mich jemals kochen sehen, Eoghanan?«

»Nein, noch nicht, aber so schlecht kannst du nicht sein.«

Er hatte keine Ahnung. Jedes Mal, wenn Cooper bei mir übernachtet hatte, war ich besorgt gewesen, dass er über das Wochenende verhungern würde. Ich konnte ihn nicht einmal dazu bringen, ein Erdnussbutter-Marmeladen-Sandwich zu essen, das ich zubereitet hatte, weil er wusste, was für eine schlechte Köchin ich war.

»Oh, glaub mir, das bin ich. Er wird mich nie für gut befinden, Eoghanan. Du musst eine andere Aufgabe für mich finden.«

Er schüttelte den Kopf. Als wir an dem Ort ankamen, an dem ich gedemütigt werden würde, stieg Eoghanan ab und half mir völlig unbesorgt von meinem Pferd herunter. »Es gibt keine andere Arbeit, die du machen kannst, Jane. Entweder das oder du kehrst zur Burg zurück und wirst wahnsinnig. Ich vertraue Gregor und Isobel, dass sie auf dich aufpassen und niemandem erzählen, dass ein Familienmitglied des Burgherrn wie eine gewöhnliche Dorfbewohnerin arbeitet. Du kannst jetzt vielleicht nicht kochen, aber du kannst es lernen. Jetzt komm.«

Er ging hinein, bevor ich weiter protestieren konnte. Ich wusste, dass ich ihm für seine Hilfe dankbar sein sollte, aber ich wusste auch, dass das Ganze nur auf eine Art und Weise enden konnte … in einer Katastrophe.

KAPITEL 4

Festung Cagair – 1648

»Adwen, wenn du nicht willst, dass Pa hochkommt und dich mit den beiden sieht, schlage ich vor, dass du dich sofort anziehst. Du weißt, dass er mit dir sprechen muss.«

Die Maid unter ihm zuckte zusammen und ihr Gesichtsausdruck verwandelte sich augenblicklich von Begeisterung in Abscheu über die Anregung seines Bruders.

Er schüttelte verneinend den Kopf und legte seine Handfläche sanft auf die Wange der namenlosen Frau, während er seine Stimme erhob, um seinem Bruder zu antworten.

»Es sind nicht zwei. Pa wird nur eine sehen.«

»Oh, das ist ja mal etwas Neues. Also hast du kein Problem damit, dass er sie sieht? Na gut. Ich werde ihn heraufschicken.«

Adwen MacChristy stöhnte in einer Mischung aus Frustration und unerfülltem Verlangen. Er beugte sich vor, um der Maid einen schnellen Kuss zu geben, bevor er ihr ins Ohr flüsterte. »Callum ist ein Lügner. Du bist mehr als genug für mich. Ich brauche keine zwei Frauen. Gib mir nur einen Moment.«

Er rollte sich von ihr herunter und machte sich auf den Weg zur Tür, ohne sich dabei zu bedecken. Er hatte nichts dagegen, dass die junge Frau sah, was sie erwartete.

Mit ernster Miene riss Adwen die Tür auf und griff nach der Schulter seines Bruders. »Was ist mit dir los, Mann? Weißt du nicht, dass man einen Mann nicht unterbrechen sollte, wenn er gerade dabei ist … Es ist nicht gut für einen Mann, wenn er unbefriedigt zurückbleibt.«

Callum riss sich aus seinem Griff und lächelte missbilligend. »Es ist mir egal, ob du auf deine Kosten gekommen bist oder nicht, und Pa ist es auch egal. Ich weiß, dass du nicht hören willst, was er zu sagen hat, aber du musst seine Wünsche respektieren.«

Adwen erkannte die Wahrheit in den Worten seines Bruders. Er wusste zwar nicht mit Sicherheit, was sein Vater von ihm wollte, aber er wusste, dass ihr Gespräch damit enden würde, dass ihm eine große Verantwortung übertragen werden würde. Es war das große Ungeheuer, vor dem er sein ganzes Leben lang geflohen war.

»Aye, gut. Und jetzt lass mich und das Mädchen in Ruhe.« Er schloss die Tür vor Callums Nase und drehte sich zu der Frau in seinem Bett um. »Meine Liebe, der Kummer, den es mir bereiten wird, nicht in dir gewesen zu sein, wird mich noch lange verfolgen, aber du hast meinen Bruder gehört. Es ist besser, wenn du gehst, bevor der alte Mann persönlich vor meiner Tür auftaucht. Ich möchte nicht, dass du auf diese Weise beschämt wirst.«

In seinen Worten lag wenig Wahrheit. Sicher würde es schmerzen, aber die Maid, die jetzt vor ihm stand, hatte damit wenig zu tun. Bei jeder anderen Frau hätte es ihm ähnlich wehgetan, auf diese Weise unterbrochen zu werden. Doch er wusste, wie er sie wegschicken musste, damit die Frauen, mit denen er schlief, nicht verletzt wurden oder einen Groll hegten. Das war eine Fähigkeit, die er im Laufe seines Lebens perfektioniert hatte und auf die er sehr stolz war. Eine liebeskranke Frau konnte einem die ganze Freude an einer guten Begegnung nehmen – am besten, er ließ sie glauben, dass sie einen besonderen Platz in seinem Herzen hatte.

Die junge Frau schlüpfte in ihr Kleid und beugte sich vor, sodass ihre Schenkel und ihr Hintern eine köstliche Herzform bildeten, die ihn wieder einmal in Wallung brachte. Er knirschte mit den Zähnen, als er auf sie zuging, ihr Kleid anhob und ihr mit den Schnürungen half.

»Werde ich dich wiedersehen?«

Das war eine berechtigte Frage, aber seine Antwort war immer die gleiche. Das Einzige, was er dieses Mal ändern musste, war der Grund. Er konnte nicht mehr sagen, dass er morgen abreisen und nicht mehr durch das Dorf zurückkommen würde. Die Festung Cagair war jetzt sein Zuhause.

Neben ›Verantwortung‹ gab es kein anderes Wort, das Adwen so unangenehm war wie das Wort ›Zuhause‹. Für ihn gehörten diese beiden Worte zusammen, denn sie symbolisierten das Ende seines Lebens, wie er es kannte und liebte. Veränderungen waren unvermeidlich, aber er mochte den Wechsel der Jahreszeiten viel lieber, wenn er sich sicher sein konnte, dass sie im nächsten Jahr wiederkehren würden. Diese Veränderung bedeutete das endgültige Ende seiner Freiheit. Er wollte sich so lange wie möglich von dieser Realität ablenken.

»Nein, schöne Maid. Ich bin sicher, dich trifft das nicht so hart wie mich, aber ich fürchte, du wirst mich nicht wiedersehen. Ländereien bedürfen der Mithilfe vieler, und meine Dienste werden bald gebraucht. Ich werde keine Zeit mehr für solche Vergnügungen haben.«

Er arbeitete langsam an den Schnürungen und war geschickter beim Binden eines Frauenkleides, als es ein Mann je sein sollte. Adwen ließ seine Finger zwischen die kleinen Schlaufen gleiten, bevor er an ihnen zog und mit den Fingerspitzen über die weiche Haut ihres Rückens strich. Das Mädchen lehnte sich an ihn und seufzte zufrieden.

»Du bist ein Spielverderber, Adwen. Du darfst mich nicht anfassen, wenn du mir dann keine Freude bringst.«

Die Vorstellung, wie sie sich unter ihm wand, schoss ihm noch einmal durch den Kopf und seine Leistengegend verkrampfte sich. Wenn er noch länger zögerte, würde sein Bruder tun, was er angedroht hatte, und sein Vater würde durch die Tür seiner Kammer stürmen. Kopfschüttelnd wandte Adwen sich wieder seiner Aufgabe zu und beugte sich vor, um ihr leise ins Ohr zu sprechen und seinen Zauber zu wirken.

»Wenn du nur hässlicher wärst, holde Maid, würde ich mir vielleicht erlauben, dich wiederzusehen. Wenn du nicht so schön wärst, könnte ich mit dir schlafen, ohne zu sehr von meinen Aufgaben abgelenkt zu werden. Aber du …« Er hauchte ihr lüstern in den Nacken und lächelte, als ihre Schultern unter seinen Handflächen bebten. »Wenn ich mir erlauben würde, dich wieder zu berühren, könnte ich keinen Tag mehr arbeiten. Ich würde an nichts anderes mehr denken als an dich. Also bitte, verschone mich und verlasse diesen Ort sofort, damit ich meine Pflichten als Sohn meines Vaters erfüllen kann.«

Nachdem er das Kleid der Frau verschnürt hatte, brachte er

sie zur Tür und öffnete sie, damit er sie nach draußen begleiten konnte. Sie drehte sich zu ihm um, schlang ihre Arme um seinen Hals und drückte ihre Lippen zum Abschied auf die seinen.

»Ich werde diese Nacht nicht vergessen, Adwen. Solltest du dich ablenken wollen ...« Sie beendete den Satz nicht, sondern küsste ihn noch einmal, bevor sie sich umdrehte und den Flur hinunterging.

Sie wusste nicht, dass Adwen sie in sein Bett geholt hatte, um sich abzulenken, und das war auch gut so, denn er wollte es so. Er behielt seine Hand auf ihrem Rücken, bis sie eine abgelegene Tür im hinteren Teil der Festung erreichten.

Dort erwartete sie Orick, genau wie er es angeordnet hatte. Er war Adwens Vertrauter und ein wahrer Experte darin, Mädchen in und aus Burgen, Lagern oder anderen Orten zu schmuggeln, wo Adwen sie haben wollte. Er konnte sie sicher zu Adwens Bett und sie dann ebenso geschickt wieder nach Hause bringen, wo ihre Abwesenheit hoffentlich unbemerkt geblieben war.

»Orick wird dich nach Hause begleiten. Mit Bedauern wünsche ich dir eine gute Nacht. Hoffentlich wirst du irgendwann hässlicher, damit ich dich wiedersehen kann.«

Das Mädchen lachte, als sie durch die Tür schritt. Adwen entging nicht, dass Orick ihm einen angewiderten Blick zuwarf.

»Weißt du überhaupt, wie sie heißt, Adwen?«

Er senkte seine Stimme, damit sie seine Antwort nicht hören konnte. »Nein, ich fürchte, ich weiß es nicht. Es ist beschämend. Aber ich werde sichergehen, mir den Namen der nächsten Maid zu merken.«

Orick lachte, und es war ein tiefes, kurzes Glucksen, das die

Aufmerksamkeit des Mädchens vor der Tür erregte, aber er senkte seine Stimme.

»Der nächsten Maid? Du gehst einfach davon aus, dass jede von ihnen dich nehmen wird, aber eines Tages wirst du ein Mädchen finden, das besser behandelt werden will, als du es kannst. Das wird das Beste sein, was dir je passieren wird.«

Adwen lächelte. »Ich glaube nicht, dass ich es als das Beste bezeichnen würde, was mir je passieren wird, aber ich glaube, ich würde es möglicherweise als das Überraschendste bezeichnen.«

»Ach.« Orick machte sich daran, die Tür zuzuziehen und verfluchte Adwen dabei. »Du bist ein stolzer Bastard. Ich kann es kaum erwarten, das Mädchen zu sehen, das dir zeigen wird, was für ein verdammter Narr du wirklich bist.«

Orick schlug ihm die Tür vor der Nase zu und Adwen brüllte durch sie hindurch. »Ich liebe dich auch, Orick.«

KAPITEL 5

Dorf im McMillan-Territorium

Eoghanan hatte recht. Ich brauchte mir keine Sorgen zu machen. Gregor und Isobel waren so froh, jemanden zu haben, der für ein Viertel dessen arbeitete, was sie jedem anderen zahlen müssten, dass es ihnen egal war, ob ich kaum wusste, wie man Wasser kochte. Als ich in der primitiven Küche stand, in der über offenem Feuer gekocht wurde, ohne dass es einen Gasherd oder Ofen gab, war ich mir sicher, dass ich tatsächlich nicht einmal fähig war, Wasser zu kochen. Zumindest wusste ich nicht, welche Töpfe ich wählen sollte oder wie man sie über die Flamme hängte. Aber diese Dinge konnte ich sicher noch lernen.

»Bist du dir sicher, dass sie hier bei uns bleiben soll, Eoghanan? Wenn du es wünschst, kann sie gerne in einem der Zimmer wohnen. Wir können es für sie freihalten.«

Gregors Stimme riss mich aus meinen Gedanken. Auch

wenn ich gerne hierbleiben wollte, wusste ich, dass ich das nicht konnte.

»Nein. Sie wird jeden Abend rechtzeitig zur Burg zurückkehren müssen, um mit uns anderen zu speisen. Ich weiß, dass das nicht ideal ist, da eure Gäste oft erst nach Einbruch der Dunkelheit eintreffen, aber vielleicht kann sie bei der Zubereitung der Mahlzeiten helfen, bevor sie am Abend geht.«

Ich fühlte mich wie ein kleines Kind, als ich mit ansehen musste, wie zwei Männer über die Parameter meines Jobs, die mir zugewiesenen Aufgaben und die Erwartungen, die ich erfüllen musste, diskutierten. Ich wusste jedoch, dass nichts von alledem ohne die Zustimmung der beiden Männer möglich sein würde, also schwieg ich und tat so, als würde ich ihr Hin und Her als normales Verhalten akzeptieren. Für alle anderen im Raum war es genau das, was es zu sein schien.

Sobald die Männer in eine Art Smalltalk verfallen waren, konnte ich nichts anderes mehr vortäuschen als Langeweile. Ich schmunzelte, als ich sah, wie Isobel sich durch den Raum bewegte und mein Lächeln erwiderte, als sie zu meiner Rettung anrückte.

»Warum lassen wir die beiden nicht eine Weile in Ruhe?«

Ich nickte und folgte ihr in einen Raum in der Nähe des Essbereichs. »Das wäre schön.«

Sie setzte sich auf einen gepolsterten Stuhl an der Wand und hustete einen langen Moment, bevor sie das Wort ergriff. Ich sah, wie ihre Schultern zitterten und ihr Gesicht blass wurde. Ein Schmerz breitete sich tief in mir aus. Ich wollte ihr helfen, aber ich wusste noch weniger über das Heilen als über das Kochen. Als ich ihren dünnen, kränklichen Körper betrachtete, bezweifelte ich, dass irgendeine Medizin aus dem siebzehnten Jahrhundert ihr helfen konnte.

»Brauchst du … Kann ich dir etwas Wasser bringen? Irgendetwas, das helfen könnte?«

Sie hob die Hand, um mich zu unterbrechen, und fing sich mit ein paar tiefen, röchelnden Atemzügen wieder.

»Nein, mir geht es gut. Es wird vorbeigehen, das tut es immer. Aber die Anfälle kommen nun häufiger als früher.« Sie lächelte, setzte sich aufrecht hin und wechselte das Thema, bevor ich die Gelegenheit hatte, mich weiter nach ihrer Krankheit zu erkundigen. »An der Art, wie du sprichst, erkenne ich, dass du aus dem gleichen Land wie die Frau des Burgherrn stammst, richtig?«

Ich war mir nicht sicher, was die Dorfbewohner dachten, wo Mitsy herkam, also hoffte ich, dass sie mich nicht weiter ausfragen würde. »Äh, ja. Ja, das ist richtig.«

»Ja, die McMillan-Männer scheinen eine Vorliebe für Mädchen aus eurem Land zu haben. Ihr scheint alle schönere Zähne zu haben als wir schottischen Frauen. Ich kann es ihnen nicht verdenken. Ich kann verstehen, dass die Männer es schön finden, obwohl ich es selbst nicht so gut finde. Ich glaube, wenn Gregors Zähne so weiß wären wie deine, würde mich das ein bisschen erschrecken. Das ist nicht sehr natürlich. Reibt ihr eure Zähne jeden Tag mit einem Tuch ab?«

Ich war immer davon ausgegangen, dass es unser Akzent und unsere moderne Sprache waren, die uns so deutlich von anderen aus dieser Zeit abhoben, aber Isobels Bemerkung ergab durchaus einen Sinn. Wenn wir in einer Menschenmenge stehen würden, in denselben Kleidern und mit denselben Frisuren, wären unsere Zähne das wahre Erkennungszeichen. Sie waren gerade und sahen wohl ziemlich fremd aus. Ich war unsicher, wie ich ihr antworten sollte. Ich entschied mich für die Ehrlichkeit.

»Äh, ja … ja, wir reiben sie jeden Tag ab, aber nicht mit einem Tuch, sondern mit einer Bürste.« Ich hoffte, dass ich nicht zu viel verraten hatte, aber ich nahm an, wenn sie mich ohnehin für eine Frau aus einem fernen Land hielt, wäre es nicht verwunderlich, dass wir neben unseren Unterschieden in der Sprache und im Benehmen auch sehr unterschiedliche Hygienemethoden hatten.

Ihre Augen weiteten sich vor Erstaunen und ihre Stimme wurde vor Schreck heiser. »Eine Bürste, wie man sie für die Haare benutzt? Das kann ich mir nicht vorstellen.«

Ich lächelte und fühlte mich augenblicklich mit Isobel verbunden. Egal, wie seltsam sie meine Zähne fand, ihre natürliche Neugierde war offensichtlich. Ich schätzte es, wenn jemand ohne Zögern Fragen stellte. Das zeugte von Intelligenz und einem Selbstbewusstsein, das ich bei unserer ersten Begegnung in Gegenwart von Gregor und Eoghanan nicht bemerkt hatte.

»Ja, ein bisschen wie das, womit wir uns die Haare bürsten, aber viel kleiner.«

»Na dann.« Sie stand auf und strich sanft über die Schürze, die um ihr Kleid gewickelt war. »Ich finde dich sehr interessant, Jane. Und mir gefällt, dass du dich nicht damit zufriedengibst, auf der Burg herumzusitzen. Vielleicht können wir beide voneinander lernen. Ich bringe dir das Kochen bei, und du kannst mir mehr über die seltsamen Dinge erzählen, die ihr in deinem Land so tut. Und jetzt lass uns mit deiner ersten Lektion beginnen, bevor mich ein weiterer Anfall überkommt und ich mich ausruhen muss.«

»Das klingt wunderbar. Ich bin begierig darauf, zu lernen.«

»Das will ich auch hoffen, Jane. Warum solltest du sonst hier sein?«

Sie stupste mich scherzhaft mit ihrem Ellbogen an und lachte, als wir gemeinsam in die Küche gingen. Ein Tag außerhalb der Burgmauern und schon hatte sich meine ganze Einstellung dramatisch verändert. Konnte das genau das sein, was ich brauchte?

KAPITEL 6

Ein Monat später – Januar 1649

»Ich wusste es, Tante Jane. Ich wusste, dass du kein Buch schreibst.«

Beim Klang von Coopers Stimme erstarrten meine Hände auf dem Teig. Ich konnte mir ein Lächeln nicht verkneifen. Nachdem ich meine Hände langsam in eine Schüssel mit Wasser getaucht hatte, um sie zu reinigen, drehte ich mich um und sah ihn einen Meter entfernt stehen, beide Hände in die Hüften gestemmt, mit einem Ausdruck großer Zufriedenheit im Gesicht, weil er mich gefunden hatte.

»Ein Buch schreiben? Wie kommst du darauf, dass ich das tue?«

Ich hätte überraschter sein sollen, ihn zu sehen, aber ich hatte gewusst, dass es nur eine Frage der Zeit gewesen war, bis er es herausfand. Kathleen und Eoghanan hatten versprochen, ihr Bestes zu tun, um ihn zu beschäftigen, aber ich wusste, dass er nur eine begrenzte Anzahl von Tagen ohne mich in der Burg verbringen konnte, bevor er meine ungewöhnliche Abwesenheit satt hatte.

»Das hat Kathleen auch gesagt, aber ich wusste, dass sie nur Pudding im Kopf hat.«

»Pudding im Kopf? Du weißt, dass das nicht der richtige Ausdruck ist, oder?« Ich lachte und ging auf ihn zu, um ihn in meine Arme zu heben.

Er lehnte sich zurück und kicherte. »Ja, ich weiß. Eigentlich heißt es Quark, aber Quark schmeckt nicht. Ich mag Pudding, also sage ich es so.«

»Ach so, okay.« Ich hatte gelernt, die Logik eines Sechsjährigen nicht infrage zu stellen, vor allem nicht die dieses Kindes. Warum sollte man ihnen die Fantasie verderben? »Sie hat dir also erzählt, dass ich ein Buch schreibe, ja?«

Er zuckte zusammen und ich wusste, dass er zurück auf den Boden wollte. Er mochte kurze Streicheleinheiten, aber er mochte es nicht, wenn man ihn wie ein Kind behandelte und wand sich immer wieder aus der Umklammerung zurück, wenn man ihn zu lange in den Armen hielt. Nachgiebig stellte ich ihn ab und setzte mich mit ihm an einen der leeren Tische.

»Ja, das hat sie gesagt. Sie hat gesagt, du würdest versuchen zu schreiben und müsstest deshalb jeden Tag bis zum Abendessen in Ruhe gelassen werden. Ich habe ihr keine Sekunde lang geglaubt. Ich habe es ihr sogar gesagt. Ich habe gesagt: ›Machst du Witze? Ein Buch zu schreiben ist das Letzte, was Tante Jane je tun würde. Sie würde vor Langeweile sterben.‹«

Er hatte so recht. Auch Kathleen kannte mich gut genug, um sich eine bessere Ausrede einfallen zu lassen. Sie musste an dem Morgen, an dem sie Cooper das sagte, wirklich nicht in Form gewesen sein.

»Da hast du recht. Ich wäre lieber den ganzen Tag damit beschäftigt, Fußnägel zu schneiden.«

Cooper rümpfte die Nase und streckte ihr angewidert die Zunge heraus. »Igitt … das ist eklig, Tante Jane. Also …«, er sprang von seinem Platz auf und stellte sich neben den Ofen, während er tief einatmete, »etwas riecht hier wirklich gut. Darf ich es probieren?«

Ich schloss mich ihm an und beugte mich vor, um hineinzuspähen. Die Brote waren fast fertig. »Ja, ich wette, Gregor hätte nichts dagegen. Aber du musst noch ein paar Minuten warten. Und zuerst musst du mir sagen, wie du hierhergekommen bist und ob jemand weiß, wo du bist.«

Bevor er antworten konnte, hörte er Isobels tiefes, schmerzhaftes Husten, das die Treppe herunter hallte. Cooper blickte auf, als er das Geräusch hörte, und sein Gesicht sah sofort besorgt aus.

»Was ist das? Geht es der Frau gut?«

Es tat mir jedes Mal weh, wenn sie einen ihrer Anfälle bekam. In dem Monat, in dem ich im Gasthaus zu arbeiten begonnen hatte, hatte sich ihr Gesundheitszustand dramatisch verschlechtert. Sie verließ das Bett nur noch selten und Gregor war gezwungen, meine Ausbildung zu übernehmen. Die Fortschritte in meinen Kochkünsten hatten sich dadurch drastisch reduziert. Nicht, dass es Gregor etwas ausmachte, denn seine Gedanken waren viel zu sehr mit der Sorge um seine Frau beschäftigt. Und bisher waren alle Gäste des Gasthauses nach der Reise so hungrig gewesen, dass ihnen die Geschmacklosigkeit des Essens nichts auszumachen schien.

Ich ging auf ihn zu, um ihm zu antworten, und senkte meine Stimme, damit weder Gregor noch Isobel mich hören konnten.

»Das ist Isobel, die Frau des Gastwirts. Sie ist sehr krank. Deshalb bin ich hier und helfe ihnen in der Küche.«

Coopers Stimme klang traurig, als er sprach. »Wird es ihr wieder besser gehen, Tante Jane? Ihr Husten hört sich gar nicht gut an.«

Ich nahm ihn in den Arm und brauchte den Trost einer menschlichen Berührung, während die Traurigkeit an meiner Brust zerrte. »Ich wünsche mir mehr als alles andere, dass es ihr bald wieder besser geht, Coop, aber ich bin mir nicht sicher, ob das passieren wird. Sie ist sehr krank.«

Cooper hatte das liebenswerteste und weiseste Herz. Er hatte Isobel noch nie gesehen, aber er hatte sofort Mitgefühl für Gregor und seine Frau. Seine kleinen Augen füllten sich mit Tränen.

Meine eigenen Tränen flossen unaufgefordert und ich fächelte mir eilig Luft zu und wischte Cooper die Augen ab, bevor Gregor hereinkam. Der Mann war bereits so niedergeschlagen, dass er kaum noch arbeiten konnte. Zu sehen, dass jemand anderes sich Sorgen um seine Frau machte, würde es ihm nur noch schwerer machen.

»Hey, lass uns draußen spazieren gehen, okay?« Ich küsste ihn auf den Kopf und ließ Cooper los, damit er sich neben mich stellen konnte, während ich einen kurzen Blick auf das Brot warf. Ich hatte noch ein paar Minuten Zeit, also nahm ich seine Hand und führte ihn nach draußen, in der Hoffnung, dass sein Schniefen nicht zu hören war.

Als wir draußen waren und der kalte Wind uns über die Wangen peitschte, sprach Cooper. »Es ist so traurig, Tante Jane.«

»Das weiß ich, Cooper, aber weißt du was? Sie ist immer noch hier und sie würde nicht wollen, dass ein süßer kleiner

Junge wie du ihretwegen auch nur eine Minute unglücklich ist. Sie lacht immer noch, erzählt Geschichten und ist voller Leben. Wenn sie nicht traurig ist, warum sollten wir es sein?«

Ich wusste, wie sehr Isobel zu kämpfen hatte. Ich sah es in den Momenten, in denen Gregor weg war, ihre Tränen und den Kummer, den sie wegen ihrer Krankheit und dem Gedanken, ihn zu verlassen, empfand, aber sie erlaubte sich nie, dies in Gregors Gegenwart zu zeigen. Sie liebte ihn mehr, als sie das Leben liebte und mehr, als sie den Tod fürchtete. Aber vor allem wollte sie nicht, dass ihre Krankheit die Stimmung der Menschen in ihrem Umfeld trübte, also wusste ich, dass ich Cooper die Wahrheit gesagt hatte: Sie wollte nicht, dass Tränen wegen ihr vergossen wurden. Noch nicht. Nicht, solange sie noch hier war.

»Da hast du wohl recht, Tante Jane, aber es tut mir trotzdem weh, genau hier.« Er deutete auf die Mitte seiner Brust und schluckte schwer, während er sein Bestes gab, um zu tun, was ich sagte.

»Mir tut es auch weh. Hey, ich wette, das Brot ist fertig. Willst du dich an meine Kochkünste heranwagen?«

Er lachte und ich schmunzelte, als ich sah, wie sich seine übliche Heiterkeit wieder in sein Gesicht schlich. »Ja. Ich glaube, ich bin mutiger als vor ein paar Jahren, also werde ich es wohl versuchen. Weißt du noch, wie du versucht hast, mich mit einem Erdnussbutter-Marmelade-Sandwich zu füttern? Ich glaube, du hättest mich fast umgebracht.«

Ich schüttelte den Kopf und schaute ihn missbilligend an. »Ich habe dich nicht fast umgebracht, Coop. An dem Sandwich war nichts auszusetzen.«

»Okay, Tante Jane, wie du meinst. Und jetzt lass uns das Brot probieren.«

»Warte einen Moment, Cooper. Geh keinen Schritt weiter.«

Cooper drückte meine Hand so fest, dass meine Fingerknöchel knackten und er blickte panisch drein, als er Eoghanans Stimme näher kommen hörte.

Schuldbewusst drehte er sich zu seinem Stiefvater um.

»Hey, E-o. Ich ... Ich ... Ich habe Tante Jane heute Morgen weggehen sehen und beschlossen, ihr zu folgen. Ich weiß, ich hätte nicht alleine gehen sollen, aber ich bin jetzt ein guter Reiter. Weißt du, eigentlich ist es deine Schuld, denn du hast mir das Reiten beigebracht. Wenn ich nicht so gut wäre, hätte ich mich nicht getraut, allein zu reiten, aber dank dir wusste ich, dass ich es sicher schaffen würde.«

Eoghanan starrte Cooper mit einer ruhigen, sanften Autorität an, die man einfach respektieren musste, und brauchte einen langen Moment, bevor er sprach. »Wenn deine Mutter wüsste, was du getan hast, wäre sie zu Tode erschrocken gewesen. Willst du ihr wirklich ein solche Angst einjagen?«

Cooper zuckte an meiner Seite zusammen und ich wusste, dass ihn die Schuldgefühle langsam übermannten. »Nein, das wollte ich nicht. Natürlich nicht. Aber alle haben mich angelogen, und ich wusste es. Ich wollte nur sehen, wohin Tante Jane geht. Jetzt weiß ich es, also werde ich es nicht mehr tun. Und ich werde es auch sonst niemandem erzählen. Ich verspreche es. Lass uns nur Mom nichts davon erzählen, okay? Das würde sie nur verärgern.«

»Du redest zu viel, wenn du weißt, dass du etwas falsch gemacht hast, weißt du das, Cooper?« Ich merkte, dass Eoghanan Mühe hatte, seine Miene ernst zu halten.

»Ja. Ja, das weiß ich. Und es tut mir sehr leid, und ich mag es nicht, in Schwierigkeiten zu sein, aber ich mag es noch weniger, nicht zu wissen, was los ist, und ich konnte es einfach keine

Sekunde länger aushalten, E-o. Das konnte ich wirklich nicht. Das musst du doch verstehen, oder? Ich bin ein heranwachsender Mann und muss Dinge erforschen, die im Verborgenen liegen.«

Ich versuchte, mir ein Lächeln zu verkneifen, aber meine Mundwinkel zuckten unwillkürlich nach oben, und an Eoghanans zuckenden Mundwinkeln konnte ich sehen, dass es ihm genauso ging. Es war fast unmöglich, auf den neunmalklugen Cooper wütend zu sein. Trotzdem tat Eoghanan sein Bestes, ein verantwortungsvoller Erwachsener zu sein.

»Cooper, du wirst dein Pferd sofort hierherführen. Und nein, wir werden es deiner Mutter nicht sagen, aber du wirst es deinem Vater erzählen, wenn wir zurückkommen. Wir lassen ihn über deine Strafe entscheiden. Hast du verstanden?«

Mit einem Nicken löste Cooper seinen tödlichen Griff um meine Hand und machte sich auf den Weg zum hinteren Teil des Gasthauses, wo er sein Pferd angebunden hatte. Mit seinen langen braunen Haaren war das Pony genauso sanft und lieb wie sein Reiter.

Als er verschwunden war, wandte ich mich zum ersten Mal an Eoghanan. »Du musst doch gewusst haben, dass das passieren würde, oder?«

»Ja, natürlich wusste ich das. Ich habe beobachtet, wie er zu den Ställen hinuntergegangen ist, und war während seiner gesamten Reise ins Dorf nie weiter als ein paar Schritte von ihm entfernt.«

»Das habe ich mir schon gedacht. Bevor du gehst, komm rein und lass mich ein Stück Brot für euch beide schneiden. Ich habe Cooper gesagt, dass er es probieren kann.«

Eoghanan nickte und folgte mir ins Haus. Er beobachtete

von der Tür aus, wie ich das heiße Brot herausnahm und es aufschnitt.

»Jane, ich weiß, dass du länger gearbeitet hast, weil es Isobel zunehmend schlechter geht, aber heute Abend musst du pünktlich zurück sein. Erinnerst du dich an die MacChristys, die nicht zu Hause waren, als wir letztes Jahr die Festung Cagair besucht haben?«

Ich griff nach einem Tuch, um das Brot darin einzuwickeln, und kehrte ihm dabei den Rücken zu. »Ja, ich erinnere mich, dass es ihre Festung war, aber ich habe sie nicht kennengelernt.«

»Aye, ich weiß. Nun, der älteste Sohn, Adwen, hat das Amt des Gutsherrn übernommen und reist in jedes Gebiet, um sich vorzustellen und sein Bestes zu tun, um den Frieden auf Befehl seines Vaters zu wahren. Wir kennen ihn bereits, aber heute Abend macht er hier halt. Baodan wird wünschen, dass wir alle anwesend sind, um ihn zu begrüßen.«

»Oh. Okay.« Es war schon viele Monate her, dass offizielle Gäste die Burg besucht hatten, und der Gedanke an etwas Aufregung hellte meine Stimmung erheblich auf. »Gregor wird es verstehen. Ich werde ihn einfach fragen, ob wir alles ein bisschen früher abschließen können. Ich werde da sein.«

»Gut. Dann wünsche ich dir einen schönen Tag. Ich kann Cooper draußen hören.«

Er drehte sich um und ging. Ich folgte ihm zur Tür und rief nach Cooper, damit er sein Brot abholen konnte.

»Hier, Coop. Komm und probier' es, bevor du gehst.«

Aufgeregt hüpfte er auf mich zu und stopfte sich schnell ein großes Stück des heißen Brotes in den Mund. Die Aufregung verflog augenblicklich, als er sich bemühte, seinen Gesichtsausdruck ruhig zu halten. »Es ist … köstlich.« Er sprach zwischen zwei großen Bissen, und ich lachte über seine Bemühungen.

»Du musst mich nicht anlügen, Coop.«

Er spuckte den Bissen zurück in das Tuch und reichte es mir zurück. »Okay, es ist zumindest besser als das Erdnussbutter-Marmeladen-Sandwich, aber ich denke, du kannst das andere Stück Brot wieder mit reinnehmen. Ich glaube nicht, dass E-o es haben will. Du wirst dich aber bessern, das weiß ich.« Er stellte sich auf die Zehenspitzen, um mir einen schnellen Kuss zu geben und lief dann zurück zu seinem Pferd.

Ich verbrachte den Vormittag allein, putzte und bereitete die Küche vor, so gut ich konnte, und summte dabei vor mich hin, damit Isobels Husten mich nicht zu Tränen rührte. Gregor blieb an ihrer Seite und kam erst am Nachmittag herunter, um nach mir zu sehen.

»Jane, kann ich dich einen Moment sprechen?«

»Natürlich.« Seine Augen waren rot und sahen müde aus. Ich vermutete, dass er noch weniger Schlaf bekam als meine Schwester.

»Es geht ihr von Tag zu Tag schlechter. Ich habe von einem Heiler gehört, der heute Abend in die Gegend kommt. Er hat sein Lager am Rande des Dorfes aufgeschlagen. Ich weiß nicht, ob er ihr helfen kann, aber ich muss sie mit dorthin nehmen und es versuchen.«

Ich hielt nicht viel von mystischen Heilern, aber nach den seltsamen Ereignissen, die mich in diese Zeit gebracht hatten, hatte ich gelernt, nicht zu sehr zu zweifeln. Natürlich wollte er alles versuchen, um seiner Frau zu helfen.

»Ja. Geh und mach dir keine Sorgen. Ich werde mich um alles kümmern. Nichts wird so gut erledigt sein, wie du es normalerweise tust, aber ich werde mein Bestes geben.«

»Ich weiß, dass du das tun wirst. Aber du wirst nicht nur in der Küche, sondern auch bei den Gästen sein müssen. Damit würdest du gegen die Bedingungen verstoßen, die Eoghanan für dich festgelegt hat.«

Ich wies seine Sorge mit einer Handbewegung zurück. »Reisende machen hier halt, Gregor, normalerweise keine Dorfbewohner. Keiner von ihnen sollte einen Grund haben, zu wissen, wer ich bin. Außerdem ist das hier viel wichtiger als Eoghanans Bedingungen.«

Er lehnte sich zu mir und umarmte mich, eine Geste, die überraschend und gleichzeitig herzerwärmend war. Sicher fühlte er sich sehr allein. Die beiden hatten nur einander.

»Danke. Du bist ein Segen für uns.«

Er ließ mich allein, um Isobel zu holen. Ich schluckte den Kloß in meinem Hals hinunter, bevor ich ihm folgte und ihnen half, das Nötigste zusammenzusammeln.

Erst als ich ihnen zum Abschied winkte, erinnerte ich mich an Eoghanans Bitte – eine Bitte, die ich nun nicht mehr erfüllen konnte.

KAPITEL 7

Burg McMillan

Das angenehmste Ausflugsziel hatte er sich für den Schluss aufgehoben. Wenigstens würde er seine letzte Nacht in Freiheit unter Freunden verbringen können und nicht unter Fremden, die er nur aus Pflichtbewusstsein besuchte. Die McMillans kannte er gut und er freute sich auf den vergnüglichen Abend, der vor ihm lag.

»Übernachtest du diesmal in der Burg?«

Orick ritt neben ihm her – der einzige Mann, dem Adwen erlaubt hatte, ihn auf seinen monatelangen obligatorischen Besuchen zu begleiten.

»Nein. Ich schlage mein Lager mit dir draußen auf.« Er konnte die Turmspitzen der Burg in der Ferne sehen, als sie durch das Dorfzentrum ritten. Sie war groß und wunderschön, aber seine Haut juckte und seine Kleidung fühlte sich zu eng an. Es gab nichts Erdrückenderes als die Pracht einer Burg.

»Glaubst du nicht, dass sie das beleidigen wird?«

Adwen schüttelte den Kopf, denn er machte sich keine Gedanken darüber, was andere von seiner Verachtung für Burgmauern hielten. »Es wird sie viel weniger beleidigen als alle anderen, die wir getroffen haben. Sie kennen mich gut und werden es nicht merkwürdig finden. Ich kann es nicht ertragen, innerhalb der Burgmauern zu schlafen, es sei denn, ich muss es tun, und selbst dann ist es etwas, was ich sehr verabscheue.«

Das Gewicht von Oricks Handfläche, die ihm auf den Rücken klopfte, rüttelte ihn auf seinem Pferd. »Du klingst wie ein kleines Kind. Du hast viel mehr Glück als die meisten anderen, aber trotzdem bemitleidest du dich selbst. Und ich will heute Nacht nicht im Freien zelten, Adwen. Es ist zu kalt, ich will meine Zehen schonen.«

Der Wind blies stürmisch durch die Bäume, an denen sie vorbeikamen, und Adwen zog seinen Umhang noch fester um sich. Vielleicht hatte Orick recht. Heute Nacht, wo der Wind so heftig wehte und die Luft so kalt war, könnte es ausnahmsweise einmal unangenehmer sein, draußen zu schlafen als in den Mauern der Burg.

»Ja, ich mag meine eigenen Zehen auch sehr gerne.« Sie fanden das Dorf überraschend leer vor, und die Hauptstraße war menschenleer, obwohl die letzten Sonnenstrahlen noch am Horizont leuchteten. Alle Läden waren geschlossen, alle Dorfbewohner waren entweder fort oder in ihren Häusern. »Was glaubst du, wohin sie alle verschwunden sind?«

Orick deutete hinter sie, und Adwen drehte den Kopf, um nachzusehen. »Erinnerst du dich nicht an das Zelt, an dem wir vorhin vorbeigekommen sind? Ich weiß nicht, was dort los ist, aber ich wette, dass die meisten Dorfbewohner dort zu finden sind.«

Angesichts von Oricks Worten achtete Adwen nicht

wirklich auf das einzige Gebäude am Rande des Dorfes, das noch vom Kerzenlicht erhellt wurde. Ein großes Fenster auf der rechten Seite des Gasthofs umrahmte das Mädchen, das darin stand. Sie hatte Mehl auf der Stirn und wrang einen Lappen über einer Schüssel aus, während sie mit den Hüften wippte und nur mit sich selbst tanzte. Ihre Lippen bewegten sich und er konnte erkennen, dass sie vor sich hin sang, weil sie glaubte, dass niemand in der Nähe war, der es sehen konnte.

»Orick, wir werden heute Nacht drinnen übernachten, aber nicht in der Burg. Sondern dort«, er deutete in Richtung des Kerzenlichts, »im Gasthaus.«

Er zog an den Zügeln seines Pferdes und wartete darauf, dass Orick neben ihm anhielt. Er beobachtete, wie Orick sich nach vorne beugte, um durch das Fenster zu spähen, während er auf die Antwort seines Freundes wartete.

»Deine Männlichkeit ist das Einzige, was deine Entscheidungen leitet. Warum versuchst du nicht einmal, mit deinem Verstand zu denken? Wenn wir schon drinnen schlafen müssen, warum dann nicht in der Burg, wo es kostenlos, sicher und sauberer ist als in einem Gasthaus für müde Reisende?«

Adwen lächelte, völlig amüsiert und verwirrt von der schönen, seltsamen Blondine im Fenster. Sie hatte den Lappen, den sie in den Händen hielt, losgelassen und griff nun nach dem Ende eines Besens, den sie sich an den Mund hielt, während ihre Lippen- und Hüftbewegungen immer freier und wilder wurden. Er lachte, als er in ihre Richtung nickte.

»Du verstehst sicher, warum wir hier übernachten, und nicht in der Burg. Hast du eine Ahnung, was sie da tut?«

Orick schüttelte den Kopf, ohne sein Lächeln zu erwidern. Stattdessen zog er die Augenbrauen hoch und seine Augen weiteten sich vor Entsetzen. »Ich habe keine Ahnung, aber es sieht nicht sehr anständig aus.«

»Genau, Orick. Sie wird diejenige sein, mit der ich meine letzte Nacht in Freiheit verbringe, und sie wird das perfekte Mädchen sein, um mir zu helfen, die Wette zu gewinnen.«

»Du ekelst mich an. Ehrlich, das tust du. Was meinst du mit ›Wette‹?«

Orick grunzte und gab seinem Pferd die Sporen, sodass Adwen keine andere Wahl hatte, als es ihm gleichzutun.

»Hast du es nicht bemerkt? Ist dir nicht aufgefallen, dass ich mir in jedem Gebiet ein anderes Mädchen ausgesucht habe?«

»Natürlich habe ich das bemerkt. Aber du tust so, als wäre das für dich ungewöhnlich.«

Adwen lachte und erkannte, dass es ohne das Wissen um die Wette wahrscheinlich schwer war, etwas an seinem Verhalten zu bemerken. Aber es war anders – sehr anders.

»Das war Griffiths Idee. Was für ein dummer Bursche er doch ist, so jung und unwissend. Ich weiß nicht, wie er auch nur einen Moment denken kann, dass mir das schwerfallen würde. Ich hätte fast erwartet, dass er eine Frau dafür bezahlt, dass sie sich mir verweigert, aber dazu ist er nicht schlau genug.«

Adwen tätschelte sein Pferd, während sie stetig in Richtung Burg ritten. Nachdem er gesehen hatte, was ihn im Dorf erwartete, freute er sich nicht mehr ganz so sehr auf das Abendessen mit seinen alten Freunden.

»Er hat also mit dir gewettet, dass du an jedem unserer Zwischenstopps ein Mädchen findest, das mit dir ins Bett steigt? Das scheint kaum eine Wette wert zu sein. Um was wettet ihr?«

»Fünf Jahre.« Fünf Jahre wären zwar immer noch eine Qual, aber allein das Wissen, dass er nur noch ein einziges Mädchen ins Bett kriegen musste, bevor seine Pflichten als Gutsherr eingeschränkt würden, machte die Aussicht so viel erträglicher.

»Fünf Jahre? Ich weiß nicht, was du meinst.«

Adwen gefiel der verwirrte Ausdruck auf Oricks Gesicht. »Wenn ich es schaffe, in jedem Gebiet ein Mädchen ins Bett zu bringen und Griffith den Beweis dafür zu liefern, wird er in fünf Jahren zur Burg zurückkehren, um an meiner Stelle als Gutsherr zu dienen, damit ich wieder auf Reisen gehen kann.«

»Du hast dein ganzes Leben damit verbracht, durch die Welt zu reisen. Bist du nicht bereit, dich für eine Weile an einem Ort niederzulassen?«

Allein der Gedanke daran ließ sein Herz schwer werden. »Ganz und gar nicht.«

»Und wie sollst du das deinem Bruder beweisen?«

Adwen griff hinter sich in den Lederbeutel mit den wertvollen Schätzen, mit denen er sich seine Freiheit erkaufen wollte, und warf ihn in Oricks Richtung.

»Hier. Sieh hinein.«

Adwen beobachtete, wie Orick die Haarbänder, die kleinen Kleidungsstücke, die Taschentücher und sogar die eine oder andere Haarlocke inspizierte, die nicht nur geschenkt, sondern auch von ihrer Besitzerinnen unterschrieben worden waren.

»Willst du mir sagen, dass du den Mädchen diese Sachen nicht gestohlen hast? Dass sie dir diese Beweise freiwillig gegeben haben?«

Er konnte sich ein Lächeln nicht verkneifen, als er an seine Eroberungen zurückdachte und ein Gefühl von Stolz verspürte. »Ja, jede einzelne. Ich habe ihnen gesagt, dass ich etwas haben möchte, was sie an mich erinnert. Sie haben mir alle geglaubt.«

Orick gluckste mit seinem tiefen Lachen, das durch die kalte Luft hallte. »Jetzt habe ich es endlich verstanden. Es ist nicht so, dass du besonders gut darin wärst, die Mädchen zu umwerben. Es ist nur so, dass du sehr geschickt darin bist, die Frau mit der geringsten Intelligenz aus einer Menschenmenge herauszupicken.«

Adwen gefiel dieser Gedanke überhaupt nicht, obwohl er nicht leugnen konnte, dass er die meisten Frauen, mit denen er ins Bett ging, für langweilig und töricht hielt. Meist waren sie nicht zu einer Unterhaltung fähig, und er hatte auch kein Interesse daran, sich mit denen zu unterhalten, die mit ihm ins Bett gingen. »Du beleidigst mich, Orick. Ich werde nichts von dem hinnehmen, was du gerade gesagt hast.«

»Es ist mir egal, ob ich dich beleidige. Es ist die Wahrheit, das sehe ich jetzt. Kein Mädchen, das klüger ist als ein Schaf, würde dich in ihr Bett lassen und dann ein Stück ihres Haares abschneiden, um es dir zur Erinnerung mitzuschicken.«

Der Weg zur Burg schien immer länger zu werden, während Orick weitere Bemerkungen machte. Seine Worte erfüllten Adwen mit Selbstzweifeln, ein Gefühl, das er in seinem privilegierten Leben selten erlebt hatte.

»Genug, Orick. Ich will kein weiteres Wort von dir hören. Am Ende des Abends werden wir zum Gasthaus gehen. Du kannst selbst beurteilen, ob es die Dummheit des Mädchens ist oder mein Charme, der sie in mein Bett lockt.«

»Danke, aber das möchte ich nicht miterleben. Bist du sicher, dass du in das Gasthaus gehen willst? Ich glaube, du könntest anderswo mehr Glück haben.«

Oricks Sticheleien ärgerten ihn. Er hatte sich über die Jahre an seine Äußerungen gewöhnt, denn ihre Beziehung basierte eher auf Freundschaft als auf Dienerschaft.

»Was meinst du, Orick? Bist du kurz davor, es zu weit zu treiben, mein Freund?«

»Ich meine nur, dass das Mädchen mit ihrem Tanz und dem Besenstiel zwar verrückt genug aussah, aber nicht wie ein Mädchen, das man ausnutzen kann.«

Er spürte die Kälte nicht mehr, denn sein Nacken wurde heiß, als er Oricks Andeutung registrierte. »Ausnutzen? Ich werde niemanden ausnutzen, Orick. Sie verlassen mein Bett zufrieden und glücklich, ohne sich zu beschweren.«

»Woher willst du das wissen? Du bleibst ja nicht lange genug hier, um ihre Meinung zu hören. Das Mädchen, das wir durch das Fenster gesehen haben, hatte ein Funkeln in den Augen, das die meisten von ihnen wohl nicht haben. Wenn du die Wette gewinnen willst, solltest du dir jemanden suchen, der nicht ganz so glücklich ist, wenn er allein ist, meinst du nicht? Jemanden, der Gesellschaft zu brauchen scheint.«

Adwen atmete aus, als sie sich dem Teich näherten, der zur Burg McMillan gehörte. Endlich waren sie nah genug, damit er sich für eine Weile von Oricks lästiger Anwesenheit befreien konnte.

Er brachte sein Pferd zum Stehen und stieg ab, um auf den Eingang zuzusteuern. Er überließ Orick die Pferde, während er über seine Schulter sprach, um das letzte Wort zu haben.

»Wenn ich ein Mädchen suchen würde, das Gesellschaft braucht, würde ich dich bitten, sie für mich zu suchen. Du solltest am besten wissen, wie sie aussieht.«

Seine Worte waren hart. Adwen fühlte sich sofort schuldig, aber er verdrängte das schlechte Gewissen. Orick war ebenfalls schonungslos ehrlich zu ihm gewesen, und sie würden noch früh genug herausfinden, wer von ihnen beiden recht behalten würde.

KAPITEL 8

Wenn da nicht der eine schmutzige und erschöpfte Reisende gewesen wäre, der auf ein frühes Abendessen vorbeikam, bevor er seinen Weg fortsetzte, hätte es für mich keinen wirklichen Grund gegeben, zu bleiben und nach dem Rechten zu sehen, während Gregor und Isobel weg waren. Trotzdem hatte ich ihnen mein Wort gegeben, also beschäftigte ich mich den ganzen Abend damit, meine Fähigkeiten als Brotbäckerin zu verbessern, allerdings ohne Erfolg.

Nachdem ich mich mit Brot vollgestopft hatte, das entweder zu zäh, zu salzig oder einfach nur scheußlich war, gab ich auf und musste mich der Tatsache stellen, dass ich einfach nicht für das Backen geschaffen war.

So wie das Dorf vor dem Fenster aussah, schienen Gregor und Isobel nicht die Einzigen zu sein, die den reisenden Heiler besuchen wollten. Das Dorf sah leer aus, und der kalte Wind verlieh dem Abend etwas Gespenstisches, als würde mich jemand durch Glas beobachten. Ich tat mein Bestes, um mich zu beschäftigen, damit ich nicht zu viel darüber nachdenken musste.

Es dauerte nicht lange, bis ich alles abgewischt hatte. Gregor hielt alles sehr sauber. Staub und Schmutz schienen Isobels Husten nur noch zu verschlimmern.

Nachdem ich zu viel Brot gebacken und die Tische abgewischt hatte, fegte ich den Boden und veranstaltete eine private Bühnenshow für alle leeren Stühle. Ich entschied mich für eine Solo-Version von *Phantom der Oper.* Da ich jedes Wort auswendig kannte, sprach ich für alle unsichtbaren Geister im Raum, die meine großartige Aufführung gesehen hatten, wenn ich sagte, dass ich das Stück perfekt verwirklicht hatte.

Erschöpft und glücklich ließ ich mich in einen der vielen Stühle fallen und wurde mir bewusst, dass ich schon lange nicht mehr so allein gewesen war. Irgendetwas in mir freute sich darüber – ich genoss die Freiheit, lauthals singen und wie verrückt herumtollen zu können, ohne befürchten zu müssen, dass ein Dienstmädchen oder ein anderer Angestellter der Burg durch die Tür hereinplatzen würde. Auf der Burg gab es so wenig Privatsphäre, dass ich nie so ausgelassen sein konnte, wie ich es in meinem vorherigen Leben gewohnt gewesen war.

Ich empfand nur wenig Reue, weil ich Eoghanans Vertrauen gebrochen hatte, denn ich wollte Gregor und Isobel helfen. Ich wusste, dass Eoghanan es verstehen würde, sobald ich es ihm erklärt haben würde. Aber jetzt, wo ich den Abend allein so sehr genossen hatte, spielte es auch keine Rolle, wenn er nicht so verständnisvoll war.

Nachdem ich kurz Luft geholt hatte, stand ich auf und spähte aus der Haustür, um anhand des Mondstandes abzulesen, wie spät es war. Meiner groben Schätzung nach war es zwischen neun und elf Uhr, und ich erwartete, dass Gregor und Isobel in Kürze zurückkommen würden. Da ich der Meinung war, dass es unbedenklich war, für den Abend abzuschließen, ging ich zurück ins Haus und blies alle Kerzen im Eingangsbereich aus, um in Isobels privatem Wohnzimmer auf ihre Rückkehr zu warten.

Da der Rest des Gasthauses nun dunkel war, mit Ausnahme des Wohnzimmers, in dem die Ecken noch von Kerzen beleuchtet wurden, hüllte ich mich in eine dicke Wolldecke und ließ mich bequem in einen Schaukelstuhl sinken. Das Flackern der Lichter und mein eigenes Schaukeln lullten mich beinahe in den Schlaf, als der Wind durch die Eingangstür rauschte und mich aufschrecken ließ. Jemand war hereingekommen.

In meiner Eile, herauszufinden, wer aufgetaucht war, stolperte ich über die Decke und stürzte mit dem Kopf voran gegen die Türöffnung. Ich schrie und fluchte, als ich in den dunklen Flur stolperte. Mit einer Hand betastete ich meine Stirn, um sicherzugehen, dass ich nicht blutete, und mit der anderen hielt ich mich fest.

Als ich mich vergewissert hatte, dass mein Schädel unversehrt war, öffnete ich die Augen und sah die Umrisse von zwei riesigen Männern im Esszimmer stehen.

»Braucht ihr ein Zimmer?« Mir gefiel nicht, dass die Fremden es für richtig hielten, in ein abgedunkeltes Gebäude zu treten, aber ich wusste, dass Gregor alle Einnahmen brauchte, die er bekommen konnte. Ich hatte nicht vor, die ersten richtigen Gäste des Abends abzuweisen.

»Aye, Mädchen. Entschuldige unsere späte Ankunft. Wir haben Freunde besucht.«

Ich wusste genug über die Gastfreundschaft in dieser Gegend, um seine Aussage seltsam zu finden und hielt es für das Beste, den Raum so schnell wie möglich zu erhellen, falls sich herausstellen sollte, dass sie keine sonderlich ehrlichen Absichten verfolgten. Ich hatte keine richtige Waffe, aber ein paar Küchenutensilien, die eine Menge anrichten konnten, und ich war angriffslustiger, als meine Körpergröße es vermuten ließ.

»Ihr besucht Freunde? Und sie haben euch kein Bett für die Nacht angeboten?« Ich ging zurück ins Wohnzimmer, um sie im Auge behalten zu können, und griff nach der ersten Kerze, die ich in die Finger bekam.

»Doch, natürlich haben sie das. Aber ich will nicht in der Burg schlafen. Ich mache mir nicht viel aus Gemäuern dieser Art.«

Auf halbem Weg ins Esszimmer blieb ich stehen und hielt die Kerze so fest umklammert, dass Wachs auf meine Hand tropfte. Ich musste die Zähne zusammenbeißen, um meine einzige Lichtquelle nicht fallen zu lassen, denn das heiße Wachs verursachte Blasen auf meiner Haut.

Adwen MacChristy. Er musste es sein. Der Gast, den sie heute Abend auf der Burg erwartet hatten. Sicher hatte er meinen Namen schon gehört, denn meine Abwesenheit war ganz bestimmt beim Abendessen besprochen worden. Ich konnte ihm nicht sagen, wer ich war, wenn ich nicht wollte, dass Baodan davon erfuhr. Ich genoss meine Arbeit hier. Ich hatte nicht vor, sie in irgendeiner Weise zu gefährden.

»Alles in Ordnung, Mädchen? Du scheinst gerade ganz woanders zu sein. Ich kann dir versichern, dass wir dir nichts Böses wollen.«

Es war die Stimme des zweiten Mannes, der am nächsten an der Tür stand. Er war noch größer als der erste, und ich fand, dass er einer der beeindruckendsten Männer war, die ich je gesehen hatte. Er war nicht dick, einfach nur groß und breit, und selbst in der Dunkelheit sah man nur Muskeln. Ich konnte nur seine Umrisse erkennen, aber wäre dies das einundzwanzigste Jahrhundert gewesen, hätte er zweifellos eine Art Profisportler sein können.

»Ja, mir geht's gut. Ich habe nur etwas Wachs verschüttet. Gebt mir eine Minute Zeit.«

Sie standen im Eingangsbereich, während ich alle Kerzen wieder anzündete. Erst als ich fertig war, trat ich einen Schritt zurück, um sie mir genau anzusehen.

Gut aussehende Exemplare, alle beide.

Der Größere, der gerade gesprochen hatte, schenkte mir ein warmes, aber schüchternes Lächeln, als ich sie ansah. Seine hellblauen Augen strahlten eine Freundlichkeit aus, die sofort alle Bedenken zerstreute, die ich wegen der beiden Männer gehabt hatte. Er hatte dunkles Haar, das kürzer geschnitten war als bei den meisten Männern dieser Zeit, aber immer noch lang genug, dass die natürlichen Locken abstanden und ihm ein wildes, robustes Aussehen verliehen.

Er hatte die größten Hände, die ich je gesehen hatte. Als ich sie betrachtete, konnte ich sehen, dass sie an harte Arbeit gewohnt waren. Ich nahm sofort an, dass dieser Mann nicht Adwen war. Nicht, dass die anderen Gutsherren, die ich kannte, nicht hart arbeiteten, denn das taten sie. Aber es war oft nicht die gleiche harte Arbeit, die so viele andere tagein tagaus verrichteten.

Der Mann, von dem ich annahm, dass er Adwen war, war nur ein paar Zentimeter kleiner als der Erste und damit gut einen Meter achtzig groß. Er sah unglaublich gut aus, hatte dunkles Haar, das ihm fast bis auf die Schultern fiel, und dichte, dunkle Augenbrauen, die seine honigfarbenen Augen umrahmten.

Er machte einen Schritt auf mich zu und legte seine Hand auf meinen Arm.

»Du hast dir die Hand am Wachs verbrannt. Lass mich dir die Kerze abnehmen.«

Die Berührung ließ ein Kribbeln durch meinen Arm schießen und ich gab ihm die tropfende Kerze, bevor ich meine Hand in eine kühle Schüssel mit Wasser tauchte.

»Danke. Äh, die Burg, sagtet ihr? Dann kennt ihr die McMillans also? Darf ich fragen, wie ihr heißt?«

Ich blickte zu den beiden Männern auf, als ich das kühle Wasser über meine Hand spritzte, und der Mann, den ich für Adwen hielt, bestätigte meine Vermutung über seine Identität.

»Ja, zu allen dreien deiner Fragen, Mädchen. Ja, wir waren gerade auf der Burg. Und ja, du darfst uns nach unseren Namen fragen – ich heiße Adwen MacChristy und werde bald Gutsherr auf der Festung Cagair sein. Das hier«, er hielt inne und bedeutete dem zweiten Mann, vorzutreten, »ist Orick, mein Freund und zuverlässiger Helfer. Ich kenne die McMillans gut, und aufgrund deines Akzents und deiner Ähnlichkeit mit Eoghanans Frau wage ich zu behaupten, dass du sie noch besser kennst als ich. Darf ich fragen, wie du heißt, schöne Maid?«

Ich hatte nie den Eindruck gehabt, dass Grace und ich uns so sehr ähnelten, aber unser ganzes Leben lang hatten uns die Leute auf die Ähnlichkeiten hingewiesen. Ich nahm an, dass es stimmte, auch wenn wir es nicht wahrhaben wollten. In meiner Eile, die Panik auf meinem Gesicht zu verbergen, drehte ich mich um und suchte nach einem Tuch, um meine Hände abzutrocknen.

»Mein Name ist Lily.« Ich knirschte mit den Zähnen, weil ich es für einen dummen Namen hielt, aber der Name meiner anderen Schwester war der erste gewesen, der mir eingefallen war. »Und nein, ich fürchte, dass ich sie nicht kenne. Ich war noch nie zu Gast auf der Burg. Wie die wenigsten Dorfbewohner.«

»Ist das so? Verzeih mir, aber es fällt mir schwer zu glauben, dass du nicht dasselbe Mädchen bist, das heute Abend im Speisesaal gefehlt hat. Du sprichst genauso wie die Frau des Burgherrn und die seines Bruders.«

Ich starrte ihn an, weil mir bewusst war, dass er sofort erkannt hatte, wer ich war, aber es ärgerte mich, dass er so darauf bedacht zu sein schien, ein Geständnis zu bekommen. Er kannte mich nicht, und das ging ihn auch nichts an.

»Nun, vielleicht kommen wir ja ursprünglich vom selben Ort.«

Er verschränkte die Arme und machte ein so selbstgefälliges Gesicht, dass ich ihm am liebsten eine Ohrfeige verpasst hätte. »Und welches Land könnte das sein? Ich bin schon an viele Orte gereist und nirgendwo habe ich eine solche Sprache gehört, wie die, die ihr drei sprecht.« Ich zerbrach mir den Kopf und versuchte, mir einen Namen einfallen zu lassen, der so obskur war, dass dieser besserwisserische Mann nicht behaupten konnte, dorthin gereist zu sein. Leider fiel mir nichts Geniales ein. Stattdessen kamen mir unerwartete Worte über die Lippen. Und sie hätten nicht dämlicher sein können. »Ich komme aus Atlantis.«

Orick, der nicht mehr gesprochen hatte, seit ich die Kerzen angezündet hatte, konnte sich ein Lachen nicht verkneifen, als Adwen einen Schritt näher zu mir trat und ungläubig den Kopf schüttelte.

»Ach tatsächlich, die versunkene Stadt, schöne Maid? Was für eine großartige Geschichte du haben musst, da du der mythischen, dem Untergang geweihten Stadt so heil und unversehrt entkommen bist. Du musst schon hunderte von

Jahren alt sein, nicht wahr? Ich muss sagen, du siehst sehr jung für dein Alter aus.« Er lachte, bis sein Gesicht rot genug war, um als Stoppschild zu dienen.

Als er fertig war, war ich stinksauer. »Was stimmt nicht mit dir? Was kümmert es dich, wer ich bin? Du bist doch nur hergekommen, um hier zu nächtigen, oder etwa nicht?«

Adwen schaute sich über die Schulter und schenkte Orick ein verschmitztes Grinsen, das mich nur noch mehr verblüffte. »Ja, aber das ist nicht der einzige Grund, warum ich heute Abend hierhergekommen bin.«

»Okay? Und was genau soll das jetzt heißen?«

Ich erinnerte mich an Coopers Verhalten, nachdem er von Eoghanan erwischt worden war. Genau wie er plapperte ich unaufhörlich vor mich hin, um meine Verärgerung zu kompensieren. Ich konnte nicht aufhören und fing an, mit den Armen zu fuchteln, während ich sprach, mit den Fingern auf ihn zu zeigen und im Zimmer auf und ab zu gehen. Ich wirkte definitiv wütend.

»Weißt du was? Ist auch egal. Ich will nicht wissen, was du damit meinst. Na gut. Ich gebe auf. Mein Name ist nicht Lily, aber es geht dich verdammt nochmal nichts an, wie ich wirklich heiße. Ich fühle mich, als würde ich von der Polizei verhört werden, und das ist eigentlich nur einmal passiert, als–«

Ich hielt inne, als ich den verwirrten Blick auf Oricks Gesicht sah, der sich mit ein bisschen Angst vermischte, wohingegen Adwens Gesicht vor Freude strahlte.

»Mädchen–« Bevor ich fortfahren konnte, machte Adwen drei Schritte auf mich zu und packte mich an den Armen, damit ich nicht mehr hektisch durch den Raum laufen konnte. »Darf ich dich Jane nennen? Denn ich weiß, dass das dein Name ist. Ich habe gehört, wie Eoghanan mit dem kleinen Jungen Cooper über dich gesprochen hat. Ich glaube, du könntest Ärger bekommen, wenn du zur Burg zurückkehrst, aber das ist nicht meine Sache.«

Ich riss mich aus seinem Griff los und setzte mich hin. »Richtig. Nichts davon geht dich etwas an.«

Er nickte und zögerte keinen Moment, sich mir gegenüber an den Tisch zu setzen – sehr zu meiner Verärgerung.

»Du hast recht, Mädchen. Verzeih mir. Ich verstehe nur nicht, warum du das Bedürfnis hattest, mich zu belügen, was deine Identität angeht.«

»Ich glaube nicht, dass Baodan es gutheißen würde, dass ich hier arbeite. Nur ein paar Leute in der Burg wissen, dass ich meine Tage hier verbringe. Bitte …« Ich zögerte, denn ich sträubte mich dagegen, den nervtötenden Mann um einen Gefallen zu bitten. »Sag Baodan nichts davon, wenn du ihn wiedersiehst. Ich mag meine Arbeit hier. Ich möchte meine Tage nicht damit verbringen, in der Burg herumzusitzen.«

Er streckte seine Hand aus und drückte sie leicht, bevor ich sie mit einem Ruck wegzog. Ich fand, dass seine Berührungen übertrieben waren, wenn man bedachte, dass ich ihn gerade erst kennengelernt hatte.

»Er wird nichts von mir hören, Mädchen. Darf ich dir einen letzten Rat geben?«

Ich verschränkte meine Arme, falls er wieder versuchen sollte, über den Tisch zu greifen. »Spielt es eine Rolle, ob ich nein sage?«

»Nein.«

»Dann tu, was du nicht lassen kannst.«

Seine Mundwinkel verzogen sich nach oben und ich konnte nicht differenzieren, ob er wütend oder amüsiert war. »So wie du vorhin mit mir gesprochen hast, als du geflucht und von etwas erzählt hast, das man ›Polizei‹ nennt … Wenn ich nicht schon von der Magie wüsste, die dich hierher gebracht hat, würdest du dich ziemlich verrückt anhören. Du hast Glück, dass ich nicht nur weiß, woher du kommst, sondern auch aus welcher Zeit. Du musst vorsichtiger sein, holde Maid.«

»Was?« Ich stand auf, stieß gegen die Tischkante, welche daraufhin in Adwens Bauch einschlug. »Du weißt es? Woher?«

Ich hatte nur durch die Erklärungen von Grace und Mitsy gewusst, dass die MacChristy-Familie einige Jahre zuvor als eine Art Vertuschung mit den Conalls benutzt worden war. Damals war eine Frau aus dem einundzwanzigsten Jahrhundert aufgetaucht, die wie die Zwillingsschwester einer MacChristy aussah, welche bereits im siebzehnten Jahrhundert gelebt hatte.

»Setz dich hin, schöne Maid. Dein Gesicht ist wieder ganz rot und du siehst aus, als würdest du in Ohnmacht fallen.«

Der Schock über seine Worte und die Frustration, die immer noch durch meinen Körper strömte, machten mich benommen. Widerstrebend tat ich, was er mir befahl.

»Ja, Eoin Conall, der Gutsherr der Conalls, hat mir vor nicht einmal vierzehn Tagen alles erzählt.«

»Und du hast ihm geglaubt?«

»Holde Maid.« Er griff wieder nach meiner Hand, aber ich entriss sie ihm und schüttelte den Kopf, während ich meine Augen wütend zusammenkniff. Er ließ seine Hand wieder an seine Seite sinken und zog seinen linken Mundwinkel frustriert nach oben. »Ich bin durch die ganze Welt gereist und habe viele Dinge gesehen, für die ich keine wirkliche Erklärung habe. Wir Leute aus den Highlands wissen, dass es Magie in der Welt gibt, aber wir sehen sie nicht sehr oft mit unseren eigenen Augen. Nachdem ich so viele von euch Frauen getroffen habe, die durch die Zeit gereist zu sein scheinen, mit euren scharfen

Zungen und seltsamen Sprüchen, zweifle ich nicht einen Moment an der Wahrheit.«

»Also gut.« Ich atmete aus und entspannte mich, als mich ein seltsames Gefühl der Erleichterung durchströmte. Die beiden Männer, die mit mir in diesem Raum saßen, waren die einzigen Menschen abgesehen von meiner Familie, die die Wahrheit darüber kannten, wer ich war und woher ich kam. Jetzt, da ich mich nicht mehr verstellen musste, fühlte ich mich frei, mich so zu benehmen, wie ich es für richtig hielt – ganz zu schweigen davon, dass mein vorheriger Ausbruch nicht auch die aufrichtigsten Teile meiner Persönlichkeit zum Vorschein gebracht hatte.

Ich stand auf, wischte mir mehr aus Gewohnheit als aus Notwendigkeit die Hände an meiner Schürze ab und wandte mich an die beiden. »Ich weiß, dass ihr gerade von der Burg kommt, aber habt ihr vielleicht Hunger?«

»Ich könnte nichts mehr essen, aber danke.«

»Nun, ich schon«, sagte Orick und ich fragte mich, ob ihm unser Gespräch unangenehm war. Ich hoffte, dass das nicht der Fall war, denn er hatte etwas an sich, das ich sehr mochte. »Ich habe in der Burg nichts zu essen bekommen.«

»Großartig.« Ich wies auf einen Platz und machte mich auf den Weg in die Küche. »Setz dich, ich bringe dir etwas Eintopf.«

Es gab noch warmen Eintopf, den ich vorhin selbst gegessen hatte, und ich füllte schnell eine kräftige Portion in eine Schüssel, um sie Orick zu bringen. Als ich zurück in den Essbereich kam, sah ich ihn mit einem gequälten Gesichtsausdruck auf einem Stück Brot herumkauen.

»Danke, Mädchen, aber ich glaube, mein Magen hat mich ausgetrickst. Ich bin nicht so hungrig, wie ich dachte.«

Ich schnappte ihm das Brot aus der Hand und stellte die Schüssel mit dem Eintopf ab, obwohl er sich dagegen sträubte.

»Es ist schrecklich, ich weiß. Das war nicht für dich bestimmt. Ich hätte es wegwerfen sollen. Das war mit Abstand das Schlechteste. Mach dir keine Sorgen. Ich bin eine Niete im Backen, aber ich habe entdeckt, dass ich verdammt gut mit einem Stück Fleisch umgehen kann. Das wird dir schmecken … denke ich.«

Ich beobachtete nervös, wie er sich die Schüssel zum Mund führte, um zu probieren, und atmete erst auf, als er zur Bestätigung nickte und mir höflich zuzwinkerte, um mir zu zeigen, dass der Eintopf essbar war.

»Es ist köstlich. Danke.«

Ich drehte meinen Kopf zu Adwen, der Oricks Schüssel mit Eintopf neidisch anstarrte, und lächelte ihn entschuldigend an.

»Tut mir leid, das ist alles, was übrig ist.«

»Das war doch nur ein Scherz, oder? Der Geruch hat mich wieder hungrig gemacht.«

Ich zuckte mit den Schultern und lehnte mich an die hölzerne Theke, die den Speisesaal von der Küche trennte. »Nein. Kein Scherz. Es ist wirklich alles weg.«

Adwen verzog das Gesicht wie ein kleines Kind und erhob sich schmollend von seinem Platz, bevor er sein Stirnrunzeln durch dasselbe freundliche Lächeln ersetzte, das er jedes Mal aufgesetzt hatte, wenn ich ihm vorhin die Hand weggeschlagen hatte. Mit der Autorität eines Königs kam er auf mich zu und drückte mich gegen die Theke, sodass ich nicht in eine Richtung ausweichen konnte, ohne gegen einen seiner Arme zu stoßen. Ich lehnte mich weit nach hinten über den Tresen, um ihm auszuweichen.

»Was glaubst du, was du da tust?«

Er lachte, griff hinter mich und hielt mir den Lappen hin, mit dem ich meine mit Wachs verbrannten Hände abgetrocknet hatte.

»Du hast etwas Mehl auf deiner Stirn, Mädchen. Das kommt bestimmt von den giftigen Broten, die du gebacken hast.«

Ich schloss meine Augen und erlaubte ihm, das Mehl wegzuwischen. »Sie waren nicht giftig, nur eklig.«

»Der Geruch von Oricks Essen hat mich sehr hungrig gemacht, Jane. Wenn du kein Essen hast, um mich zu füttern, kannst du mir vielleicht helfen, auf andere Weise Befriedigung zu finden?«

Orick brach zuerst in Gelächter aus, und es dauerte nur eine Sekunde, bis ich mich ihm anschloss. Ich überschlug mich vor Lachen und legte eine Handfläche auf Adwens Brust, um ihn wegzuschieben. Ich versuchte, zwischen den Lachanfällen zu sprechen.

»Hast du mich gerade … Adwen, das kann doch nicht dein Ernst sein? War das eine Anmache oder so? Hast du mich angemacht– mich gefragt, ob ich mit dir schlafen will?«

Er sah aus, als hätte ich ihm eine Ohrfeige verpasst, und ich konnte meine Genugtuung über seine Verwirrung nicht verbergen. Trotzdem musste ich bewundern, wie offen er mit seiner Antwort war.

»Aye. Ich verstehe zwar nicht, warum du das so amüsant findest, aber das war genau das, was ich dich fragen wollte. Ich finde, du bist wunderschön, Jane.«

Ich hielt eine Hand hoch, um ihn zum Schweigen zu bringen. »Hör auf. Bitte, erspar mir das. Funktioniert das normalerweise? Kriegst du die Frauen so rum?«

Oricks tiefes Lachen schien von den Wänden widerzuhallen. Ich befürchtete, dass ihm bald der Eintopf aus der Nase kommen würde. Aber Adwen schien es nicht zu bemerken.

»Ja, stets. Es gab noch nie eine Frau, bei der es nicht geklappt hat. Kann ich dich etwas fragen, schöne Maid?«

Ehrlich gesagt tat er mir ein bisschen leid. Sein Gesichtsausdruck war schockiert und verletzt, und die verdutzte Reaktion auf mein Lachen und meine Ablehnung war so echt, dass ich Mitleid mit ihm haben musste. Ich hatte nicht die Absicht, seine Gefühle zu verletzen, aber ich hatte seine Annäherung ernsthaft für einen Scherz gehalten.

Ich riss mich zusammen und lehnte mich wieder gegen die Holztheke. »Natürlich. Frag ruhig.«

»Bist du in letzter Zeit mit einem Mann namens Griffith in Kontakt gewesen? Er ist ein junger Mann, nicht älter als siebzehn. Hat er dich dafür bezahlt, dich mir zu verweigern?«

Ich schloss die Augen und kniff die Lider zusammen, während ich verwundert den Kopf schüttelte. »Was? Nein, natürlich nicht.«

»Bist du dir sicher?«

»Ja. Ich schwöre es. Ich habe diesen Mann Griffith noch nie getroffen, und ich verweigere mich dir ganz ohne den Anreiz der Bezahlung.«

Orick stand auf und gewann endlich die Kontrolle über sein Lachen, als er sich neben uns stellte. Er legte seine Hand auf Adwens Schulter und schien so amüsiert zu sein, wie er sein nur konnte.

»Was habe ich dir gesagt, Adwen? Sie ist zu schlau für dich. Sie wird nicht auf deine süßen, bedeutungslosen Lügen hereinfallen. Sie ist nicht verzweifelt genug, um mit einem Mann wie dir ins Bett zu gehen.«

»Na schön.« Adwen schüttelte Oricks Hand von seiner

Schulter und trat einen Schritt zurück, um mich aus sicherer Entfernung zu betrachten. »Vielleicht ist sie anders als die meisten Mädchen, die ich kenne. Dann muss ich es wohl mit Ehrlichkeit versuchen.«

»Ehrlichkeit?« Ich blickte zwischen den beiden Männern hin und her und wartete auf weitere Erklärungen. »In Bezug auf was?«

»Holde Maid, du musst mir erlauben, mit dir zu schlafen.«

Ich versuchte, mein Gesicht so ernst wie möglich zu halten. »Ach wirklich? Und warum sollte ich das tun? Nicht, dass es von Bedeutung wäre, denn meine endgültige Antwort ist ein klares Nein.«

»Du musst. Wenn du es nicht tust, verurteilst du mich zu einem Leben als Gutsherr. Ich will kein Gutsherr sein, Jane. Ich kann dir versichern, dass es eine angenehme Erfahrung für dich sein wird, und ich sehe in deinen Augen, dass du auch mit mir schlafen willst. Du zeigst Orick zuliebe Bescheidenheit, um den Mann nicht in Verlegenheit zu bringen, aber ich kann dir versichern, dass das nicht nötig ist.«

Ich hatte nichts von dem verstanden, was er gesagt hatte, also richtete ich meine Aufmerksamkeit auf Orick. »Wovon zum Teufel redet er?«

»Nun, ich weiß nicht, was er mit dem letzten Teil gemeint hat. Deine Augen sehen überaus angewidert aus, aber deine Ablehnung scheint ihn in einen solchen Schockzustand versetzt zu haben, dass er in Wahnvorstellungen verfallen ist. Mit dem anderen Teil meint er, dass sein Bruder mit ihm gewettet hat, dass er es nicht schafft, in jedem Gebiet, das wir besuchen, mit einer Maid zu schlafen. Wenn er es jedoch schafft, wird sein Bruder in fünf Jahren zurückkehren, um an Adwens Stelle als Gutsherr zu dienen.«

»Machst du Witze? Das ist die dümmste und ekelhafteste Wette, von der ich je gehört habe.«

»Ja, er ist ein Narr, da hast du recht.«

Adwen stellte sich zwischen Orick und mich, um ihn zum Schweigen zu bringen.

»Schweig still, Orick. Weißt du denn nicht, dass ich direkt neben dir stehe? Ich kann selbst mit dem Mädchen reden. Jane, es gibt keinen Grund, schüchtern mit mir zu sein. Wenn du mit mir schlafen willst, ist das nicht schlimm. Ich werde dich gut behandeln und niemandem etwas davon sagen.«

Ich schüttelte den Kopf und dachte an die vielen Monate zurück, in denen ich im siebzehnten Jahrhundert war. Ich hatte seit mehr als achtzehn Monaten keinen Sex mehr gehabt, wenn ich mich recht erinnerte. In meinen Träumen hatte ich so viele Männer mit nackten Oberkörpern und durchtrainierten Bauchmuskeln gesehen, dass ich ein bisschen Spaß dringend nötig hatte. Vor diesem seltsamen Abend hätte ich die Chance ergriffen, mit einem so gut aussehenden Mann wie Adwen zu schlafen, vor allem, wenn er so hartnäckig darauf bestand. Aber nun, da ich vor ihm stand, hielt ich ihn für einen verrückten Idioten.

»Ich bin nicht schüchtern, Adwen. Ich will nur nicht mit dir schlafen.«

Er überraschte mich, indem er plötzlich nach mir griff, meine Schürze packte und sie zu sich zog. Daraufhin verpasste ich ihm eine Ohrfeige, bevor ich mich zurückzog und ihm einen strengen Finger ins Gesicht hielt.

»Nimm sofort deine Hände von mir, oder ich schwöre dir, ich schiebe dir deine Eier so weit in den Arsch, dass du für den Rest deines Lebens nie wieder mit irgendeiner Maid schlafen kannst, hast du mich verstanden?«

Er wich schuldbewusst zurück, und die Angst stand ihm ins Gesicht geschrieben, als er beide Hände zur Kapitulation erhob. »Ich hatte nicht vor, dich anzufassen, schöne Maid. Ich wollte nur ein Stück von deiner Schürze abschneiden.«

»Warum willst du ein Stück von meiner Schürze?«

»Um es meinem Bruder zu bringen, damit ich ihn anlügen und sagen kann, dass ich mit dir geschlafen habe.«

Ich bedeckte die Ränder meiner Schürze mit den Händen. »Nein. Ich werde nicht zulassen, dass du diese schändliche Wette auf diese Weise gewinnst. Und noch ein Ratschlag: Frag ein Mädchen, bevor du sie so an dich heran ziehst, vor allem, wenn du sie schon ein halbes Dutzend Mal gefragt hast, ob sie mit dir schlafen will.«

»Ohhh … Ich mag dich, schöne Maid. Es war schon sehr lange überfällig, dass er jemanden wie dich trifft, der ihm die Stirn bietet.« Orick stand immer noch neben uns und grinste wie ein Kind an Weihnachten.

»Ich danke dir, Orick. Ich finde dich auch sehr sympathisch.« Als ich in seine Richtung lächelte, schien die Müdigkeit mich plötzlich einzuholen. Ich war fertig – körperlich, geistig und seelisch. So einen anstrengenden Tag hatte ich seit Jahren nicht mehr erlebt.

»Ich denke, wir sind hier fertig. Wir haben festgestellt, dass ich Orick mag, und Orick mich. Und dass du«, ich nickte in Adwens Richtung, »keinen Sex von mir bekommen wirst. Also denke ich, es ist an der Zeit, dass wir alle uns aufs Ohr hauen. Kommt mit, ich bringe euch auf eure Zimmer.«

Ich führte sie nach oben in den zweiten Stock und beschloss, sie in den beiden Zimmern am Ende des Flurs unterzubringen, damit sie nicht gestört wurden, wenn Gregor und Isobel zurückkamen. Ich wollte, dass zumindest Orick eine erholsame Nachtruhe bekam.

»Du schläfst hier, Orick. Ich wünsche dir eine gute Nacht. Ich werde zur Burg zurückkehren, sobald die Wirtsleute nach Hause kommen. Es hat mich sehr gefreut, dich kennenzulernen, wirklich. Es tut mir so leid, dass du dich ständig mit ihm abgeben musst.«

Er griff nach meiner Hand und führte sie zärtlich an seine Lippen, bevor er seinen Kopf zu mir neigte. »Seit langer Zeit war es mir kein so großes Vergnügen mehr, ein Mädchen kennenzulernen. So einen schönen Abend hatte ich seit Jahren nicht mehr.«

Orick blieb in der Tür stehen und vergewisserte sich zweifellos, dass Adwen sicher in seinem Zimmer war und mich nicht weiter belästigen konnte, bevor er sich auf den Weg ins Bett machte. Ich wusste das sehr zu schätzen.

»Adwen, das ist dein Zimmer. Danke, dass du dich entschieden hast, heute Abend bei uns zu nächtigen. Ich wünsche dir eine gute Reise zurück zu deiner Festung. Es ist so bedauerlich, dass du den Rest deines Lebens in einer großen, riesigen Burg verbringen musst, mit viel Geld und etlichen Leuten, die du herumkommandieren kannst. Das tut mir wirklich sehr leid für dich.«

Er starrte mich an und wollte die Tür schließen, zögerte aber. Dann entschied er sich, mir eine Hand entgegenzustrecken.

»Ich entschuldige mich aufrichtig bei dir, Mädchen. Es war nicht meine Absicht, dich zu beleidigen. Bitte nimm meine

Hand, damit ich weiß, dass du mir vergibst. Sonst werde ich nicht schlafen können.«

Ich rollte mit den Augen und ließ meine Handfläche mit seiner in Berührung kommen. Sie war warm, stark und weich, und ich verabscheute es, wie gut sich seine Finger in meinen eigenen anfühlten. Ohne dass ich es bemerkt hatte, zog er mich näher an die Tür heran.

»Hey, was habe ich dir gesagt? Du sollst aufhören, andere Leute so herumzumanövrieren. Das ist unhöflich.«

Er lächelte, und seine Augen waren auf gleicher Höhe mit meinen, als er sich herunterbeugte: »Es tut mir leid, Jane. Ich wollte dir nur eine Frage stellen. Ich habe Geschichten über Mädchen gehört, die gerne mit anderen Mädchen zusammen sind, auch wenn ich bisher an ihrem Wahrheitsgehalt gezweifelt habe. Bist du deshalb so abweisend zu mir? Ich werde dein Geheimnis bewahren, sollte dies der Fall sein.«

Ich lachte, als ich meine Hand aus seinem Griff löste und von der Tür wegging. »Was? Du hältst mich für lesbisch?«

Adwen runzelte die Stirn und riss die Tür wieder auf. »Ich weiß nicht, was ›lesbisch‹ ist, aber ich glaube, du bevorzugst Mädchen, wenn du mich so vehement ablehnst.«

Nicht seine Anschuldigungen, sondern seine Arroganz machte mich wütend. Selbstbewusstsein war zweifellos in gewissem Maße anziehend, aber ich hatte noch nie ein so ausgeprägtes Selbstvertrauen erlebt.

»Ich kann dir versichern, dass ich nicht auf Frauen stehe.«

»Sag, was du willst, Mädchen. Aber glauben kann ich dir nicht.«

In diesem Moment kam es zu einem Kurzschluss in meinem Gehirn. Ich wollte nicht, dass dieser törichte, selbstverliebte Mann weiterhin glaubte, dass die einzige Frau, die ihn jemals verleugnet hatte, dies nur tat, weil ihre sexuellen Vorlieben woanders lagen. »Wirklich, Adwen? Du hältst mich für lesbisch?«

Ich stürmte auf Orick zu, warf meine Arme um ihn und küsste ihn so leidenschaftlich wie die oberkörperfreien Männer in meinen Träumen.

KAPITEL 9

Das Geräusch eines tiefen, schmerzhaften Hustens in Verbindung mit dem sanften Klatschen von Isobels Hand gegen Gregors Arm ließ mich erstarren, als ich meinen Mund auf Oricks allzu willige Lippen presste.

»Ach, Gregor. Warum kannst du mich nicht einfach so küssen? Wenn du das tun würdest, hätten wir vielleicht schon ein paar Kinder.«

Die Demütigung setzte schnell ein, als mein Gehirn registrierte, dass wir jetzt mehr Publikum hatten als nur Adwens ungläubige Augen. Langsam löste ich meine Arme um Oricks Hals und entfernte mich von ihm, wobei ich mich zuerst zu Adwen umdrehte und ihn ansah.

Er hatte die Arme verschränkt und seine Miene zeugte von purer Verärgerung.

Verlegen und beschämt wischte ich mir mit dem Ärmel über den Mund und warf einen zögerlichen Blick in Oricks Richtung. Er schien sich mehr zu freuen, als dass es ihm peinlich wäre, und nickte mir zu, bevor er Adwen eines der unverschämtesten Grinsen zuwarf, das ich je gesehen hatte.

»Raus. Ihr beide.« Das war die Stimme von Gregor. Er war wütend, und ich konnte die Müdigkeit in seinem Tonfall hören. »Ich kenne keinen von euch beiden und ich habe Jane nicht allein hier gelassen, damit sie auf diese Weise belästigt wird. Ich will Männer wie euch nicht in meinem Gasthaus.«

Ich winkte dramatisch mit beiden Händen, um seine Aufmerksamkeit zu erregen. So sehr mir der Gedanke gefiel, Adwen die ganze Nacht in die Kälte hinauszuschicken – es würde ihm zweifellos guttun, eine Nacht in seinem Leben zu leiden –, ich wollte nicht, dass die beiden Männer für etwas bestraft wurden, was sie nicht zu verschulden hatten.

»Warte, Gregor. Sie haben nichts getan. Ich war es … Ich habe ihn geküsst. Lass sie bleiben.«

Isobel hob eine Augenbraue und schenkte mir ein kleines Lächeln. Sie war offensichtlich nicht im Geringsten überrascht von meiner Unverfrorenheit.

»Ah, dann bin ich wohl diejenige, die dich so küssen sollte, Gregor. Der arme Junge scheint sich amüsiert zu haben. Das könntest du auch.«

»Nein, Isobel. Ich würde mich nicht amüsieren. Du brauchst nichts weiter zu tun, als dich ins Bett zu legen. Ich kümmere mich um diese jungen Männer und schicke Jane dann auf den Heimweg. Geh ins Bett.«

Ich beobachtete Isobels Reaktion genau. Sie zeigte keine Anzeichen von Schmerz oder Verärgerung, stattdessen erkannte ich Verständnis in ihren Augen, als sie nickte. Offensichtlich war während ihres gemeinsamen Abends etwas passiert, das Isobel einen Grund gab, Gregors schlechte Laune zu verstehen. Ansonsten kannte ich sie gut genug, um zu wissen, dass sie sich ein so schnippisches Verhalten von ihm nicht gefallen lassen würde.

»Gut, ich werde ins Bett gehen, aber du wirst Jane nicht allein losschicken. Du wirst sie zurückbegleiten.«

»Isobel, du musst verrückt sein, wenn du glaubst, dass ich dich mit diesen beiden Schurken unter einem Dach zurücklassen werde.«

»Schurken?« Isobels Tonfall klang amüsiert und schroff zugleich. »Du hast kein Wort von dem gehört, was Brenna vorhin gesagt hat, oder? Wir befinden uns eindeutig in der Gesellschaft des neuen MacChristy Gutsherrn, Gregor. Ich versichere dir, dass ich mit den beiden sicher bin.« Sie warf einen zuversichtlichen Blick in Adwens Richtung. »Aye?«

»Natürlich bist du das.« Adwen trat einen Schritt vor und griff nach ihrer Hand, ganz so, wie es sich gehörte. Es war ekelhaft.

Gregor, der immer noch alles in sich aufzusaugen schien, sagte nichts. Ich nutzte die Gelegenheit, um mich einzumischen.

»Gregor, du bleibst hier. Bitte, ich komme schon zurecht. Ich bin den Weg schon dutzende Male zurückgeritten.«

Gregor schaute entschuldigend in meine Richtung, seine Stimme war angespannt und besorgt, als er sprach. »Nein, Mädchen, ich bin der gleichen Meinung wie meine Frau. Es ist nicht richtig, dass ich dich allein zurückreisen lasse, aber ich werde dich nicht selbst begleiten. Ich kann meine Frau nicht verlassen. Das werde ich nicht tun.«

Es verletzte mich nicht im Geringsten, dass er sich weigerte, mich zu begleiten. Im Gegenteil, ich schätzte ihn umso mehr. Ich musste respektieren, wie sehr er Isobel liebte. Es gab niemanden auf der Welt, den er über sie stellen würde.

»Das ist in Ordnung. Genau das solltest du auch tun. Ehrlich gesagt, schaffe ich das allein, aber wenn du darauf bestehst, wird Orick mich sicher begleiten.« Ich drehte mich um und sah ihn fragend an, woraufhin er einen Schritt nach vorne machte und sich an meine Seite stellte.

»Aye, natürlich. Ich wäre froh, dich sicher nach Hause zu bringen.«

»Nein.« Gregor schien einen guten Zentimeter größer zu werden, als er sich aufrichtete und seine Brust herausstreckte, um uns allen seine autoritäre Statur zu zeigen. Er zeigte auf Orick. »Ich werde dich nirgendwo mit der Frau hingehen lassen.«

»Gregor, es ist in Ordnung. Ich habe ihn geküsst, wirklich. Er wird ein guter Begleiter sein. Ich bin lieber mit ihm unterwegs als mit Adwen.«

Ich hatte Gregors furchteinflößende Autoritätshaltung nur ein paar Mal unten in der Küche gesehen, wenn er frustriert gewesen war und ich, wie immer, streitlustig geworden war. Wenn er sich dann aufplusterte wie ein verärgerter Pinguin, wusste ich sofort, dass es keinen Sinn hatte, weiter mit ihm zu streiten. Genau so stand er jetzt da.

»Es ist mir egal, mit wem du lieber gehen würdest. Es ist mir auch egal, ob du ihn geküsst hast oder nicht, Jane. Es scheint, als könntet ihr beide die Finger nicht voneinander lassen. Ich werde nicht dafür verantwortlich sein, dass du dich beschmutzt, wenn du mit ihm zurückgehst. Du wirst mit ihm gehen.«

Er zeigte auf Adwen.

Ich biss die Zähne zusammen, als ich Orick, Gregor und Isobel eine gute Nacht wünschte, aber als Adwen und ich nach draußen gingen, war ich bereit, meine Frustration auszuleben.

Ich drehte mich zu ihm um und zeigte mit einem Finger direkt auf seine Brust.

»Hör zu. Es gibt keinen Teil von mir, der glücklich über diese Situation ist. Ich bin müde, friere und will zurück zur Burg, wo ich mit Sicherheit Ärger bekommen werde, weil ich nicht rechtzeitig zurück war, um ausgerechnet mit dir zu Abend zu essen. Ich werde Gregors Anweisungen befolgen, weil er mir erlaubt, hier zu arbeiten, obwohl er weiß, dass es Baodan missfallen würde, und weil ich ihn sehr respektiere. Aber ... ich will nicht mit dir sprechen. Ich will dich nicht einmal sehen, wenn ich mich auf den Weg zurück zur Burg mache. Verstehst du das? Ich reite voraus und du bleibst in ausreichendem Abstand hinter mir. Sorg einfach dafür, dass ich sicher ankomme, dann drehst du um und reitest fröhlich zum Gasthaus zurück, okay?«

Ich wartete nicht auf seine Antwort und drehte mich um, um mein Pferd zu holen, das zu meinem Entsetzen nirgends zu finden war.

»Ja, in Ordnung, Mädchen. Aber wie willst du vor mir reiten, wenn du kein Pferd hast?«

KAPITEL 10

Wie oft hatte ich schon gehört, dass man vorsichtig sein sollte, was man sich wünschte? Als ich noch ganz klein gewesen war, hatte ich zu meiner Mutter gesagt: »Ich hoffe, dass ich eines Tages ein Haus habe, das so groß ist wie deines und mir allein gehört.« Und sie sagte: »Sei vorsichtig, was du dir wünschst, Schatz.« Damals hielt ich sie für verrückt. Wer würde sich kein riesiges Haus als Zuhause wünschen? Ich hatte jedoch nicht gesehen, wie sie Pillen geschluckt hatte, als wären es Tic-Tacs, nur um zurechtzukommen.

Als ich so dastand und den leeren Platz anstarrte, an dem mein Pferd angebunden gewesen war, wurde mir klar, dass das Sprichwort wahr sein musste. Nur dass zutreffender war, zu sagen, dass ich hätte aufpassen sollen, wovon ich träumte.

Monatelang hatte ich von Männern fantasiert, die nicht einmal halb so gut ausgesehen hatten wie Adwen, und mir gewünscht, dass einer in meinem datumslosen, sexlosen und kuschellosen Leben auftauchen würde. Jetzt war er da, ich saß in einer eiskalten Nacht mit ihm fest und hatte keine andere Möglichkeit, als auf demselben Pferd nach Hause zu reiten wie der Mann, der kurz zuvor noch versucht hatte, unter mein Kleid zu gelangen. Wenn mein tatsächliches Bewusstsein nur halb so lüstern wäre wie mein Unterbewusstsein, hätte ich mich gefreut. Aber ich war alles andere als erfreut, so viel war sicher.

»Was zum Teufel hast du mit meinem Pferd gemacht, Adwen?«

Er lachte und ging lässig zu seinem eigenen hinüber, während er ungläubig den Kopf schüttelte.

»Sag mir, wie hätte ich dein Pferd bewegen können? Ich rede doch schon seit meiner Ankunft mit dir.«

Ich wusste, dass er nichts damit zu tun hatte, aber die Ironie dieser Situation war so lächerlich, dass ich fast an diese Highland-Feen glaubte, von denen Cooper gesprochen hatte.

»Ich weiß es nicht, aber wie erklärst du es dir sonst? Mein Pferd war vorhin ganz sicher hier. Ich habe heute Nachmittag nach ihm gesehen.«

»Mädchen, siehst du nicht das Seil dort? Du weißt scheinbar nicht, wie man Pferde richtig festbindet. Ein starker Wind ist aufgekommen und wahrscheinlich hat dein Pferd beschlossen, dass es lieber in seinem Stall Wärme suchen würde, als auf dich zu warten. Das hätte ich auch getan. Ich wette, du wirst es sicher auf der Burg der McMillans wiederfinden.«

»Du solltest besser aufhören, weitere Vermutungen anzustellen und Wetten einzugehen. Du bist nicht sehr gut darin, richtigzuliegen.«

Er sah mich mit amüsierten Augen an. »Ich habe noch etwas Zeit, um die Wette zu gewinnen. Und wie es scheint, hat dein Pferd es für nötig befunden, mir zu helfen. Ich werde daran denken, bei den Ställen vorbeizuschauen und ihm zum Dank einen Apfel zu geben.«

»Das wird nicht passieren, Adwen. Warum leihst du mir

nicht einfach dein Pferd und gehst für heute Nacht wieder rein? Ich bringe es morgen früh zurück.«

Als würde es antworten, gab das Pferd ein lautes Schnauben von sich, und Adwen lachte über meine Frage.

»Selbst wenn ich ja sagen würde, würde der feine Bullwick hier es nicht erlauben.«

»Gut. Ich werde auf Oricks Pferd reiten.«

»Oricks Pferd ist schwieriger als mein eigenes.«

»Ich leihe mir das von Gregor.« Ich warf jeden Vorschlag in den Raum, der mir einfiel – alles, was mich von dem Pferd fernhalten würde.

»Und das, ohne zu fragen? Willst du wieder reingehen und sie stören? Was ist, wenn seine Frau schon schläft?«

Natürlich wollte ich Isobel nicht stören, und das wusste Adwen auch. Ich schmollte und verschränkte meine Arme, während ich mir erlaubte, mich zu ärgern. Ich kämpfte gegen die Kälte an, während ich nach einer Antwort suchte. Als ich schließlich an dem riesigen Tier hochblickte, kam mir eine Idee.

»Okay, ich reite mit dir zurück zur Burg, unter einer Bedingung.«

»Und die wäre, schöne Maid?«

»Du reitest vorne. Ich sitze hinten.« Ich lächelte zufrieden und freute mich über das Bild in meinem Kopf.

»Das kann ich nicht zulassen, Mädchen.«

»Okay, von mir aus. Dann gehst du einfach wieder rein, lügst Gregor an und sagst ihm, dass ich wieder auf der Burg bin. Morgen früh kann er dann meine gefrorene Leiche draußen finden.« Ich setzte mich hin und lehnte mich an die Wand des Gasthauses, um die Wirkung zu verstärken.

»Erwartest du wirklich, dass ich glaube, dass du die ganze Nacht dort bleiben wirst? Dazu bist du nicht fähig.«

Ich ignorierte ihn, schloss meine Augen und stellte mich auf einen Kampf der Willenskraft ein. Adwen hatte keine Ahnung, womit er es zu tun hatte – ich war stur wie ein Bock und wenn ich mir etwas in den Kopf gesetzt hatte, zog ich es auch durch.

Ich weiß nicht, wie viel Zeit verging, aber es war genug, dass meine Nase von der Kälte zu brennen begann und meine Knöchel so steif wurden, dass ich meine Gelenke kaum noch bewegen konnte, bevor Adwen endlich nachgab.

»Es wird einen falschen Druck auf das Pferd ausüben, wenn wir so sitzen.«

Ich wollte dem Pferd nicht wehtun, und als ich mir das Tier noch einmal ansah, bezweifelte ich, dass ihm das schaden würde. Trotzdem war ich keine Pferdeexpertin und wollte es nicht riskieren.

»Das Pferd ist so groß wie ein Ochse und ich wiege kaum etwas, aber gut. Ich will meine Wut auf dich nicht an dem Tier auslassen.«

Offensichtlich war auch ihm kälter, als er es sich anmerken ließ, und so verschwendete er keine Zeit damit, auf das Pferd zu steigen und mir eine Hand zu reichen, um mir hochzuhelfen.

Er hob mich mit Leichtigkeit hoch, aber sobald er mich vor sich absetzte, schüttelte er seinen Arm dramatisch aus.

»Ich glaube, du bist schwerer, als du glaubst, holde Maid.«

Ich wusste, dass er scherzte, aber ich stieß ihn mit dem Ellbogen in die Rippen, so fest ich nur konnte. »Halt die Klappe, Adwen. Bring mich einfach zur Burg.«

Zu meiner großen Überraschung befolgte er meine Bitte und schwieg den Großteil des Rückweges zur Burg. Er behielt seine

Hände so gut es ging bei sich, während er die Zügel festhielt. Am Ende brach ich das Schweigen.

»Du benimmst dich sehr anständig. Danke.«

»Ich bin kein Tier, Jane. Ich habe mir noch nie etwas genommen, das mir nicht angeboten wurde. Du bist die erste Frau, die ich so unverblümt gefragt habe, ein Bett mit mir zu teilen, und die Erste, die mich zurückgewiesen hat. Verzeih mir, dass ich nicht an deine Aufrichtigkeit geglaubt habe, als du das getan hast.«

»Wie ist das möglich? Wer wird schon sein ganzes Leben lang nicht abgewiesen? Es mag sich jetzt nicht so anfühlen, aber ich versichere dir, dass ich dir einen Gefallen getan habe. Ein guter Schlag gegen das Ego ist ab und zu gesund.«

Er lachte und die Wärme seines Atems jagte mir ein Kribbeln über den Rücken. Ich musste mir auf die Lippe beißen, um nicht vor ihm zusammenzuzucken.

»Ja, das mag sein. Ich fühle mich nur noch halb so männlich wie heute Morgen. Das ist sehr demütigend.«

Wir ritten den kleinen Hügel hinauf, der zum Teich der Burg McMillan führte, und ich konnte Eoghanans Umriss neben dem Eingang stehen sehen und daneben den von dem kleinen Cooper. Ich seufzte und hob verwirrt die Augenbrauen.

Ich konnte mir keinen Reim darauf machen, aber ein kleiner Teil von mir war traurig über die Gewissheit, dass ich ihn und Orick nach dem Ende unseres Rittes nicht mehr sehen würde, zumindest nicht für längere Zeit – bis zu ihrem nächsten Besuch oder dem nächsten Treffen aller Clans.

So ärgerlich er auch war, in seiner Nähe fühlte ich mich wie ein normaler Mensch; das hatte ich bisher während meiner Zeit im siebzehnten Jahrhundert nur bei sehr wenigen Menschen empfunden.

»Du hast also aufgegeben? Ich bin ein bisschen überrascht, muss ich sagen.«

Er beugte sich vor und sprach so, dass sein warmer Atem über meinen Rücken streifte, während er flüsterte, damit seine Worte nicht vom Wind getragen wurden.

»Mädchen, denk bloß nicht, dass ich aufgegeben habe, weil ich nicht mehr mit dir schlafen will. Wette hin oder her, ich hätte gerne ein so feuriges und willensstarkes Mädchen wie dich unter mir, Jane.«

Zum ersten Mal, seit ich ihn kannte, schaffte ich es nicht, eine schlagfertige Antwort hervorzubringen. Die Verführung in seinen Worten durchdrang mich und wärmte mich bis in die Zehenspitzen.

»Ich habe nur aufgegeben, weil du mir klargemacht hast, dass du mich nicht willst, zumindest nicht im Moment. Und selbst wenn du deine Meinung ändern würdest, wären die Teile von mir, die dafür notwendig sind, eingefroren.«

Ich seufzte erleichtert auf, als wir die Vorderseite der Burg erreichten. Adwen stieg ab, und ich nahm seine Hand, als er mir hinunterhalf. Sobald meine Füße den Boden berührten, stürmte Cooper auf mich zu und unterbrach damit jegliche sexuelle Spannung zwischen uns.

»Cooper, warum bist du so spät noch auf? Du solltest schon seit Stunden schlafen.«

Er packte mich an beiden Seiten meines Gesichts und drückte meine Wangen zusammen, während ich ihn hochhob. »Bist du verrückt, Tante Jane? Du hast dein Versprechen gegenüber E-o gebrochen, und du brichst nie deine Versprechen. Ich dachte schon, dir wäre etwas Schlimmes passiert, bis dieser Mann aufgetaucht ist.«

Ich zog ihn an mich und schlang meine Arme um ihn, während ich ihn zur Tür trug.

»Ich weiß. Es tut mir leid. Aber es war aus einem guten Grund, das verspreche ich dir. Und wie du sehen kannst, geht es mir gut.« Ich senkte meine Stimme und flüsterte nur ihm zu. »Stecke ich in großen Schwierigkeiten? Welcher Mann?«

Ich zog mich zurück und sah sein Lächeln, bevor er antwortete, also war mir anscheinend vergeben. »Nein, das glaube ich nicht. Dieser Gastwirt … nachdem wir mit dem Essen fertig waren, kam ein Bote von ihm, um E-o zu sagen, was passiert ist. Du musst aber mit ihm reden, ich bin mir nicht ganz sicher.«

»Okay, das werde ich tun. Jetzt, wo du weißt, dass ich wieder da bin, gehst du ins Bett, ja?«

Er grinste und wand sich, damit ich ihn runterließ. »Ja, mache ich. Wir sehen uns morgen früh, Tante Jane. Ich hab dich lieb.«

Ich warf ihm einen Kuss zu, als seine stiefelüberzogenen Füße ins Haus tapsten, um der Kälte zu entkommen. »Ich dich auch, Coop.«

Als ich mich wieder den Männern zuwandte, hatte Adwen sein Pferd bereits wieder bestiegen und lenkte das Tier langsam zu mir hinüber. Als ich zu seinen Füßen stand, hielt er an.

»Bis zum nächsten Mal, liebe Jane.«

Ohne ein weiteres Wort wendete er das Pferd und trottete davon, während ich ihm mit einer Mischung aus verärgerter Sehnsucht und Verwirrung hinterherstarrte.

Eoghanans Stimme riss mich aus meinen Gedanken.

»Jane, hättest du es vorgezogen, ihn zurück zum Gasthaus zu begleiten?«

In seinem Tonfall lag Humor, aber ich reagierte abwehrend.

»Was? Natürlich nicht. Er ist der lächerlichste Mann, den ich je getroffen habe.«

»Das sagst du vielleicht, aber ich habe noch nie so einen Blick in deinen Augen gesehen, Jane.« Er winkte abweisend mit der Hand und wechselte das Thema. »Das ist nicht meine Sache. Ich habe Neuigkeiten für dich.«

Mein Magen sank augenblicklich.

KAPITEL 11

»Ich brauche heute nicht zu gehen, wenn du mich hier brauchst, Isobel. Ich möchte dich nicht verlassen; ich weiß, dass ich für Jane sprechen muss, aber es muss ja nicht heute Morgen sein.«

Adwen zögerte am Fuße der Treppe, da er nicht vorhatte, das Gespräch der Wirtsleute zu stören. Sie sahen ihn sofort.

»Adwen. Wie hast du geschlafen? Ich hoffe gut.«

Adwen lächelte. In Wahrheit hatte er nur wenig geschlafen, denn er hatte an das goldhaarige Mädchen denken müssen, das ihn abgewiesen hatte. Aber er nickte, als er sprach, denn er wusste, wie stolz sie beide auf ihren Betrieb waren – sein schlechter Schlaf war nicht ihre Schuld. »Aye, sehr gut. Verzeiht mir, dass ich euch gestört habe. Ich werde euch beide allein lassen. Ich wollte gerade nach den Pferden sehen.«

Isobel wandte sich an ihn. »Du brauchst nicht unseretwegen zu gehen. Gregor hat sich bereits um eure Pferde gekümmert. Sie sind aufgewärmt, gefüttert und glücklich.«

Sie wandte sich kurz von ihm ab, um zu ihrem Mann zu sprechen.

»Ja, Gregor, du musst heute Morgen zur Burg gehen. Ich

komme zurecht, das versichere ich dir. Ich werde nicht zulassen, dass Jane unseretwegen in Schwierigkeiten gerät.«

Adwen stand unbehaglich in der Tür und beobachtete Gregors müden und besorgten Gesichtsausdruck, als er sich zu seiner Frau beugte, um sie auf die Wange zu küssen und ihre Hand sanft zu drücken, bevor er sich umdrehte und sie ohne ein weiteres Wort allein ließ.

Isobel atmete aus und drehte sich zu ihm um, als ihr Mann weg war. Ihr Lächeln war trotz der dunklen Ringe unter ihren Augen freundlich. Sie war krank und so wie sie in der Nacht gehustet hatte, bezweifelte Adwen, dass sie noch mehr als ein paar Monate zu leben hatte. Er hatte die gleichen Symptome schon einmal gesehen, und allein der Gedanke daran weckte Erinnerungen, die er und seine Brüder jahrelang zu vergessen versucht hatten.

»Ist der andere schon wach? Tut mir leid, ich weiß nicht, wie er heißt.«

Adwen lachte und ein kleines Schnauben entwich ihm, das ihm vor Verlegenheit die Röte in die Wangen trieb. »Orick. Es gibt nur zwei Szenarien, in denen er aufwacht: entweder der Geruch von Essen oder das Bedürfnis, sich zu erleichtern. Wir werden abwarten müssen, was von beidem es sein wird.«

Isobel lachte und deutete auf einen Platz in dem kleinen Raum.

»Ist das nicht bei den meisten Männern so? Wenn ich nicht so husten würde, könnte ich mir vorstellen, dass es Gregor genauso erginge.«

Er setzte sich hin, als sie es ihm bedeutete, und die Pferde würden noch ein paar Minuten warten müssen. »Ja, das ist wohl wahr.«

Sein Magen knurrte laut und erregte Isobels

Aufmerksamkeit. Sie lächelte ihn an, zwinkerte ihm zu und wies mit dem Kopf in Richtung Küche.

»Es war also dein Magen, der dich heute Morgen geweckt hat, ja? Komm mit. Ich werde dir etwas zu essen machen.«

Adwen folgte ihr bereitwillig in die Küche. Seitdem er Janes Eintopf gerochen hatte, war sein Magen bereit für eine Mahlzeit.

Der kurze Weg vom Wohnzimmer in die Küche reichte jedoch aus, um Isobel zu erschöpfen. Obwohl sie versuchte, es zu verbergen, entging ihm nicht, wie sie sich an der Tischkante festhielt, um sich zu stützen, und wie sie langsam sprach, um nicht zu husten, während sie versuchte, zu Atem zu kommen.

»Ich will nicht, dass du mir etwas zu essen machst, Isobel. Vielmehr solltest du dich hinsetzen und ausruhen, während ich koche.«

Sie winkte ab und lachte leise. »Natürlich werde ich dir das nicht erlauben. Kannst du überhaupt kochen?«

Adwen lächelte und bewegte sich um den Tisch herum, damit er sie sanft zu einem Sitzplatz führen konnte, ohne ihre Einwände zu beachten.

»Doch, das kann ich. Ich hatte eine sehr gute Lehrerin.«

»Ach ja? Wen?«

»Meine Mutter.«

Isobel lächelte und stützte ihr Kinn auf ihre Handfläche. Adwen fasste das als Zeichen der Kapitulation auf und ging in der Küche umher, um die Zutaten zusammenzusammeln, die er brauchen würde.

»Es gehört sich nicht, dich kochen zu lassen, Adwen – oder soll ich dich lieber Laird MacChristy nennen? Ich hätte dich von Anfang an so ansprechen sollen.«

»Bitte nenne mich niemals so. Der Titel ist mir gleichgültig, und das wird auch so bleiben, wenn ich mein Amt antrete. Und es ist mir egal, ob du es für richtig hältst. Es ist offensichtlich, dass es dir nicht gut genug geht, um länger zu stehen. Du solltest immer noch in deinem Bett liegen und nicht in der Küche. Ich sehe dir an, dass du nicht mehr viel Zeit hast.«

Seine Worte schienen ihn zu schockieren, und Adwen bedauerte seine Ehrlichkeit kurz, aber er entspannte sich wieder, als Isobel fortfuhr.

»Danke.«

»Wofür? Meine Worte waren nicht freundlich, und sie waren kaum einen Dank wert.«

»Dafür, dass du dich nicht so benimmst, als wüsste ich nicht, wie krank ich bin. Ich weiß sehr wohl, dass das, was du sagst, wahr ist. Ich bin es leid, dass alle um mich herum so tun, als wüssten sie es nicht.«

Adwen nickte und drehte sich um, um eine Handvoll frischer Eier einzusammeln, die bereits für das Frühstück bereitlagen. Seine Mutter war das genaue Gegenteil von Isobel gewesen, als sie selbst krank geworden war. Während alle um sie herum deutlich gesehen hatten, wie krank sie wirklich gewesen war, hatte sie es bis zum Schluss geleugnet und nie akzeptiert, dass sie das Ende ihres Lebens erreicht hatte. Selbst als sie auf ihrem Sterbebett gelegen hatte, beteuerte sie, dass sie wieder gesund werden würde. Dieses Leugnen, diese Hoffnung, an die seine Mutter sich geklammert hatte, hatte ihm das Herz gebrochen.

»Du bist stark, Isobel. Stärker als die meisten, die mit einer solchen Krankheit kämpfen, das sehe ich. Ich sehe keinen Grund, dich anzulügen oder nicht darüber zu sprechen, wenn ich doch höre, wie krank du bist, wenn du hustest.«

Isobel stand auf und stellte sich langsam hinter ihn, um ihm über die Schulter zu schauen, während er die Eier verquirlte.

»Ja, das ist wahr. Ich könnte meine Krankheit nicht verbergen, selbst wenn ich es versuchen würde. Was machst du mit den Eiern, Adwen? Kochst du sie nicht?«

Adwen lachte und deutete sanft zurück auf den Platz, von dem Isobel gekommen war. »Setz dich einfach wieder hin und mach dir keine Sorgen um die Eier. Das habe ich auf meinen Reisen gelernt. Ich weiß, dass die meisten in dieser Gegend ihre Eier kochen, aber glaub mir, das hier wird dir schmecken.«

»Aye, gut. Du hast mich neugierig gemacht. Wenn du willst, kannst du hinten ein paar getrocknete Heringe holen und damit machen, was du willst, aber vielleicht solltest du Eier für vier Personen machen; Gregor hat schon gegessen, aber Jane wird bald kommen und wenn es stimmt, was du sagst, dann wird auch dein Begleiter bald aufwachen.«

Adwen musste lächeln, als er Janes Namen hörte. Eigentlich hatte er gehofft, dass sie mitkommen würde, wenn er und Orick abreisten – auch wenn sie sich darüber nur noch mehr aufregen würde. Er mochte, wie sie aussah, wenn sie wütend war.

Isobel lachte, und da wurde ihm bewusst, dass ihr sein unangebrachtes Grinsen nicht entgangen war.

»Sie ist eine Schönheit, keine Frage. Ein Abend allein mit der Maid und ihr beide lächelt wie Narren, wenn ihr Name fällt.«

Adwen gab einen schroffen Laut von sich, als er sich daran erinnerte, wie Jane ihre Arme um Oricks Hals geschlungen hatte. Das Mädchen hatte es eindeutig nur seinetwegen getan, aber er wusste, dass Orick mehr als genug Freude an diesem Austausch gehabt hatte. Der Gedanke missfiel ihm sehr.

»Ach, Orick würde auch so lächeln, wenn ein einbeiniger Troll ihn so küssen würde wie Jane es gestern getan hat. Ich glaube nicht, dass er dem Mädchen wirklich schöne Augen machen will.« Adwen kippte die Eiermasse, die jetzt mit getrockneten Kräutern gewürzt war, in den flachen Topf, der über dem Feuer hing. Er griff nach einem Holzlöffel und rührte die Mischung um, während sie garte, und warf einen Blick zu Isobel hinüber, als sie das Wort ergriff.

»Ah, also ist es nicht Orick, der Jane den Hof machen will, sondern du.«

Oricks Stimme mischte sich in ihr Gespräch ein, und Adwen wandte sich ab, um seinen Gesichtsausdruck zu verbergen – der Tonfall seines Freundes war nach wie vor amüsant.

»Ich würde keinen Troll küssen, egal, wie viele Beine er hat. Einem Mann, der einen Troll geküsst hat, ist noch nie etwas Gutes widerfahren. Aber ich mag die Maid, nicht so, wie du vermutlich denkst, aber ich würde mich auf den ersten Blick in jedes Mädchen verlieben, das den Verstand hat, Adwen so vehement zurückzuweisen.«

Adwen biss die Zähne zusammen und war fest entschlossen, in Isobels Gegenwart ein Gentleman zu bleiben. Stattdessen sagte er nichts und überließ es Orick und Isobel, das Gespräch ohne ihn fortzusetzen, während er sich wieder dem Essen zuwandte.

»Heißt das, du hast den Kuss nicht genossen? Wenn du sagst, dass du es nicht genossen hast, werde ich dir nicht glauben.«

Orick lachte, und als Adwen jedem von ihnen eine Portion Eier und einen Hering auf einen Holzteller legte, widerstand er der Versuchung, Orick direkt auf den Teller zu spucken.

»Nein, das kann ich nicht sagen. Ich habe ihn mehr genossen als jeden anderen Kuss in meinem Leben, aber ich weiß genau, warum sie mich geküsst hat. Sie würde einen einbeinigen Troll küssen, um Adwen zu beweisen, dass er unrecht hat.«

»Was meinst du damit, Orick?«

Adwen drehte sich um, die Teller in den Händen, und tat sein Bestes, um das Gespräch zu unterbrechen. »Das Essen ist fertig. Probiert diese Eier und sagt mir, ob es die besten sind, die ihr je gegessen habt.«

Zu Adwens Freude lenkte die Verlockung des Essens Orick so weit ab, dass er Isobels Frage nicht beantwortete, sondern sich sofort an das Essen machte. Isobel tat es ihm gleich.

»Und? Habe ich dich angelogen?«

Isobel lächelte, und Adwen setzte sich, um sein Essen zu vertilgen. Jane konnte ihr Essen bei ihrer Ankunft zu sich nehmen. Er konnte sich nicht vorstellen, dass sie überhaupt daran interessiert wäre, mit ihm zu essen.

»Nein, sehr zu meiner Überraschung nicht. Ich werde Jane beibringen müssen, wie man die Eier auf diese Weise kocht.«

»Er kann nicht sehr viel, aber ich muss zugeben, dass Adwen weiß, wie man gutes Essen zubereitet.« Orick gab das Kompliment nur widerwillig.

»Das sehe ich. Was hast du damit gemeint, dass Jane Adwen beweisen wollte, dass er unrecht hat?« Isobel drehte ihren Kopf, um Adwen direkt anzusprechen. »Glaub nicht, dass ich nicht bemerkt habe, wie schnell du uns in dem Moment gefüttert hast, in dem ich die Frage gestellt habe. Ich lasse mich nicht so leicht ablenken. Wenn überhaupt, haben deine Bemühungen meine Neugierde nur noch verstärkt.«

Adwen lachte und nickte, als er sich damit abfand, dass Isobel unweigerlich erfahren würde, was am Abend zuvor wirklich geschehen war. Selbst wenn er Orick daran hinderte, die Geschichte weiterzuerzählen, würde Jane es ihr sicher berichten, wenn die beiden das nächste Mal allein waren.

Wenigstens war er jetzt da, um sicherzustellen, dass die wahre Geschichte erzählt wurde.

Er war schockiert, als er feststellte, dass ihn ebendiese Geschichte nicht sonderlich störte. Er wollte mit ihr befreundet sein, und diesen Wunsch hatte er noch nie in seinem Leben verspürt, wenn es um eine andere Frau gegangen war.

»Erzähl es ihr ruhig, Orick. Es ist klar, dass sie nicht vorhat, über etwas anderes zu sprechen, solange du es nicht tust.« Adwen lehnte sich in seinem Stuhl vor und stopfte sich den Mund mit Eiern voll, während Orick sprach.

»Adwen hat Jane ganz unverblümt gebeten, mit ihm ins Bett zu gehen, und die Maid hat es ihm übel genommen, wie es sich gehört. Adwen ist so töricht, dass er nicht glauben konnte, dass sie sich ihm verwehren würde, also mutmaßte er, sie würde die Gesellschaft anderer Frauen bevorzugen. Sie hat mich nur geküsst, um ihm zu beweisen, dass dies nicht der Fall ist.«

Adwen biss den Kiefer zusammen, als Isobel so laut lachte, dass er sicher war, sie würde jeden Moment vor Anstrengung umkippen. Sie lachte, bis der Husten sie überkam. Erst als sie wieder zu Atem gekommen war, sprach sie.

»Nein, Adwen, das hast du nicht wirklich getan? Ich kann nicht behaupten, dass ich viel Erfahrung mit Männern habe, aber du kennst sicher genug Frauen, um zu wissen, dass die wenigsten an einer solchen Frage Gefallen finden würden.«

Er schluckte den Bissen Eier hinunter und lächelte. »Ich kann dir mit Sicherheit sagen, dass es mehr als nur ein paar gab, die nicht beleidigt waren.«

Das Lächeln auf Adwens Gesicht verblasste langsam, als er Isobels angewiderten Blick bemerkte.

»Wenn das wahr ist, Adwen, kann ich dir versprechen, dass du nicht mit den richtigen Mädchen geschlafen hast.«

»Das habe ich ihm schon mehr als einmal gesagt, Isobel.« Orick stand auf und nickte Isobel zu, während er auf die Tür zuging. »Aber … er hört nie auf mich. Ich halte es für das Beste, wenn ich unsere Pferde bereit mache, aber ich danke dir für deine Gastfreundschaft. Ich hoffe, wir sehen uns eines Tages wieder.«

Adwen sah zu, wie Orick Isobels Hand küsste, bevor er durch die Tür verschwand und die beiden allein ließ.

Isobel drehte sich zu ihm um, sobald Orick weg war, und drückte sanft seine Hand.

»Jane ist eine hübsche Maid, Adwen, aber wenn du sie für dich gewinnen willst, musst du mehr tun.«

Ein Teil von ihm wollte sich gegen Isobels Vorschlag wehren. Er gewann die Herzen der Frauen nicht, das wollte er auch gar nicht. Er schlief mit ihnen und verabschiedete sich dann. So lief es in seinem Leben ab. Es war einfach und bequem, und er sah keinen Sinn darin, diesen Ablauf in nächster Zeit zu ändern.

»Ich will sie nicht für mich gewinnen, Isobel.«

»Natürlich willst du das nicht. Deshalb verspannen sich deine Schultern jedes Mal, wenn ich ihren Namen sage, und du konntest dir ein Lächeln nicht verkneifen, als ich gesagt habe, dass sie bald hier sein wird. Seitdem hast du alle paar Augenblicke zur Tür geschaut, um nach ihr Ausschau zu halten.«

»Ich weiß nicht, wie man ein Mädchen liebt, Isobel. Lass dich von meinem Verhalten dir gegenüber nicht täuschen, ich bin nicht sehr geschickt darin, Frauen freundlich zu behandeln.«

Isobel stand von ihrem Platz auf und griff nach den Tellern, während sie zu ihm sprach. »Wenn das, was du sagst, wahr ist, dann nur, weil du noch nie ein Mädchen getroffen hast, das das von dir verlangt hat. Bis jetzt.«

Sie klang genau wie Orick. Konnte es wirklich sein, dass er sein ganzes Leben damit verbracht hatte, ungewollt Frauen zu wählen, die fast so dumm waren wie er selbst? Bei dem Gedanken fühlte er sich unwohl, er schämte sich sogar ein wenig.

»Du klingst wie Orick, Isobel. Selbst wenn ich Jane mögen würde, bin es nicht ich, für den sie sich interessiert.«

Isobel sah ihn an, und ihre Augen funkelten vor Humor. »Denkst du etwa, dass sie für Orick schwärmt? Sei kein Narr, Adwen. Orick hat recht. Sie hat ihn nur geküsst, um dir etwas zu beweisen, und sie hätte sich nicht die Mühe gemacht, wenn du nichts in ihr geweckt hättest. Als Gregor und ich den Kuss unterbrochen haben, hat sie zuerst dich angesehen, nicht uns. Sie wollte deine Reaktion sehen.«

Er hoffte, dass sie recht hatte, aber in Wahrheit war es egal. Er würde kaum Gelegenheit haben, sie wiederzusehen. Orick würde inzwischen mit den Pferden fertig sein, und es sah nicht so aus, als würde Jane pünktlich zur Arbeit kommen.

»Das spielt keine Rolle, auch wenn du recht hast. Die Festung Cagair ist weit weg von hier. Wenn ich nach Hause zurückkehre, werden meine Reisen für einige Zeit zu Ende sein.«

»Du bist also schon viel gereist?«

Adwen atmete auf Isobels Frage hin aus und freute sich, dass Jane nicht mehr im Mittelpunkt ihrer Unterhaltung stand. Er stand auf, um ihr beim Putzen zu helfen, und sie unterhielten sich, während sie zusammen arbeiteten.

»Es gibt nur wenige Orte auf der Welt, die meine Brüder und ich noch nicht besucht haben. Wir sind als Reisende aufgewachsen und so sollte es sein – nicht festgewachsen auf einer Festung.«

»Du bist nicht erfreut, Gutsherr zu werden? Ich verstehe, warum. Andere Länder sehen zu können, ist …« Isobel hielt inne und Adwen beobachtete den fernen Blick in ihren Augen. Sie schien einen Moment lang vor sich hin zu träumen. »Es gibt nichts, was ich lieber tun würde, aber diesen Wunsch muss ich mit mir sterben lassen.«

Adwen stockte der Atem in der Brust und er musste blinzeln, um nicht in Tränen auszubrechen. Orick hatte recht, aber es hatte diese kranke Frau gebraucht, um ihm zu zeigen, wie wenig er sein eigenes Leben zu schätzen wusste. Sie würde alles tun, um auch nur einen Vorgeschmack auf die Freuden zu bekommen, die er für selbstverständlich hielt.

Orick trat in den Türrahmen. Adwen hielt eine Hand hoch, um ihn aufzuhalten. Er wollte noch etwas zu Isobel sagen, bevor sie gingen. Egal, ob sie krank war oder nicht, er wollte ihren Traum wahr werden lassen.

»Isobel.« Er schluckte, in der Hoffnung, dass seine Stimme beim Sprechen nicht brechen würde. »Die Festung Cagair ist nur eine Dreitagesreise von hier entfernt, und auf dem Weg dorthin kommt man durch die schönsten Landschaften Schottlands. Wie wäre es, wenn du und Gregor eine Zeit lang zu uns kommen würdet?«

Ihre Augen leuchteten auf, aber er konnte sehen, wie sie sich zurückhielt, um nicht zu aufgeregt zu wirken. Er wusste genau, wie ihre erste Reaktion ausgesehen hätte.

»Ich würde die Reise nicht überleben. Das Wetter wird von Tag zu Tag kälter.«

»Doch, das würdest du. Du vergisst, mit wem du sprichst. Ich kann zwar wenig, aber meine größte Stärke ist das Reisen.

Wenn ich Männer schicke, um dich zu begleiten, glaubst du, du könntest Gregor davon überzeugen, es zu erlauben? Ihr werdet ohnehin weniger Gäste aufnehmen können, wenn das Wetter kälter wird, und ich werde euch das Geld bezahlen, das ihr verliert, wenn ihr für den Rest des Winters schließt.«

Isobel lächelte und ergriff seine Hand, als er aufstand. »Willst du wirklich, dass wir kommen?«

Adwen nickte, ohne zu zögern. In seinem Leben war es noch nicht oft vorgekommen, dass er sich so schnell so verbunden mit jemandem gefühlt hatte. »Ja, ich möchte dir diese Gelegenheit geben, Isobel, damit du Orte sehen kannst, an denen du noch nie warst. Bitte erlaube mir, das zu tun.«

»Ja, ich werde es erlauben.« Sie folgte ihm zur Tür und griff nach seinem Arm, als er hinausging. »Darf ich im Gegenzug etwas für dich tun?« Sie ließ ihm keine Gelegenheit, zu antworten. »Lass mich Jane mitbringen.«

Adwen lächelte und sein Herz schlug schneller, wenn er nur an einen weiteren temperamentvollen Austausch mit der Maid dachte. »Ja, aber sie wird nicht mitkommen, wenn sie nicht weiß, wohin sie geht.«

Isobel gab ihm einen leichten Schubs zur Tür hinaus und lachte dabei. »Doch, das wird sie. Mach dir keine Sorgen. Und danke, Adwen.« Sie folgte ihm nach draußen und beugte sich vor, um ihm einen sanften Kuss auf die Wange zu geben. »Ich kann dir gar nicht sagen, was mir das bedeutet.«

Adwen nickte und drehte sich um, um mit Orick zu den Pferden zu gehen.

»Der Mann da vorhin in dem Gasthaus ist mir lieber.« Orick deutete zurück in die Richtung, aus der sie gekommen waren. Adwen zuckte mit den Schultern.

»Welcher Mann? Heute Morgen waren doch nur wir da.«

»Du weißt ganz genau, was ich meine, Adwen. Ich habe dich schon lange nicht mehr so aufrichtig mit einer Frau gesehen. Nicht seit deiner Mutter. Du hast Isobel erlaubt, zu sehen, wer du wirklich bist. Und das ist der Mann, den ich bevorzuge, nicht der Narr, der jede Frau um den Finger wickeln kann.«

Als er über Oricks Worte nachdachte, kam ihm nur eine Frau in den Sinn. Vielleicht würden sich die meisten Mädchen in den Mann verlieben, den Isobel gesehen hatte, aber er bezweifelte, dass selbst dieser Mann ausreichen würde, um das Herz einer Frau wie Jane zu erobern.

KAPITEL 12

Die morgendliche Sonne wärmte die Luft kaum und ich fröstelte, als ich mich beeilte, mein Pferd vorzubereiten, um die Zeit wieder aufzuholen, die ich durch das Verschlafen verloren hatte. Wenn ich so weitermachte, würden Gregor und Isobel mich bestimmt feuern, egal wie dringend sie meine Hilfe brauchten.

Nicht nur, dass meine Backkünste miserabel waren, ich hatte mich am Abend zuvor auch noch danebenbenommen und zugelassen, dass sie gesehen hatten, wie ich meine Lippen auf die von Orick gepresst hatte – auch wenn es Orick nicht gestört zu haben schien. Und zu allem Überfluss war ich weit nach meiner normalen Zeit aufgewacht. Höchstwahrscheinlich war Isobel gezwungen gewesen, das Frühstück für den unausstehlichen Idioten und Orick selbst zu machen.

Wie sich herausgestellt hatte, war Eoghanans Nachricht nicht schlimm genug gewesen, um das mulmige Gefühl zu rechtfertigen, das sie im Magen gehabt hatte. In Wahrheit hatte er ihr nur verkündet, dass Baodan alles wusste – und das hatte ich ohnehin schon vermutet. Wie sollte er nicht, wenn ich beim Abendessen nicht anwesend gewesen war?

Obwohl Eoghanan die Wogen offenbar hatte glätten können, wusste ich, dass er immer noch erwartete, dass ich alles mit Baodan selbst besprechen würde. Trotz dieser Erwartungen hatte ich an diesem Morgen keine Zeit, ihn oder irgendjemand anderen in der Burg zu beruhigen.

»Du bist spät dran, Mädchen.«

Ich hatte gerade mein Pferd bestiegen, als Gregors Stimme mich erreichte.

Schuldgefühle überkamen mich, als mir bewusst wurde, dass er auf der Suche nach mir gewesen sein musste. Entweder das, oder er war gekommen, um genau das zu tun, was ich erwartet hatte – mich zu feuern, weil ich schlecht kochte, einen Fremden geküsst hatte und faul und verantwortungslos war.

»Es … es tut mir so leid, Gregor. Ich habe verschlafen. Ich schulde dir eine riesige Entschuldigung.« Ich sprach, bevor ich mich ihm zuwandte, weil ich Angst hatte, seinen frustrierten Gesichtsausdruck zu sehen. Er streckte die Hand aus und tätschelte mein Pferd.

»Mach dir keine Sorgen. Ich scherze nur mit dir. Wir haben dich gestern Abend viel zu lange aufgehalten. Es war gut, dass du ausgeschlafen hast.«

Ich sah ihn an und fühlte mich trotz seiner freundlichen Worte nicht besser. »Nein, das hätte ich nicht tun sollen. Sicher braucht ihr mich, sonst wärst du nicht den ganzen Weg hierher geritten, um mich abzuholen. Es tut mir wirklich leid.«

»Jane. Ich bin kein Mann, der Dinge sagt, die er nicht meint, es sei denn, er will dich ärgern. Wenn ich sage, du hättest ausschlafen sollen, dann ist es das, was du hättest tun sollen. Ich bin nicht gekommen, um dich abzuholen. Ich bin gekommen, um mit dem Burgherrn zu sprechen, damit er uns erlaubt, dich ihm für ein paar Tage zu stehlen.«

»Oh. Und was hat er gesagt?«

»Er hat gesagt, dass es ihm nicht zusteht, dich davon abzuhalten, das zu tun, was du willst, ob er es für richtig hält oder nicht. Dann hat er gesagt, dass seine Frau genauso sei und dass es keinen Sinn hätte, euch etwas zu verbieten, da ihr es ohnehin tun würdet.«

Ich lachte, denn ich kannte Mitsy nach meiner Zeit hier gut genug, um zu wissen, dass das, was Baodan gesagt hatte, sehr wohl stimmte. Sie war genauso willensstark wie ich und – falls das überhaupt möglich war – sogar noch direkter.

»Das ist ja toll. Dann müssen wir nicht mehr so geheimnisvoll sein, wenn ich im Gasthaus arbeite.«

»Ja, das wird eine angenehme Abwechslung sein. Ich habe schon genug Sorgen, ohne Geheimnisse zu haben. Was hältst du davon, wenn wir zusammen reiten?«

Ein starker Nordwind wehte durch die Luft, die noch kühler war als am Anfang, und unsere Pferde schienen sich dadurch langsamer zu bewegen. Es war, als wären wir bereits meilenweit geritten, obwohl es in Wahrheit nicht mehr als eine Viertelmeile gewesen sein konnte, bevor Gregor die unangenehme Stille brach und etwas sagte.

»Gestern Abend hast du gesagt, dass du etwas beweisen wolltest, indem du den Burschen geküsst hast. Verzeih mir, Jane, aber ich kann mir keinen Reim darauf machen, was das sein könnte.«

»Er dachte– nicht der, den ich geküsst habe, sondern der

andere. Er dachte … Weißt du, ich glaube, das willst du gar nicht wissen, Gregor.«

Er lachte und nickte. »Aye, gut. Das ist wohl besser so.«

Ich zögerte, weil ich ihm nicht die Laune verderben wollte, aber ich war zu neugierig, um mir die Frage zu verkneifen. »Gregor, was ist letzte Nacht passiert?«

Er atmete aus und sein warmer Atem ließ eine Wolke in der Kälte aufsteigen. »Wir haben es nicht bis zum Heiler geschafft. Sie wollte nicht zu ihm gehen und hat mir vorher nichts davon gesagt. Stattdessen bestand sie darauf, dass wir bei der alten Brenna vorbeischauen, denn sie wusste genau, dass sie uns so lange beschäftigen würde, dass wir es nicht mehr zu dem Heiler schaffen würden. Sie will nicht gesund werden, Jane. Es bricht mir das Herz.«

Ich hielt inne, während ich versuchte, meine Gedanken zu einem zusammenhängenden Satz zusammenzufassen, um nicht zu weit zu gehen oder jemanden zu beleidigen. Isobels Gesundheit war verständlicherweise ein heikles Thema für ihn, aber wie die meisten Männer verstand er so wenig von Frauen, dass er nicht ahnen konnte, was sie vorhatte.

»Es ist nicht so, als würde sie nicht wollen, dass es ihr besser geht, Gregor. Natürlich will sie das. Sie will nur nicht, dass du dir zu viele Hoffnungen machst, falls … falls am Ende nichts hilft.«

»Ich wünschte, das wäre wahr, Jane, aber hast du sie nicht gesehen? Es bringt mich zum Weinen, so sehr schmerzt mein Herz für sie. Ich wünsche mir nichts sehnlicher, als ihr die Qualen zu nehmen, aber sie trauert nicht einmal um sich selbst. Sie scheint nicht zu bemerken, wie krank sie ist. Eine Frau, die mit ihrem Leben glücklich ist, würde doch sicher versuchen, es länger zu erhalten.«

Ich schüttelte den Kopf, obwohl ich wusste, dass er mich nicht sehen konnte, denn er ritt voraus. Ich trieb mein Pferd an und fuhr erst fort, als ich neben ihm ritt. »Du verstehst das völlig falsch. Damit hat das nichts zu tun. Sie hat Angst und leidet jeden Moment, den es ihr schlechter geht, aber sie liebt dich mehr als sich selbst. Sie bleibt für dich stark, Gregor. Es ist nicht so, als würde sie nie weinen. Sie ist ein Mensch, natürlich weint sie. Sie wartet nur, bis du nicht mehr da bist, um es zu sehen. Sie ist eine der stärksten Frauen, die ich je gekannt habe.«

»Hm.«

Er gab ein leises Geräusch von sich, als wäre ihm der Gedanke noch nie gekommen. Ich ließ ihn vor sich hin schweigen. Da ich viel mehr über Männer wusste als Gregor über Frauen, erkannte ich, dass er einen Moment für sich brauchte. In Stille.

Erst als wir den kleinen Hügel hinter uns gelassen hatten, der in das Dorf hinunterführte, wurde Gregor langsamer und ließ mich aufholen. Nun schien sich seine Stimmung deutlich verbessert zu haben. »Danke, Mädchen.«

»Wofür?«

»Dafür, dass du mir geholfen hast, zu verstehen, warum sie gestern Abend nicht zu dem Heiler gehen wollte. Wenn ich an ihrer Stelle gewesen wäre, hätte ich mich auch so verhalten.«

»Manchmal ist es schwer zu erkennen, was jemand wirklich vorhat, wenn man gerade mittendrin ist.« Ich nickte zum Gasthaus, als wir uns näherten. »Du hättest nicht kommen und dich für mich rechtfertigen müssen. Es war meine Aufgabe, Baodan alles zu erklären.«

»Nein, ich würde nicht riskieren, dass du etwas sagst, was du besser nicht sagen solltest. Dafür brauche ich dich hier zu dringend. Außerdem solltest du nicht allein reiten. Wenn du auf dem Rückweg ermordet würdest, wer würde dann dein leckeres Brot backen?«

Sein neckisches Zwinkern entging mir nicht und ich lachte.

»Außerdem, Jane, selbst wenn wir es zu dem Heiler geschafft hätten, hätte ich nicht damit gerechnet, so spät am Abend zurück im Gasthaus zu sein. Eoghanan hat dich schon früher zurückerwartet. Es ist meine eigene Schuld, dass du aufgehalten wurdest. Es war richtig von mir, selbst mit dem Burgherrn zu sprechen.«

Auf dieses Stichwort hin erschien Isobel in der Tür zum Gasthaus, eine kleine Gestalt in der Ferne, die fröhlich mit den Armen winkte, als sie uns näher kommen sah.

An ihrem schelmischen Grinsen konnte ich erkennen, dass sie den Morgen mit Adwen verbracht hatte.

KAPITEL 13

Festung Cagair – Februar 1649

Die Stimmen waren kaum ein Flüstern, leise und weit entfernt. Er konnte die Worte nicht verstehen und erst recht nicht differenzieren, wie viele sich an der gespenstischen Unterhaltung beteiligten, aber er konnte ihre Anwesenheit nicht leugnen. Es war das vierte Mal, dass dieses leise Flüstern an seine Ohren drang. Die Geschichten waren wahr – Geister hielten sich in den Fluren der Festung Cagair auf.

»Hast du einen gesehen? Callum schon. Ich auch.«

»Was?« Adwen drehte sich zu seinem Bruder um und hoffte, dass Griffith sein Zusammenzucken nicht bemerkt hatte, als dieser sich ihm näherte.

»Ich habe nur eine Maid gesehen, aber Callum hat zwei gesehen, und Orick behauptet, es wären drei, sowie ein Mann, der unter ihnen lebt.«

»Nein, ich habe sie nicht gesehen, aber ich kann sie hören.« Auf all seinen Reisen war Adwen trotz aller seltsamen und mystischen Dinge, die er gesehen hatte, noch nie einem Geist begegnet.

»Am Anfang sind sie beunruhigend, aber sie richten keinen Schaden an. Und die Mädchen sind sehr hübsch, auch wenn sie sich sehr seltsam kleiden.«

Adwen dachte an Isobel. Er wollte seiner neuen Freundin eine Abwechslung bieten, anstatt sie in eine triste Burg voller Geister einzuladen.

»Mir ist es egal, ob die Geister schön sind oder nicht.«

Griffith lachte ihn an und schüttelte den Kopf, damit Adwen ihm nach draußen folgte. »Ich bezweifle, dass man gegen ihre Anwesenheit viel tun kann, aber du hast dein Leben lang Zeit, einen Weg zu finden, sie loszuwerden. Vielleicht gelingt es dir ja.«

Adwen ignorierte Griffiths kleine Anspielung auf die Wette, die er verloren hatte. Griffith erinnerte ihn jeden Tag daran.

»Brauchen du und Vater Hilfe beim Bepacken der Pferde?«

»Das ist schon erledigt. Wir brechen auf, sobald du und Callum uns verabschiedet habt.«

Sie traten nach draußen und zogen ihre Mäntel ein wenig fester zu. Der Morgen hatte einen bittersüßen Beigeschmack. Adwen hasste es, sich von seinem Vater und seinem jüngsten Bruder zu verabschieden. Wahrscheinlich würde es Jahre dauern, bis sie sich wiedersehen würden. Ihre Reisen würden lang andauern und ihre Ziele jenseits von Schottland liegen.

Aber trotz seiner Betrübnis über ihre Abreise war er erleichtert, dass sie nicht mehr da sein würden, wenn seine Gäste kamen. Wenn sein Vater fort war, konnte er wenigstens seinen Pflichten nachkommen, ohne sich Sorgen machen zu müssen, dass jede Entscheidung auf Missbilligung stoßen würde. Er würde tun können, was er wollte, und sein erster

Auftrag würde darin bestehen, die Burg für seine Gäste vorzubereiten.

Isobels Krankheit konnte er nicht heilen, aber vielleicht würde er ihr ein wenig Freude bringen. Fleißige Männer und Frauen standen bereit, um mit der Arbeit zu beginnen, sobald sein Vater und sein Bruder abgereist waren.

Bei den Ställen standen sein Vater und Callum dicht beieinander und unterhielten sich. Adwen hielt sich zurück, damit sie sich voneinander verabschieden konnten. Es war das erste Mal, dass sie nicht gemeinsam unterwegs waren, und Adwen wusste, dass die Trennung ihnen allen zu schaffen machen würde.

Adwen stellte sich vor Griffith und legte seine Arme um seinen jüngsten Bruder. »Du wirst ein Mann sein, wenn ich dich das nächste Mal sehe. Du wirst ein guter Mann werden, besser als ich. Werde ein Mann wie Callum.«

Griffith trat einen Schritt zurück und ließ sich nichts anmerken. »Du bist ein besserer Mann, als du denkst, Adwen. Ich weiß genau, dass du einen Weg gefunden hättest, die Wette zu gewinnen, wenn du es wirklich gewollt hättest. Danke, dass du sie nicht gewonnen hast.«

Ihr Vater kam näher und ließ Adwen keine Zeit, auf die Naivität seines Bruders zu reagieren. Griffith hielt zu viel von ihm; er hatte wirklich alles versucht, um die Wette zu gewinnen. Der Schmerz über die Niederlage pochte noch immer tief in ihm.

»Ich weiß, dass dies nicht das Leben ist, das du dir vorgestellt hast, aber du wirst ein viel besserer Gutsherr sein als ich. Callum wird dir gut zur Seite stehen.«

Mit diesen Worten drehte sein Vater sich um und ließ ihn zurück. Griffith tat es ihm kurz darauf gleich.

Callum tauchte neben ihm auf. »Er ist nicht für lange Verabschiedungen geschaffen.«

Adwen nickte zustimmend. »Ja, Vater spricht nicht gerne, egal ob er sich verabschiedet oder nicht. Wenn unsere Mutter nicht gewesen wäre, hätten wir das Sprechen wohl bis zu unserem fünften Lebensjahr nicht gelernt.«

Callum lachte und fragte dann: »Wann kommen deine Gäste an?«

»In drei Tagen. Orick ist schon losgezogen, um sie auf ihrer Reise zu begleiten.«

»Es wird schön sein, ein paar Frauen hier zu haben. Es ist zu lange her, dass wir ein Haus hatten, in dem wir Gäste empfangen konnten.«

»Aye.« Die nächsten drei Tage vergingen für Adwen unglaublich langsam. Er konnte nicht schlafen, denn die Vorfreude auf ihre Ankunft wuchs mit jeder Sekunde. Er hoffte, dass Isobel die Reise gut überstehen würde und dass es ihr gelungen war, Jane davon zu überzeugen, sich ihnen anzuschließen.

»Du musst verrückt sein, so viele Mühen auf dich zu nehmen, um die Frau hierher zu holen.«

Das war Adwen, aber nicht wegen der Frau, die Callum im Sinn hatte. »Die Frau, für die ich mich so anstrenge, ist verheiratet, aber niemand hat das Geschenk, das ich ihr mache, so sehr verdient wie sie.«

»Ah, dann ist da tatsächlich eine andere Frau im Spiel. Denn ich weiß genau, dass du an eine denkst. Seit du zu Hause bist, war kein einziges Mädchen mehr auf der Burg. Entweder bist du krank oder du hast dich in einen sehr besonderen Menschen verliebt. Du siehst aber nicht krank aus.«

Frustration machte sich in ihm breit, wie immer, wenn er an

Jane dachte. Gefühle passten nicht zu ihm. Und jedes Mal, wenn er an Jane dachte, fühlte er eine Million Dinge auf einmal.

»Ich bin nicht krank, und nichts beschäftigt meinen Geist. Niemals.« Er hielt inne und schüttelte den Kopf, als er hörte, wie verzweifelt seine Worte klangen Callum lachte.

»Sieh dich an. Sie beschäftigt dich so sehr, dass du nicht mehr sprechen kannst, ohne dich einen hirnlosen Narren zu nennen. Sag mir, wer ist sie und wird sie die anderen begleiten?«

Adwen hielt das Knurren zurück, das sich in seiner Kehle zu bilden schien. Callum hatte recht – sie hatte ihn in den letzten Tagen viel zu sehr beschäftigt. Nur eine Sache würde ihn von diesen Gedanken befreien. Mit schnellem Schritt ging er in Richtung der Ställe los.

»Wo willst du hin, Adwen?«

Er rief in die Richtung seines Bruders zurück: »Ins Dorf – dort gibt es zu viele Mädchen, mit denen ich noch nicht geschlafen habe.«

KAPITEL 14

Der letzte Tag der Reise – Februar 1649

Zwischen dem Tag, an dem Isobel ihre Absicht mitteilte, zur Festung Cagair zu reisen, und dem Morgen, an dem wir aufbrachen, vergingen vierzehn Tage. Zuerst lehnte ich ihre Bitte ab, mich ihnen anzuschließen, aber Isobel, so nett sie auch sein mochte, wusste, wie man schmutzige Tricks anwandte.

Sobald Cooper wusste, wo ich meine Tage außerhalb der Burg verbrachte, war er nicht mehr zu halten. Er kam jeden Nachmittag auf einen Snack und einen Besuch vorbei. Innerhalb von drei Tagen war Isobel verrückt nach dem Jungen und fragte ihn bei der ersten Gelegenheit, ob er sie auf ihrem Ausflug zur Festung Cagair begleiten wolle. Sie wusste genau, dass niemand in der Familie ihn jemals allein dorthin reisen lassen würde, ohne dass einer von uns ihn begleitete.

Als er von der Reise erfuhr, machte Cooper es sich zur alleinigen Aufgabe, sich die Erlaubnis einzuholen. Er wollte sich auf keinen Fall ein Abenteuer entgehen lassen, wie bei unserem letzten Besuch auf Festung. Er war gezwungen gewesen, zu Hause zu bleiben, und daran erinnerte er jeden, der zuhörte.

Doch trotz seines endlosen Bettelns blieb seine Mutter hartnäckig. Sie wollte keinen ganzen Monat ohne ihn verbringen, und ich hoffte weiterhin, dass Grace bis zum Abreisedatum von Isobel und Gregor hartnäckig bleiben würde. Dann, einen Tag bevor Orick ankommen sollte, um alle zu begleiten, hielt Eoghanan es für angebracht, seinen Senf dazuzugeben – verdammt sei der Mann.

Als Nächstes tauchte Grace im Gasthaus auf und bat mich um einen großen Gefallen. Sie hatte darüber nachgedacht und beschlossen, dass die Reise Cooper guttun würde, da er sich in letzter Zeit mit dem neuen Baby und einem weiteren, das unterwegs war, so vernachlässigt fühlte. Ihrer Meinung nach war es eine gute Idee, ihm diese Reise zu gönnen, wenn er sie so sehr wollte. Sie bettelte mich praktisch an, ihn mitzunehmen, damit sie sich keine Sorgen machen musste.

Und so begann die Reise zur Festung Cagair mit mir, Cooper, Isobel und Gregor, die alle Oricks vernünftiger und bedächtiger Führung folgten. Wir bewegten uns langsam und achteten darauf, dass Isobel es warm und bequem hatte. Ich musste zugeben, dass die Reise ihr gutzutun schien. Ihre Stimmung schien sich deutlich zu verbessern, und das hatte den positiven Effekt, dass sie sich so gut fühlte wie schon lange nicht mehr. Sogar ihr Husten ließ trotz des kalten Windes ein wenig nach.

Es war unser letzter Tag und wir hatten nur noch eine Handvoll Meilen bis zur Burg vor uns. Wir hielten an einem kleinen Bach, der zu dem Dorf in der Nähe der Festung führte, und aßen einen Happen von Isobels Brot und getrockneten Heringen.

Ich freute mich ungefähr so sehr auf meine nächste Begegnung mit Adwen, wie ich mich auf eine Warze an der Unterseite meines großen Zehs freuen würde, aber ich wusste, dass das Treffen unvermeidlich war. Ich konnte mir schon ausmalen, wie es ablaufen würde.

Er würde etwas Unverschämtes sagen, und ich würde mit etwas Unangemessenem zurückschlagen. Dann würden wir uns voneinander entfernen, er würde sich über meine Spinnereien amüsieren und ich würde atemlos und heißblütig zurückbleiben, was mich nur noch wütender machen würde.

Ich hoffte nur, dass er nicht registrieren würde, wie oft ich an ihn dachte. Dass er nicht merken würde, wie meine Atmung schneller und meine Muskeln angespannter wurden, wenn er in der Nähe war.

Es war meine lächerlich lange Sex-Dürre, die eine solche Reaktion in mir hervorrief. Sie war rein körperlich und völlig natürlich, wenn man von einem unbestreitbar attraktiven Mitglied des anderen Geschlechts genervt wurde. Obwohl Isobel ihn in den höchsten Tönen lobte, hatte ich bisher noch nichts beobachtet, was bewiesen hätte, dass er mehr als ein Witzbold war, und ich bezweifelte, dass irgendetwas meine Meinung ändern würde.

Was war schon dabei, wenn ich von seinem muskulösen Körper geträumt hatte oder der berauschenden Art und Weise, wie seine glatte Haut sich rot färben würde, wenn meine Fingernägel an ihr entlangfahren würden, während er in mich eindrang? Das war ein natürliches Phänomen, das aus meinem biologischen Bedürfnis entstand, von Zeit zu Zeit ein sexuelles Abenteuer zu erleben.

Das Stück Brot war in meinem Mund zu Brei geworden, als die Gedanken an Adwen, der schmutzige Dinge mit mir machte, meinen Verstand erfüllten und meinen Kiefer vom Kauen abhielten. Coopers Finger, die an meinen eigenen zogen, rissen mich abrupt aus meinem Tagtraum.

»Tante Jane, warum lässt Gregor dich nicht neben Orick und mir reiten? Ich habe die ganze Zeit versucht, ihn dazu zu bringen, sein Pferd langsamer zu machen, damit du uns einholen kannst, aber jedes Mal, wenn er damit anfängt, motzt Gregor ihn an und sagt ihm, er soll da vorne bleiben, wo er hingehört.«

Ich lachte und beugte mich vor, um Cooper in meine Arme zu ziehen, während die ganze Gruppe in amüsiertem Schweigen um mich herumstand und gespannt auf meine Antwort wartete. Ich merkte, dass sie alle erwarteten, dass ich ihn anlügen würde, aber mit Cooper hatte ich immer Schwierigkeiten. Ich wusste, dass das einer der Gründe war, warum wir uns so nahestanden. Coop wusste, dass die Erwachsenen ihm oft nur eine Version der Wahrheit erzählten, weil sie ihn für zu jung hielten, um den Ernst der Lage zu begreifen. Im Laufe der Jahre hatte er gelernt, dass er zu mir kommen konnte, wenn er eine ehrliche Antwort wollte. Und ich war stolz darauf, diese Person für ihn zu sein.

»Er hat Angst, dass ich ihn wieder küsse, wenn er Orick in meine Nähe lässt.«

Coopers Augen weiteten sich zu lächerlichen Ausmaßen, als er lachte und sich aus meinen Armen winden wollte. »Was? Du hast ihn schon einmal geküsst? Ich wusste nicht, dass du Orick magst.«

Orick meldete sich in einem amüsierten Tonfall zu Wort. »Ganz so war es nicht, mein Junge. Sie hat mich nur im Scherz geküsst. Es würde Gregor guttun, sich daran zu erinnern und die Sache zu vergessen.«

Cooper runzelte die Stirn und stemmte die Hände in die Hüften, als er sich Gregor zuwandte. Ihm fiel es genauso schwer wie mir, zu verstehen, warum Frauen im siebzehnten Jahrhundert wie Kinder behandelt wurden, die ihr ganzes Leben lang beaufsichtigt werden mussten. Er zögerte nicht, sich für mich einzusetzen.

»Ich verstehe auch nicht, warum Tante Jane Orick geküsst hat, Gregor, aber Orick hat recht. Du solltest sie einfach in Ruhe lassen. Ich glaube nicht, dass sie von ihrem Pferd auf seins springen wird, nur um ihn zu küssen. Sie sind genauso erwachsen wie du. Hör auf, sie herumzukommandieren.« Er zögerte und ich merkte, dass ihm die Worte unwillkürlich aus dem Mund gerutscht waren, wie immer, wenn er sich aufregte – eine Eigenschaft, die wir beide teilten. Als seine Wangen rosig wurden und er ziemlich verlegen aussah, bot er Gregor noch ein letztes Wort an, während er seinen Kopf senkte, um ein wenig Respekt zu zeigen. »Sir.«

Ich musste mir auf die Unterlippe beißen, um bei Gregors Gesichtsausdruck nicht in Gelächter auszubrechen, und ich stand wie angewurzelt da, während ich auf seine Reaktion wartete. Cooper hatte vielleicht etwas zu viel gesagt, aber ich kannte mein eigenes Temperament gut genug, um zu wissen, dass ich meinem sonst so freundlichen Arbeitgeber die Hölle heiß machen würde, wenn er Coop ausschimpfen würde.

Stattdessen begann Isobel hysterisch zu lachen und klopfte Gregor dabei auf den Arm. »Ach, genau das wollte ich dir schon am Vorabend vermitteln, aber wie ich sehe, hat es ein Kind gebraucht, um dir zu zeigen, dass es dich nichts angeht, was Jane und Orick miteinander machen. Wenn die Maid jeden

Mann von hier bis zur Burg McMillan küssen will, dann ist das ihr gutes Recht.« Sie nickte in Coopers Richtung, was die Spannung löste und die Farbe in Coopers Wangen zurückbrachte. »Gut gesagt, Junge. Also, was meinst du, sollen wir unseren Weg fortsetzen?«

Gregor sagte nichts, als wir aufstiegen. Ich lenkte mein Pferd, um neben Cooper und Orick zu reiten.

Je näher wir der Festung Cagair kamen, desto nervöser wurde ich. Isobel merkte das daran, wie ich auf meinem Pferd herumzappelte.

»Du wirst ihm noch den Rücken kaputt machen, Jane. Bleib ruhig sitzen und mach dir keine Sorgen. Du hast keinen Grund dazu. Adwen will dich dort haben.«

Ich schüttelte den Kopf und dachte daran, wie überrascht er sein würde, mich zu sehen. Ich war mir ziemlich sicher, dass er nicht erfreut sein würde, wenn die Erinnerung an sein verletztes Ego vor seiner Tür auftauchte.

»Nein, Isobel, das will er nicht. Wenn er gewollt hätte, dass ich dabei bin, hätte er mich eingeladen. Die Einladung war für dich und Gregor. Cooper und ich sind nur Mitläufer.«

Wir ritten nun in einer engen Reihe, Gregor und Isobel auf einem Pferd zu meiner Linken, ich auf meinem eigenen in der Mitte und Orick und Cooper auf einem anderen rechts von mir. Isobel streckte ihren Arm aus und lehnte sich so, dass sie meine Hand drücken konnte, als ich ihr auf halbem Weg entgegenkam.

»Jane, ich habe es dir noch nicht gesagt, aber Adwen wollte, dass ich dich einlade. Er weiß, dass er sich das letzte Mal, als er dich gesehen hat, nicht gut benommen hat. Er möchte dir zeigen, dass er ein besserer Mensch ist, als du denkst.«

Ich drehte mich zu Orick um, weil ich eine Bestätigung von jemand anderem brauchte als von der Frau, die ein Kind benutzt hatte, um mich auf eine Reise zu locken.

»Ist das wahr, Orick? Oder wird er mich an seiner Türschwelle abweisen?«

Orick lächelte das freundliche, vertrauenswürdige Grinsen, das mir vom ersten Moment an sympathisch gewesen war. »Ich würde nicht zulassen, dass er dich fortschickt, aber ja, er möchte dich wiedersehen.«

Diese Erkenntnis begeisterte mich und aus irgendeinem Grund machte mich meine Aufregung über Adwens Anliegen wütend.

»Selbst wenn er mich wiedersehen will, weiß ich, dass es nur aus einem Grund ist, und das wird nie passieren. Mich kriegt er nicht ins Bett.«

Oricks Augen weiteten sich, als ich diesen Satz sagte, und er hielt Cooper schnell die Ohren zu.

Gregor erhob ebenfalls das Wort. »Habe ich etwas verpasst? Ich verstehe nicht, wovon ihr sprecht.«

Isobel brachte ihn zum Schweigen. »Es ist besser, wenn du es nicht weißt, mein Lieber. Das würde dich nur ärgern.«

Orick ließ Coopers Ohren los, bevor er sprach. »Ich weiß, dass ich oft schlecht von ihm rede, aber nur, weil ich weiß, dass ich ihn damit aufziehen kann. Sei nicht so hart zu ihm, Mädchen. Er ist zwar ein Narr, aber tief in ihm steckt ein besserer Mensch. Er hatte nur noch nie das Glück, ein Mädchen zu treffen, das ihm zeigen kann, was für ein Mann er sein kann.«

Ich wusste nicht, was ich sagen sollte. Es war ein schöner

Gedanke, und ein Teil von mir wollte die Frau sein, die einen Mann wie ihn verändern konnte. Aber viele Frauen bereuten früher oder später, sich diesem Irrglauben hingegeben zu haben, und ich war nicht scharf darauf, mich einer solchen Herausforderung zu stellen. Normalerweise hielt ich mich einfach von Männern fern, die meiner Meinung nach verändert werden mussten. Diese Regel hatte mir gute Dienste geleistet und mich vor vielen zum Scheitern verurteilten Beziehungen bewahrt.

Bei Adwen war es nicht anders. Ich war der Meinung, dass er sich ändern musste, oder dass er zumindest etwas reifer werden sollte. Aber ich brauchte nicht zu versuchen, das zu einer Realität zu machen. Nein, ich musste mich verdammt nochmal von ihm fernhalten.

Als wir schweigend durch das verschlafene Dorf in der Nähe ritten, musste ich an die Freundlichkeit denken, mit der er Isobel begegnet war, während ich die Dorfbewohner beobachtete, wie sie ihrem täglichen Leben auf der kleinen ungepflasterten Hauptstraße nachgingen. Er hatte die Fähigkeit, sich um andere zu kümmern und Güte zu zeigen. Ich wurde den Gedanken nicht los, dass diese Leute sich glücklich schätzen können, ihn als Gutsherrn zu haben.

Als wir den Dorfrand erreichten, fiel mir eine flüchtige Bewegung im Fenster des letzten Hauses auf der rechten Seite auf. Ich blickte auf und sah für einen kurzen Moment eine nackte Frau, bevor sie in ein dünnes Gewand schlüpfte. Im Stockwerk darunter öffnete sich die Haustür und ein Mann, dessen Gesicht von einem absichtlich hochgezogenen Mantel verdeckt wurde, blickte schnell von einer Seite zur anderen, bevor er um die Hauswand huschte.

Ich dachte mir eine Sekunde lang nichts dabei. Dann sah ich

jedoch einen grünen Schottenrock unter dem Mantel hervorblitzen – Adwen.

»Von wegen besserer Mann. Was für ein notgeiler Mistkerl«, murmelte ich leise vor mich hin, als ich zusah, wie sein Pferd in den Wald ritt.

KAPITEL 15

Festung Cagair

Die Annäherung an die Festung Cagair weckte Erinnerungen, die ich fast schon vergessen hatte. Sie schienen ein ganzes Leben her zu sein, und in gewisser Weise war es wohl auch so. Meine Zeit als Miteigentümerin und Bewohnerin des großen Gebäudes war kurz gewesen, aber sie war von harter Arbeit, Lachen und den unvermeidlichen Problemen geprägt gewesen, die man bei der Renovierung einer fünfhundert Jahre alten Burg erwarten würde.

»Heiliger Strohsack, ist das schön hier!« Coopers Stimme klang ehrfürchtig, als er den herrlichen Anblick bestaunte.

Ich schaute zu Isobel hinüber, deren Augen verschleiert waren, während sie mit den Tränen kämpfte. »Ja, ich wusste nicht, dass es so etwas Schönes geben kann.«

Ich hatte die Festung sowohl im einundzwanzigsten als auch im siebzehnten Jahrhundert schon einmal gesehen. Obwohl sie jetzt noch atemberaubender war, hatte ihre Pracht mich schon zu meiner Zeit beeindruckt, als das Gebäude in Trümmern gelegen hatte.

Die Festung befand sich auf einer eigenen Insel, die gerade groß genug war, um das Gemäuer selbst, etwa hundert Meter Grünfläche ringsherum und eine Reihe von Ställen zu beherbergen. Sie lag hoch genug über dem Meer, dass selbst starke Winde das Gras nicht befeuchten konnten, aber niedrig genug, dass man die Wellen von jedem Fenster aus beobachten konnte. Eine lange, breite Brücke aus Stein, Holz und vermutlich mehr als nur ein bisschen Magie führte vom Hauptufer zu den Toren der Festung. Das Meer diente dem Bauwerk als mächtiger und natürlicher Wassergraben.

Ich konnte mir keine schönere Festung vorstellen. Die Magie schien hier fast sichtbar in der Luft zu hängen. Nur ein so großer Idiot wie Adwen wäre von dem Gedanken, den Rest seines Lebens hier verbringen zu müssen, erschüttert.

Nur ein Mann stand am Burgtor und wartete auf unsere Ankunft. Es war nicht Adwen, obwohl die Ähnlichkeit mit ihm verblüffend war.

Adwen war wahrscheinlich irgendwo unterwegs, um die Überreste seines Liebesspiels abzuwaschen, bevor er seinen Auftritt hinlegen würde. Ich hoffte, dass er mir nicht die Hand zur Begrüßung reichen würde, denn diese würde ich garantiert nicht annehmen. Schließlich wusste ich, dass Männer sich meist nicht sonderlich gründlich wuschen.

»Willkommen, ich hoffe, ihr habt die Reise gut überstanden. Mein Name ist Callum und ich bin der jüngere Bruder des Gutsherrn. Ich weiß nicht, wo Adwen hingegangen ist, aber ich denke, er wird bald hier sein. Ihr könnt hier absteigen, und ich lasse eure Pferde zu den Ställen bringen.«

»Danke.«

Es war Gregor, der das Wort ergriff und zuerst von seinem Pferd abstieg, bevor er Isobel zu Hilfe kam. Sie war erschöpft von der Reise, aber sie hatte eine positive Einstellung und das tat ihrer Gesundheit gut. So müde sie auch war, sie sah nicht annähernd so krank aus, wie es bisher jeden Tag der Fall gewesen war, seit ich sie kennengelernt hatte.

Callum machte sich daran, Gregor und Isobel zu begrüßen, während Orick, Cooper und ich abstiegen und unsere Zügel an die Männer übergaben, die darauf warteten, sich um die müden und hungrigen Pferde zu kümmern.

Als Callum sich auf uns zubewegte, erschien Adwen in der Tür und grinste wie ein frisch flachgelegter Idiot.

»Isobel, du siehst gut aus.« Er küsste ihre Hand, bevor er Gregor begrüßte, der sich bei Adwen herzlich für die Einladung bedankte. Ich hielt mich zurück und beobachtete den Austausch zwischen den beiden, während ich den Moment fürchtete, in dem er auf mich zukommen würde.

Nach einem kurzen Augenblick drehte er sich zu mir und Cooper um und zwinkerte mir zu, bevor er sich an Cooper wandte und ihn begrüßte.

»Ich freue mich, dich wiederzusehen, Cooper. Es ist schön, dass du gekommen bist.«

»Danke, dass ich dabei sein darf.« Cooper lächelte, blieb aber dicht an meiner Seite. Ich fragte mich, ob der scharfsinnige Junge meine Verärgerung spürte und mich mit seiner Anwesenheit trösten wollte. Es half, und ich griff nach Coopers Hand, damit sie nicht frei war, um von Adwen ergriffen zu werden.

»Adwen.« Ich nickte, sagte aber nichts weiter zur Begrüßung.

»Jane, du siehst bezaubernd aus.«

Ich sah nicht bezaubernd aus. Niemand sah nach drei Tagen auf Reisen bezaubernd aus. Seine Schmeicheleien bedeuteten mir nichts.

»Willst du mir nicht die Hand reichen?«

Ich umklammerte Coopers Finger etwas fester, damit er mich nicht loslassen konnte. »Das letzte Mal, als du mich gebeten hast, dir die Hand zu geben, lief es nicht so gut, weißt du noch? Außerdem habe ich …« Ich zögerte, aber die Worte rutschten mir trotzdem heraus: »Ich habe einen … Ausschlag.«

»Du hast einen Ausschlag?«

»Äh, ja, an meinen Händen.«

Daraufhin riss Cooper seine Hände aus meinem Griff und schüttelte sie angewidert aus. »Warum nimmst du dann meine Hand? Ich will keinen Ausschlag, Tante Jane.«

Ich riss meine Augen so weit auf, wie es mir möglich war, um Cooper zu zeigen, dass ich flunkerte, aber der Schaden war bereits angerichtet.

»Lass mich deine Hand sehen, Jane. Wenn es wirklich Ausschlag ist, können wir dir vielleicht eine Salbe besorgen.«

Ich hatte mir selbst eine Grube gegraben und wusste, dass es keinen Ausweg gab, ohne noch mehr Aufmerksamkeit zu erregen. Peinlich berührt streckte ich sie ihm entgegen.

Er strich mit seinen Fingern über die weiche Haut meiner Handfläche und blickte mit gespielter Besorgnis auf sie herab.

»Ich sehe keinen Ausschlag, aber das Reiten kann anstrengend für die Hände sein. Ich werde dir etwas zur Linderung in dein Schlafgemach schicken lassen.«

»Danke.« Ich zog meine Hand aus seinem Griff und hasste das flatternde Gefühl, das durch meinen Unterleib schoss, als er mich berührte.

»Nun«, sagte Adwen und wandte sich an die Gruppe,

»erlaubt mir, euch die Festung zu zeigen. Dann bringe ich euch zu euren Gemächern, damit ihr euch vor dem Abendmahl ausruhen und erfrischen könnt.«

Ich hatte keine Lust, mich von Adwen durch die Festung führen zu lassen, obwohl ich die Gänge wahrscheinlich besser kannte als er. Schließlich hatte ich dort länger gelebt als er. »Könntest du mir bitte sagen, welche Kammer meine ist? Ich bin mir sicher, dass ich den Weg dorthin finden werde.«

Adwen warf mir einen Blick über die Schulter zu, als er uns alle hineinführte. »Ich hatte vergessen, dass du schon einmal hier warst, als wir fort waren. Bist du sicher, dass du nicht mitkommen willst?«

Cooper meldete sich zu Wort, hilfsbereit wie immer. »Sie war nicht nur zu Besuch, sie hat hier gelebt!«

Adwen sagte nichts, warf mir aber einen fragenden Blick zu, bevor Isobel verwirrt das Wort ergriff.

»Du hast hier gelebt, Jane?«

Ich rückte dicht an sie heran und versuchte, ihr so zu antworten, dass Cooper mich nicht hören konnte. »Er hat eine lebhafte Fantasie und denkt sich gerne alle möglichen Geschichten aus.

Ich vermutete, dass Isobel mir nicht ganz glaubte, aber sie sagte nichts weiter. Als wir ins Haus gingen, trat Adwen an meine Seite.

»Wenn du jetzt wirklich in dein Gemach gehen willst, dann ist es das am Fuße des Turms. Weißt du, von welchem ich spreche?«

»Ja.« Ich wuschelte Cooper durch die Haare, bevor ich einen Schritt in die Richtung machte und mich dann jedoch zu Adwen umdrehte. Ich beugte mich vor und zog an einem langen blonden Haar, das unter seinem Umhang hervorlugte.

Er erstarrte, als ihm bewusst wurde, was ich in der Hand hielt.

Ohne eine Miene zu verziehen, drehte ich meine Finger so, dass das Haar zu Boden fiel. »Es scheint, als würde dein Haar die Farbe wechseln, Adwen.«

Ich ließ ihn sprachlos dort stehen und ging davon.

KAPITEL 16

Ich lebte mich schnell in das Zimmer ein, das mir von Anfang an vertraut war – es war genau das Zimmer, das ich mir während meiner Zeit hier ausgesucht hatte. Ein Bad wartete auf mich. Unabhängig von seinen sexuellen Gewohnheiten schätzte ich, dass er wenigstens so umsichtig gewesen war, sich Gedanken darüber zu machen, was wir brauchen würden, und es schon im Voraus für uns vorbereitet hatte.

Ich brauchte keine fünf Sekunden, um mich aus meinen dreckigen Reitklamotten zu befreien und in das angenehm warme Wasser zu steigen. Der Duft des Lavendelöls half mir, meine Frustration zu lindern. Ich stöhnte auf, als ich mich bückte, um meine Fersen zu reiben. Ich drückte und massierte, um den aufgestauten Druck zu lindern.

Es klopfte leicht an der Tür und eine Frauenstimme ertönte.

»Ich möchte nicht stören. Ich wollte nur sagen, dass ein Bademantel bereitliegt und alle übrigen Sachen vor der Tür stehen. Kann ich sonst noch etwas tun?«

»Nein, danke.«

Ich hatte den Bademantel vorher nicht bemerkt, aber als ich

mich in der Wanne drehte, lag er tatsächlich da. Als ich hörte, wie die Schritte der Frau sich entfernten, beschloss ich, dass es an der Zeit war, aus der Wanne zu steigen. Nachdem ich in den dicken, warmen Bademantel geschlüpft war, öffnete ich die Tür und sammelte meine Sachen ein, die bei den Pferden, die vor uns losgeritten waren, untergebracht gewesen waren.

Zumindest hatte ich das vorgehabt, bis ich feststellen musste, dass Adwen in der Tür stand.

»Jane, wie ich sehe, hast du ein Bad genossen.«

»Ja.« Mit der Hand winkte ich über den Bademantel, was ihn dazu veranlasste, die Augen über meine etwas zu anzügliche Bekleidung wandern zu lassen. »Bist du mit der Besichtigungstour fertig? Wo ist Cooper?«

»Cooper hat gefragt, ob er bei Orick bleiben kann. Orick hatte nichts dagegen, also habe ich dem Jungen die Erlaubnis gegeben.«

»Es steht dir nicht zu, diese Erlaubnis zu geben, Adwen.« Ich drängte mich an ihm vorbei und ging in den Flur, um einige meiner Sachen zu holen. Er hielt mich auf, bevor ich sie erreichen konnte, und hob alles auf einen Arm, um es neben das Bett zu legen, bevor er zur Tür zurückkam und mich hineinzog.

»Entblöße dich nicht auf dem Flur, schöne Maid. Du bist nicht richtig angezogen.«

Ich verdrehte die Augen und dachte an die nackte Frau im Fenster zurück. Ich hatte es auch nicht angemessen gefunden, dass sie ihre Nippel dem ganzen Dorf gezeigt hatte, aber sie schien kein Problem damit gehabt zu haben.

Adwen schnaubte genervt, schloss die Tür und sperrte mich mit ihm ein. »Wenn du nicht möchtest, dass Cooper bei Orick übernachtet, lasse ich dir die Sachen des Jungen in dein Schlafgemach bringen. Aber ich kann dir versichern, dass Orick auf ihn aufpassen wird. Er hat dem Jungen gesagt, dass er ihm das Bogenschießen beibringen will, aber vielleicht hältst du das für keine gute Idee.«

»Natürlich habe ich nichts dagegen, wenn Cooper bei Orick übernachtet. Aber ich hätte ihm die Erlaubnis dazu erteilen müssen.«

Sein Blick veränderte sich, als wäre ihm der Gedanke erst jetzt gekommen. »Du hast recht, Jane. Verzeih mir.«

»Gut. Ich verzeihe dir. Und jetzt geh, damit ich mir richtige Kleidung anziehen und mich für das Abendessen fertig machen kann.«

Er nickte und wandte sich ab, ging aber nur ein paar Schritte, bevor er sich wieder umdrehte. Die plötzliche Entschlossenheit in seinen Augen machte mich sofort nervös.

»Ist es wahr, was Cooper gesagt hat? Hast du wirklich hier gelebt? In eurer eigenen Zeit?«

Die Frage war viel unschuldiger, als ich erwartet hatte, und ich spürte, wie ich mich ein wenig entspannte, als die warmen Erinnerungen an meine Zeit hier wieder in mir hochkamen.

»Ja, das habe ich.« Ich lächelte, als ich an den Trümmerhaufen dachte, in dem Kathleen und ich einige glückliche Monate verbracht hatten. »Meine Freundin Kathleen und ich. Sie ist mit Jeffrey verheiratet. Vielleicht hast du sie bei den McMillans kennengelernt. Jedenfalls haben wir die Ruine zusammen gekauft, um sie zu restaurieren, aber dann sind wir hier gelandet und das Ganze ist irgendwie im Sand verlaufen.«

»Restaurieren?«

»Ja, irgendwann im Laufe der nächsten paar hundert Jahre verfällt dieses Bauwerk. Als wir es gekauft haben, war es eine Ruine.«

In seinen Augen war echte Besorgnis zu sehen. Jeder, der die

Schönheit dieses Ortes erlebt hatte, wäre traurig, von ihrem Verfall zu hören. »Habt ihr sie gerettet?«

»Ein bisschen, aber wir wurden in der Zeit zurückgeschickt, bevor wir fertig geworden sind, und seitdem ist keiner von uns in die Zukunft zurückgekehrt. Ich fürchte mich davor, zu sehen, wie es dort momentan aussieht.«

Er zuckte mit den Schultern. Offensichtlich machte er sich keine Sorgen über Dinge, die er nicht ändern konnte. »Vielleicht hat sich ein anderer gefunden, der eure Arbeit fortsetzt.«

»Ich hoffe es.« Ich sah, wie seine Augen erneut über meinen Bademantel schweiften. »Okay, Adwen. Zeit, dass du gehst.«

»Ich werde noch nicht gehen, Jane. Die Haare, die du mir aus dem Umhang gezogen hast, haben dich verärgert.«

Ich biss die Zähne zusammen, um ihm nicht noch eine Ohrfeige zu geben. Er sah so verdammt selbstgefällig aus.

»Wie kommst du darauf? Deine privaten Aktivitäten gehen mich nichts an.«

Er verschränkte die Arme und strahlte eine Arroganz aus, die mich irritierte. »Du glaubst, ich hätte mit dem Mädchen geschlafen, dessen Haar du gefunden hast, und das gefällt dir nicht.«

»Du bist wirklich unausstehlich, weißt du das? Ich will dich nicht. Das habe ich dir immer wieder klargemacht. Deshalb …« Ich spürte, wie ich mich in Cooper verwandelte und aus Frustration vor mich hin plapperte, obwohl ich wusste, dass ich eigentlich keinen Grund hatte, wütend auf Adwen zu sein. Er war nett zu mir gewesen, und auch nett zu Isobel, und wenn er mit jedem Mädchen in Schottland schlief – und ich vermutete, dass er dieser Errungenschaft ziemlich nahe war –, ging mich das nichts an. In Wahrheit war ich wütend auf mich selbst, weil ich am liebsten den Bademantel fallen gelassen und mich auf ihn gestürzt hätte wie eine läufige Hyäne. »Es ist mir egal, mit wem du dich herumtreibst.«

»Nein, das ist es nicht, Jane. Du wünschst dir, dass ich stattdessen mit dir ins Bett gehen würde.« Er machte einen Schritt auf mich zu und verringerte den Abstand zwischen uns. Ich hob meinen Arm, um ihn abzuwehren.

»Bist du verrückt? Nicht einmal im Traum würde ich daran denken, mit dir zu schlafen, wenn du noch vor drei Stunden eine andere gevögelt hast.«

Er beugte sich vor, bis meine Handfläche gegen seine Brust drückte, während er mit seiner rechten Hand mein Handgelenk umfasste. »Und wenn ich dir sage, dass ich nicht mit ihr geschlafen habe, holde Maid?«

»Adwen«, ich starrte ihn mit ungläubigen Augen an. Das anfängliche Flattern wurde schnell von der Wut über seine Lüge abgelöst. »Ich weiß, dass du mit ihr geschlafen hast. Ich habe gesehen, wie du das Haus des Mädchens verlassen hast. Ich habe ihre Brüste durch das Fenster gesehen.«

Er zog sich abwehrend zurück. »Das Mädchen war nackt. Das werde ich nicht leugnen, aber ich habe nicht mit ihr geschlafen. Ich konnte mich nicht dazu durchringen, es zu tun. Das ist mir noch nie passiert.«

Ich lachte und ging zur Tür, um sie ihm zu öffnen. »Willst du dafür ein Lob? Weil du zur Abwechslung einmal bemerkt hast, dass es vielleicht nicht die beste Idee ist, mit einer völlig Fremden zu schlafen? Schön für dich, Adwen. Und jetzt geh bitte. Ich bin erschöpft.«

Er rührte sich nicht. »Willst du denn nicht wissen, warum ich nicht mit ihr schlafen konnte?«

»Erektionsschwäche, nehme ich an. Mach dir keine Sorgen, das passiert selbst den besten Männern.«

Er zog verwirrt die Augenbrauen zusammen. Er hatte keine Ahnung, wovon ich sprach. Scheinbar hatten die Menschen im siebzehnten Jahrhundert noch nie von Erektionsstörungen gehört.

»Ich weiß nicht, was du gerade gesagt hast, aber nein. Es ist deine Schuld, dass ich nicht mit ihr schlafen konnte.«

»Meine Schuld? Hat meine Ablehnung dein Ego wirklich so sehr verletzt?«

»Jane.« Er griff nach der Kante der Tür und riss sie aus meinem Griff, um sie zu schließen. Dann griff er nach meinen Händen und zog mich zu sich heran. »Deine Ablehnung hat mich in den Bann gezogen. Ich konnte nicht mit ihr schlafen, weil ich nur an dich denken kann.«

Da wusste ich, dass mein Verdacht goldrichtig gewesen war. Ich war eine unvollendete Angelegenheit – mehr nicht. Sanft drückte ich seine Hand – eine Geste, die so freundschaftlich war, dass sie die sexuelle Spannung, die im Raum herrschte, hoffentlich brechen würde.

Aber leider half es nichts.

»Adwen, lass uns das einfach vergessen. Du bist nur deshalb so versessen darauf, mit mir ins Bett zu gehen, weil ich dich nicht gelassen habe. Es ist ein Spiel. Ich bin eine Herausforderung. Ich gebe zu, dass du wirklich einer der attraktivsten Männer bist, die ich je gesehen habe, und ein kleiner Teil von mir wünscht sich nichts sehnlicher, als immer und immer wieder mit dir zu schlafen, bis ich vor lauter Orgasmen ohnmächtig werde.«

»Ich wäre dir gerne behilflich, schöne Maid.«

Ich zog meine Hand aus seiner und hob einen Finger, um

ihn aufzuhalten. »Aber … ich werde dir eine Abfuhr erteilen. Hiermit sind wir offiziell Freunde. Nicht mehr. Ich schenke dir meine Freundschaft, nicht meinen Körper. Und ich schlafe nicht mit meinen Freunden. Ende der Diskussion. Betrachte mich so, wie du Isobel betrachtest.«

Er schüttelte den Kopf und lachte leise. »Das kann ich nicht, Jane. Ich will nicht mit dir befreundet sein, und ich weiß, dass auch du das nicht willst.«

»Doch, das will ich.«

»Ich werde nicht mit dir streiten, Jane. Nicht mit meinen Worten.«

Er beugte sich langsam zu mir und kitzelte mich mit seinem warmen, süßen Atem und der Verlockung seiner Lippen, die leicht über meine strichen, bevor er sich wieder ein wenig zurückzog. Er gab mir Zeit, seinen Kuss zu stoppen. Er wollte mich testen, um zu sehen, ob ich es ernst meinte. Aber ich konnte mich nicht dazu durchringen, mich von ihm zu lösen.

Er registrierte augenblicklich, dass meine Entschlossenheit bröckelte. Dann trafen seine Lippen auf meine, nicht kräftig und grob, wie ich erwartet hatte, sondern sanft und langsam. Er verführte mich dazu, mich ihm zu öffnen. Seine Zunge wanderte über meine Unterlippe und brachte sie zum Zittern, während seine Hand den Saum meines Bademantels streifte. Ich schlang meine Hand um seinen Hinterkopf und strich über die langen Strähnen seines dunklen Haares, während unsere Münder miteinander tanzten.

Ich hätte ihn die ganze Nacht küssen können, aber egal wie großartig seine Berührung war, es änderte nichts. Ich wollte nicht mit jemandem zusammen sein, der das Interesse verlieren würde, nachdem wir miteinander geschlafen haben würden. Ich war nicht irgendeine Eroberung. Ich hatte ein gewisses Maß an

Selbstachtung. Ich wollte nicht, dass ein einziger Moment der Schwäche zu einem Monat der Unbehaglichkeit führte, solange wir hier waren.

»Adwen.« Sein Name kam atemlos heraus, da mein Körper immer noch nicht die Vernunft aufbringen konnte, die mein Verstand forderte.

»Ach, Jane. Ich muss dich ansehen.«

»Nein. Es tut mir leid. Ich werde das nicht tun.« Ich brachte die Kraft auf, ihn wegzuschieben. Das Verlangen in seinen Augen spiegelte in diesem Moment wohl mein eigenes wider.

»Sag mir nicht, dass du mit mir befreundet sein willst, Jane. Das liegt jetzt hinter uns.«

»Für den Anfang will ich wirklich nur befreundet sein. Du weißt nicht einmal, wie ich mit Nachnamen heiße, was meine Lieblingsjahreszeit oder mein Lieblingsessen ist. Du weißt nichts über mich. Ich kenne dich auch nicht, Adwen. Ich weiß, dass es dir so lieber ist. Das macht es einfacher, die Verbindung zu kappen und wegzulaufen, aber ich bin kein Fisch, den man fängt und dann wieder ins Meer wirft. Das habe ich schon viel zu oft erlebt. Ich habe das satt.«

Ein Funken der Hoffnung blitzte in seinen hungrigen Augen auf. »Wenn ich also dein guter Freund werde, dann …?«

»Vielleicht. Okay? Zeig mir, dass du dich für etwas anderes als meinen Körper interessierst, und wir werden sehen. Lerne mich kennen. Interessiere dich für die Eigenschaften, die mich ausmachen. Das wird es dir schwerer machen, dieser Sache den Rücken zuzukehren, aber ich werde dir keinen Teil von mir geben, solange du es nicht einmal versucht hast.«

»Vielleicht werde ich dich nicht mehr verlassen wollen.«

»Sei nicht zu voreilig. Nicht jeder hält es mit mir aus. Wir werden sehen, was du von mir hältst, wenn du mehr von mir kennst als nur mein Äußeres.«

»Abgemacht.«

Er grinste, bevor er an mir vorbei zur Tür hinausging. Als ich allein war, ließ ich mich auf das Bett fallen und bedeckte mein Gesicht mit zittrigen Händen. Gott, eines war sicher. Heute Nacht würden mich eine Menge Träume heimsuchen.

KAPITEL 17

Bis auf die Pferde waren die Ställe leer, und die Wellen, die an das Ufer plätscherten, waren das einzige, was diesem Morgen ein wenig Aufruhr verlieh. Es war untypisch für Orick, so spät am Morgen noch hier zu sein, aber Adwen wusste, dass dies der einzige Ort war, an dem er noch nach seinem Freund suchen konnte. Schließlich hasste Orick das Burggemäuer noch mehr als er selbst.

Das kleine Häuschen war nur einen kurzen Spaziergang von den Ställen entfernt und hatte mehr als dreißig Jahre lang den Stallmeister der Festung Cagair beherbergt, aber Orick hatte all das an einem Tag geändert. Adwen dachte an den Tag zurück, an dem sein Vater das Amt des Gutsherrn übernommen hatte. Damals hatte jedes Mitglied seiner Familie vergeblich versucht, Orick dazu zu bringen, eine Kammer im Hauptturm zu akzeptieren.

»Wenn ich mit euch im Hauptturm lebe, bin ich dir jeden Moment ausgeliefert. So war es in den zehn Jahren, die ich mit euch auf Reisen war, jede Sekunde lang. Das halte ich keinen Moment länger aus. Jetzt werde ich wenigstens meine eigene

Unterkunft haben, weit genug von euch entfernt, damit ihr nicht zu faul seid, aus euren Betten aufzustehen und mich zu holen.«

Und so marschierte er hinaus und machte dem Stallmeister einen Vorschlag, den er nicht ablehnen konnte. Orick würde sich nachts um die Pferde kümmern, damit er ins Dorf zu seiner Familie zurückkehren konnte. Gleicher Lohn, weniger Arbeit, mehr Zeit für die Familie. Damit war Orick der Lieblingsmensch des alten Mannes geworden.

Adwen hatte normalerweise nichts dagegen. Es war ihm zwar egal, wo Orick schlief, aber das machte es verdammt schwer, ihn zu finden, wenn er seine Hilfe brauchte. Nach unzähligen Jahren und Tausenden von guten Ratschlägen, die er ignoriert hatte, erkannte Adwen nun endlich, dass Oricks Weisheit es wert war, beachtet zu werden.

Jane wollte nicht nur Freundschaft, aber er konnte ihr nicht übel nehmen, dass sie mehr von ihm forderte. Er bedauerte zutiefst, was er in der Nacht, in der er ihr zum ersten Mal begegnet war, getan hatte: Er hatte sie wie eine gewöhnliche Hure behandelt und war deshalb nicht in der Lage, ihr Vertrauen zu gewinnen. Er wünschte sich nichts sehnlicher, als es sich zu verdienen.

Auch wenn es ihm nie gelingen würde, wusste er, dass er dem Mädchen wenigstens das schuldete. Ihre Ablehnung in jener Nacht hatte ihn aus einem Stumpfsinn geweckt, in dem er viel zu viele Jahre gelebt hatte. Jahre, in denen er geglaubt hatte, sein Leben sei erfüllt, obwohl es nichts gegeben hatte, was wirklich von Bedeutung gewesen war. Jahre, in denen er Frauen herabgesetzt hatte, um sich selbst zu schützen.

Er hatte kleine, süße Erinnerungen, die ihm vor Augen führten, wie zerstörerisch die Liebe zu einer Frau sein konnte.

Die Liebe zu seiner Mutter war natürlich anders als die, die er zu einer Geliebten empfinden würde, aber sie war nicht weniger stark, denn sie war der Mittelpunkt seines Herzens gewesen. Ihr Tod hatte ihn, seine Brüder und ihren Vater schwer getroffen.

Sie hatten sich zusammengetan und waren auf die gleiche Weise mit ihrer Trauer umgegangen: Sie waren geflohen, um den Schmerz fernzuhalten, und hatten sich nie lange genug an einem Ort aufgehalten, um die Erinnerungen zurückkehren zu lassen und den leeren Schmerz wieder zu spüren.

Aus diesem Grund hasste er Burgen und wollte nicht Gutsherr sein.

Als Gutsherr konnte er nicht einfach davonlaufen. Und jetzt wollte er es dank Jane auch nicht mehr.

Das war eine schwerwiegende Erkenntnis und eine, deren Bewältigung Adwen sich nicht allein zutraute. Wenn er sie nicht verlieren wollte, brauchte er die Hilfe derer, die weitaus klüger waren als er – Orick und der kleine Junge, der sie so gut kannte.

Adwen fand sie in Oricks Hütte. Sie hörten ihn nicht, als er eintrat, und er konnte an ihren Stimmen erkennen, dass sie in ein Gespräch vertieft waren.

»Wie oft hast du sie schon gesehen?« Coopers Stimme hob sich, als er die Frage stellte, und sein Interesse war offensichtlich.

»Ach, mindestens ein Dutzend Mal, obwohl sie nie sehr lange da sind. Es ist nur eine kurze Bewegung. Aber manchmal sieht man sie auch die Gänge entlang spuken, bis sie sich in Luft auflösen.«

Fasziniert von ihrem Gespräch trat Adwen zurück und spähte um die Ecke, wo die beiden auf Holzschemeln saßen, über Eimer gebeugt, und Fische ausweideten. Oricks Fisch war klein und handlich, während Coopers Fisch größer war als der Kopf des kleinen Kindes. Der Fisch entglitt ihm mehr als einmal, aber der Junge schien die Herausforderung zu genießen und hielt jedes Mal eine Hand hoch, um Orick aufzuhalten, wenn dieser ihm Hilfe anbot.

»Wow. Bist du der Einzige, der sie gesehen hat?«

»Nein, nein. Callum hat sie schon oft gesehen und kümmert sich sogar um ein Gespenst. Er sagt, das Mädchen spukt in seinem Schlafgemach. Und Adwen hat sie gehört.«

Adwen realisierte, wovon sie sprachen, und trat hervor, um seinen

Unmut zu äußern.

»Glaubst du wirklich, dass es eine gute Idee ist, mit einem Kind über Geister zu sprechen?«

Orick ließ seinen Fisch in den Eimer fallen und stand verärgert auf. »Was stimmt nicht mit dir, Adwen? Wolltest du mich erschrecken, damit ich dich angreife und dir das Messer in die Brust ramme?«

Bevor er antworten konnte, meldete Cooper sich zu seiner Linken zu Wort, wobei er den Riesenfisch immer noch mit beiden Händen festhielt.

»Warum sollte er nicht mit mir über Geister reden? Glaubst du nicht an sie?«

Achselzuckend setzte Adwen sich auf einen leeren Schemel. »Ich weiß es nicht. Ich habe noch nie einen gesehen.«

»Ach, tu doch nicht so. Du weißt ganz genau, dass es Geister gibt. Du hast mir selbst gesagt, dass du sie gehört hast. Das ist nicht anders, als sie zu sehen.«

»Aye.« Adwen warf einen kurzen Blick auf Cooper, den das Gerede über Geister überhaupt nicht zu stören schien. »Es ist sehr anders, als sie zu sehen. Macht dir das keine Angst, Cooper?«

»Was?« Cooper schien von seiner Frage überrascht zu sein. »Natürlich macht es mir keine Angst. Ich habe Jurassic Park ungefähr eine Million Mal gesehen. Was glaubst du, wie viele Sechsjährige den Film gesehen haben?«

Adwen runzelte die Stirn, als er versuchte zu verstehen, was der Junge meinte. Er hatte von den Conalls schon viele Geschichten über das einundzwanzigste Jahrhundert gehört, aber er konnte sich nicht an die Erwähnung dieser ›Filme‹ erinnern.

»Ich fürchte, ich weiß nicht, was ein ›Film‹ ist, Junge.«

»Oh, ich vergesse immer, dass ihr nicht alles wisst, was ich weiß. Das ist schade. Es wäre toll, wenn jeder in beiden Zeiten leben könnte. Ich schätze, ich habe einfach Glück. Aber wisst ihr, was cool ist? Wenigstens wisst ihr über die Magie Bescheid, sodass ich darüber reden kann, ohne dass ihr mich für verrückt haltet.«

Adwen lachte und machte sich auf die Erklärung gefasst. »Ja, das ist richtig. Also, sag uns, was ein Film ist.«

»Das ist wirklich schwer zu erklären. Ich glaube, man muss es mit eigenen Augen sehen, um es zu verstehen. Es ist so, als würde man einen Haufen Bilder aneinanderreihen, und die Bilder bewegen sich. Sie erzählen eine Geschichte, die man sehen kann, indem man eine Glasscheibe anstarrt. «Adwen wusste, dass es Magie gab, aber so etwas Seltsames konnte er sich nicht vorstellen.

»Ja, ich nehme an, man muss es mit eigenen Augen sehen.« Adwen stand auf und holte einen weiteren Eimer, ein Messer und einen Fisch von dem großen Haufen, der noch darauf wartete, ausgenommen zu werden. Wenn er schon einmal dort war, konnte er wenigstens helfen.

»Ja, das stimmt. Wie auch immer«, Cooper hielt inne und deutete mit dem Ende seines Messers in Oricks Richtung, »zurück zu den Geistern.«

»Was ist mit ihnen?«

»Ich glaube nicht, dass es Geister sind. Du hast gesagt, dass sie sehr komisch gekleidet sind, richtig? Kannst du sie mir beschreiben? Und hoffentlich ist deine Beschreibung besser als mein Bericht über die Filme.«

Adwen blickte von seiner Arbeit zu Orick auf und war genauso neugierig auf Oricks Antwort wie Cooper. Es war das zweite Mal, dass Adwen von der seltsamen Kleidung der Geister hörte. Bei Griffiths erster Erwähnung hatte er sich nichts dabei gedacht, aber wenn Orick das Gleiche erlebt hatte, war seine Neugierde geweckt.

»Ach, ich bin kein Geschichtenerzähler, aber ich werde mein Bestes tun. Sie scheinen sich alle seltsam zu kleiden, und ich habe schon viele von ihnen gesehen. Das erste Mädchen hatte kein Kleid an, sondern … einen Kilt, nur ein bisschen kürzer und enger, mit Stoff zwischen den Beinen. Ich konnte meinen Augen kaum trauen. Das war alles, was sie trug, um ihren Hintern zu bedecken. Eigentlich war das sogar alles, was das Mädchen anhatte.«

Adwen richtete seine Aufmerksamkeit auf Cooper, als der Junge lachte und Orick unterbrach.

»Ja, das sind definitiv keine Gespenster. Das Mädchen hatte einfach nur kurze Hosen an, aber das ist okay, mach weiter.«

Orick brauchte einen Moment, um seinen Gedankengang

wieder aufzunehmen, während Adwen und Cooper geduldig warteten.

»Ihr Oberkörper wurde durch ein ärmelloses Hemd bedeckt, das ihr locker über den Kilt hing. Und ich sollte das nicht zu einem Kind sagen, aber sie trug keine Unterwäsche. Ich konnte ihre Brüste durch den Stoff ihres Oberteils sehen.«

»Waren die anderen Damen auch so gekleidet?«

Orick nickte. »Ja, zwei der Mädchen, die ich gesehen habe, trugen Unterteile, die ihre Beine bedeckten, aber der Stoff lag direkt auf der Haut an, und das selbst zwischen ihren Beinen. Es war zwar aufreizend, aber auch schockierend.«

Zum ersten Mal ließ Cooper seinen Fisch los und legte ihn auf die Innereien, die in dem Eimer lagen, bevor er sein Messer ablegte und sich die Hände wusch. Was auch immer er sagen wollte, Adwen konnte erkennen, dass der Junge es sehr ernst meinte.

»Orick. Adwen. Ich glaube wirklich nicht, dass es auf der Festung Cagair Geister gibt.«

»Aber ich schwöre es dir, Junge. Wenn das keine Geister waren, dann weiß ich nicht, was ein Geist ist. Abgesehen von ihrer Kleidung waren sie der Inbegriff von Geistern. Von einem Moment auf den anderen waren sie verschwunden.«

Adwen beobachtete, wie Orick den Kopf schüttelte. Offensichtlich wusste er selbst nicht genau, ob er seinen Augen trauen konnte.

»Wenn sie keine Geister sind, was sind sie dann?«, fragte Adwen den kleinen Cooper, da er es kaum erwarten konnte, seine Erklärung zu hören.

»Na ja, ich weiß nicht, wie man sie in dieser Zeit nennen würde, aber Gespenster sind die Geister der Toten, richtig?«

Sowohl er als auch Orick nickten, damit Cooper fortfahren konnte.

»So wie diese Frauen gekleidet sind, laufen die Frauen in der Zeit herum, aus der ich komme. Das ist in der Zukunft, also können sie nicht tot sein. Wenn es Geister von Toten wären, wären sie so gekleidet wie die Frauen aus dieser Zeit, oder etwa nicht?«

Adwen konnte die Logik des Kindes nicht leugnen. Er konnte sich nicht erinnern, jemals ein so kluges Kind getroffen zu haben. »Ja, das ergibt Sinn. Was meinst du also, Junge?«

Cooper verschränkte die Arme und setzte sich wieder auf seinen Hocker. »Ich bin mir nicht sicher. Ich kann nur raten.«

»Dann rate.« Sowohl er als auch Orick waren wie gebannt vor Neugier.

»Vielleicht seht ihr nur kleine Einblicke in Dinge, die zur gleichen Zeit passieren, aber in der Zukunft.«

Orick erhob sich von seinem Platz, lächelte und zeigte mit einem zufriedenen Finger in Coopers Richtung. »Ja, Adwen, ich glaube, der Junge hat recht. Ich habe einmal eines dieser Gespenster in der Nähe der unteren Treppe gesehen, und ich habe versucht, mit dem Mädchen zu sprechen. Ich hätte schwören können, dass sie für einen kurzen Moment den Kopf gedreht hat, als könnte sie mich hören, aber bevor sie sprechen konnte, war sie verschwunden.«

»Ja, genau.« Jetzt stand Cooper auf, und sie beide waren begeistert von ihrer Entdeckung. »Und ich wette, das bedeutet, dass es irgendwo ein Portal gibt, das die beiden Zeiten miteinander verbindet.«

Adwen schüttelte den Kopf, denn selbst wenn das, was Cooper sagte, der Wahrheit entsprechen würde, hätte man ein solches Portal schon längst gefunden. »Nein, Junge, das glaube ich nicht. Die Menschen leben schon seit vielen, vielen Jahren hier. Wenn es einen so mächtigen Zauber gäbe, hätte man ihn schon längst entdeckt.«

Cooper zuckte mit den Schultern. Adwen konnte nicht anders, als die Selbstsicherheit des Jungen zu bewundern. Das war eine Eigenschaft, die er nachempfinden konnte. »Vielleicht, vielleicht aber auch nicht. Und wenn es hier ist und noch nicht gefunden wurde, werde ich es finden.«

»Aye, gut.« Adwen dachte, dass es dem Jungen guttun würde, eine Aufgabe zu haben, mit der er sich die Zeit vertreiben konnte. Er war mit Brüdern aufgewachsen und hatte nie erlebt, wie es war, ein Einzelkind zu sein. Cooper hatte sicher viele Jahre damit verbracht, Wege zu finden, sich allein zu beschäftigen. »Aber du musst mir schwören, dass du bei deiner Suche vorsichtig sein wirst. Geh nicht an einen Ort, der dir schaden könnte.« Er hielt inne, denn er wusste genau, dass diese Magie sehr wohl existieren konnte. »Und Cooper, solltest du sie finden, wage es nicht, das Portal zu betreten. Aye?«

Das neugierige Kind lächelte ihn an und nickte, als er ihren schottischen Akzent nachahmte. »Aye, ich schwöre es dir, Adwen.«

Adwen grinste und nickte anerkennend. »Gut. Ich bin gekommen, um euch beide um Hilfe zu bitten, nicht um über Geister und magische Portale zu sprechen.«

Orick verschränkte die Arme, und ein selbstgefälliger Blick huschte über seine Miene, genau wie Adwen es erwartet hatte.

»Ach, jetzt suchst du also meine Hilfe. Jetzt, wo du weißt, dass ich recht hatte und du erkannt hast, was für ein Narr du bist.«

»Ja. Trotz deines Talents, Mädchen zu vergraulen, scheinst

du eine Menge über sie zu wissen. Ich brauche deine Hilfe mit Jane.«

»Tante Jane?«, meldete Cooper sich zu Wort und nahm seine Arbeit an seinem Fisch wieder auf. »Ich dachte, sie mag Orick.«

Adwen knirschte unwillkürlich mit den Zähnen. »Nein, sie mag Orick nicht.«

»Oh. Okay.« Der Junge zuckte mit den Schultern und beugte sich über seinen Fisch. Plötzlich schien er überhaupt nicht mehr interessiert an der Unterhaltung zu sein.

»Adwen, solange du dir über die Tatsache im Klaren bist, dass Frauen nicht wie Objekte behandelt werden sollten, brauchst du meine Hilfe nicht. Sei einfach du selbst, nicht irgendein Fremder.«

»Ja.« Adwen drehte sich zu Cooper um, dem offensichtlich wenig entging, egal in welche Richtung sein Blick gerichtet war. »Das ist ein guter Rat, denn meine Tante Jane liebt mich, und ich versuche ja auch nicht, mich zu verstellen. Das hat mir mein Opa beigebracht. Ich muss einfach ich selbst sein, denn es gibt niemanden sonst, der … ich sein kann.«

Adwen lachte und drückte die Schulter des Jungen. »Ja, ich hoffe, du wirst dich nie ändern, Junge. Sollte ich irgendetwas wissen, was deine Tante Jane gar nicht leiden kann? Oder sonst irgendetwas, was sie nicht mag?«

Der Junge zuckte mit den Schultern und blickte zu ihm auf. »Nein. Tante Jane ist ziemlich einfach. Es gibt nur eine Sache, die sie sehr, sehr schnell in schlechte Laune versetzt.«

»Und was ist das?«

Adwen lachte, als der Junge sein Bein ausstreckte, in seinen Schuhen mit den Zehen wackelte und seine Antwort gab: »Kalte Zehen.«

KAPITEL 18

Der Wind weckte mich aus dem Tiefschlaf, und trotz des Geräusches der kalten Brise lag ich warm unter den dicken Wolldecken. Ich streckte mich träge, breitete die Beine auf dem Bett aus und verschränkte die Arme über dem Kopf, bis das angenehme Gefühl des Dehnens mir ein Quieken entlockte.

Langsam erhob ich mich aus dem Bett und ging neugierig zur Tür hinüber. Ich rechnete nicht damit, dass mich auch heute der gleiche luxuriöse Genuss erwartete. Doch als ich das Frühstückstablett sah, das vor meiner Tür stand, lächelte ich. So war es auch am Tag zuvor gewesen. Ich wusste das sehr zu schätzen. Natürlich brachte dieses aufmerksame Verhalten meine Entschlossenheit gegen Adwen zum Schmelzen.

Ich hatte nie verstanden, warum man den Wunsch oder die Erwartung haben sollte, zusammen mit allen anderen zu frühstücken. Wer wollte schon am Morgen vor anderen essen? Es war ja nicht so, als würde dabei irgendjemand reden. Alle saßen nur herum, kauten ihr Essen und wischten sich den Schlaf aus den Augen. Es freute mich zu wissen, dass es Adwen genauso zu gehen schien, denn sonst hätte er uns das Frühstück wohl nicht zwei Tage hintereinander aufs Zimmer bringen lassen. Es erinnerte mich an einen Aufenthalt in einem noblen Hotel, eines der Dinge, die ich aus meiner Zeit am meisten vermisste.

Als ich in New York City gelebt hatte, war ich in einer Menge toller Hotels gewesen. Ab und zu hatte ich mir den Luxus gegönnt, Mini-Aufenthalte in Hotels zu buchen, auch wenn sie nicht weit von meiner Wohnung entfernt gewesen waren. Es war einfach schön, für ein Wochenende eine Auszeit zu genießen. Was würde ich nicht alles für ein weiteres dieser Wochenenden geben – die schicke Bettwäsche, die Minibar, den Zimmerservice, den Wellnessbereich – Gott, der Wellnessbereich. Allein bei dem Gedanken daran kräuselten sich meine Zehen.

Der Dampf des heißen Tees stieg mir in die Nase, und ich schüttelte den Kopf, um den Tagtraum zu verdrängen. Ich bückte mich, um das Tablett aufzuheben, und brachte es in mein Zimmer, damit ich die Mahlzeit in der morgendlichen Einsamkeit verschlingen konnte, so wie ich es bevorzugte.

Unter dem Brot fand ich einen kleinen Zettel, der in leserlicher, aber krakeliger Schrift geschrieben war – zweifellos die Handschrift eines Mannes.

»Das habe ich selbst gebacken, nur für dich. Vielleicht kann ich dir das Backen beibringen.

Dein guter Freund, Adwen«

Ich lächelte und biss in das Brot, während ich daran dachte, dass Orick sich beim ersten Bissen meines Brotes fast übergeben hatte. Es war eine Erinnerung an diesen Abend, eine subtile Geste, um mir zu zeigen, dass ihm von diesem Tag mehr im Gedächtnis geblieben war als nur meine Ablehnung.

Das Brot war das beste, das ich je gegessen hatte, selbst im einundzwanzigsten Jahrhundert.

Die kleine Notiz war eine angenehme Überraschung. Ich hatte Adwen am Tag zuvor nur beim Abendessen gesehen, und da war er so in ein Gespräch mit Isobel vertieft gewesen, dass er mich kaum wahrgenommen hatte. Das war mir recht. Für mich bedeutete es, dass er sich Mühe gab. Schließlich sah ich die meisten meiner Freunde nicht jeden Tag und sprach auch nicht wirklich regelmäßig mit ihnen.

Mit Cooper hingegen unterhielt ich mich jeden Tag, und es fiel mir schwer, sein plötzliches Desinteresse an mir nicht zu persönlich zu nehmen. Normalerweise hing er an mir wie eine Zecke, aber seit er Orick getroffen hatte, war ich uninteressanter geworden. Die einzige Interaktion, die ich am Vortag mit ihm gehabt hatte, war seine Vorführung eines toten Fisches gewesen, den er selbst gefangen und sauber ausgenommen hatte. Der Fisch stank schlimmer als eine Männerumkleide, aber er war so stolz auf ihn gewesen, dass ich mir ein Lächeln nicht hatte verkneifen können, als er ihn mir gezeigt hatte. Aber danach war er zurück zu Orick gerannt und für den Rest des Abends verschwunden.

Ich nahm mir vor, mich nicht daran zu stören. Es war nur logisch, dass er all die neuen Leute um sich herum genoss. Ich war immer noch seine Bezugsperson. Wenn wir nach Hause zurückkehrten, würde ich für ihn wieder die lustige Tante Jane sein.

Ich beendete mein Frühstück, zog mich an und machte mich für den Tag fertig. Ich wusste zwar nicht, wie ich ihn verbringen würde, aber ich wusste genau, was ich zuerst tun wollte.

Der höchste Turm befand sich direkt über meinem Zimmer, und zahlreiche gewundene Steinstufen führten zu ihm hinauf. Der Weg nach oben war es jedes Mal wert. Ich lächelte, als ich die letzte Stufe erklomm und in der Tür des mit Fenstern gesäumten Zimmers stehen blieb.

Der Raum war rund und länglich. Die hohen Fenster durchfluteten den Raum normalerweise mit Licht, aber an diesem Morgen waren die Wolken zu dicht und stürmisch, als dass viel Sonne hindurchscheinen konnte. Auch ohne Sonne bot sich mir ein spektakulärer Blick auf das Meer, und ich ging zu den Fenstern hinüber, um die Felsen zu betrachten.

Die Wellen schlugen wild gegen den Fels. Ich erschauderte, als ich sah, dass der Sturm an Fahrt aufnahm. Stürme wie dieser konnten die Brücke unbegehbar machen, nicht wegen des ansteigenden Wassers, sondern weil der Wind große Schneemassen anhäufte, die es fast unmöglich machten, die Brücke zu überqueren. Ich hoffte, dass niemand bei solchem Wetter unterwegs war. Gerade als ich mich umdrehte, um mich zu vergewissern, dass Cooper sicher in der Burg war, erschien Adwen in der Tür.

»Orick ist gegangen, um alle eure Pferde ins Dorf zu bringen. Der Sturm wird sie in den Ställen hier verängstigen. Es gibt einen besseren Platz im Ort, wo sie sicher sind.«

»Und wo ist Cooper?« Ich hielt den Atem an. Sicherlich hatte Orick Cooper nicht mitgenommen.

»Er bezirzt Isobel und belästigt Gregor. Es geht ihm gut, er ist innerhalb der Festungsmauern. In Sicherheit.«

Ich nickte. Solange Orick wohlbehalten zurückkommen würde und ich wusste, dass alle in Sicherheit waren, konnte der

Sturm so lange wüten, wie er wollte, aber ich würde mich nicht völlig entspannen können, solange nicht alle versammelt waren. Nervosität lag in der Luft. Während der Regen gegen die Fenster schlug, wurde ich das bedrohliche Gefühl nicht los, das sich tief in meinem Unterleib festsetzte.

Als Adwen eintrat, versuchte ich, mich von meiner Sorge abzulenken. »Ich wollte mich bei dir bedanken, dass du gestern Abend vorgeschlagen hast, Coopers Fisch zum Abendessen zuzubereiten. Er war so stolz … uns alle essen zu sehen, hat ihm die Woche versüßt.«

»Es war mir ein Vergnügen, Jane. Ich bin kein so schlechter Mensch.«

»Nein. Nur ein sexsüchtiger.«

Ich sah, wie eine Dunkelheit in seinen Augen aufblitzte, und bereute sofort, dass ich ihn so schnell angegriffen hatte.

»Genug, Jane. Wie kannst du von mir erwarten, dass ich mich anstrenge, mich normal zu verhalten, wenn nicht einmal du es kannst?«

Ich ging auf ihn zu. Meine unüberlegten Worte machten mich wirklich verlegen. »Es tut mir leid. Wirklich. Du hast einfach etwas an dir, das dieses Verhalten in mir weckt.« Ich streckte die Hand aus, um mich zu entschuldigen, zuckte aber sofort zurück, als sich unsere Finger berührten. »Wow. Warum sind deine Finger so eiskalt?«

Er zuckte verwirrt mit den Schultern, als er seine Finger hochhielt, um sie zu untersuchen. »Ich weiß es nicht, Mädchen. Warum wärmst du sie nicht für mich?«

Ich wich zurück und starrte ihn an. In seinen Augen lag ein schelmisches Funkeln, und ich wusste, dass es ihm völlig egal war, ob seine Finger kalt waren. Ich zögerte einen Moment lang, bevor ich seine großen Hände in die meinen nahm und sie mit warmer Luft anblies, bevor ich mit meinen Handflächen über seine Hände rieb.

»Ich hasse kalte Haut«, murmelte ich und sprach dabei mehr zu mir selbst als zu Adwen, während ich die warme Reibung fortsetzte. Allein die Berührung seiner eiskalten Finger jagte mir selbst ein Schaudern über den Rücken. »Im Ernst, das war ein dummer Spruch von mir. Weißt du, mit welchen Lebewesen du die kalte Haut gemeinsam hast? Ich werde es dir sagen. Zum Beispiel Schlangen, Eidechsen und Haie. Deswegen hasse ich das so sehr.«

Er wollte sich zurückziehen, aber ich bewegte meine Hände zu schnell über die seinen. »Nennst du mich etwa eine Schlange, Mädchen?«

»Nein.« Ich hörte auf, seine Hände so hektisch zu reiben, und massierte stattdessen etwas Wärme in sie hinein. »Tut mir leid, ich habe es überhaupt nicht so gemeint. Ich wollte nur sagen, dass ich den Spruch nicht verstehe. Und … ich mag wirklich keine kalten Gliedmaßen.«

Er lächelte wissend auf mich herab. »Es stimmt also, wie ich sehe. Der Junge kennt dich sehr gut.«

»Was stimmt?«

»Cooper hat gesagt, dass du kalte Zehen nicht magst.«

Ich runzelte die Stirn. Seine Finger waren jetzt wärmer als meine, aber ich ließ sie nicht los. Sie waren groß und stark. Ich musste der Versuchung widerstehen, seine Handfläche direkt zu meiner Brust zu führen. »Ihr habt über meine Zehen gesprochen?«

Er grinste, und ich blickte auf, um ein Lächeln auf seinem Gesicht zu sehen, das mich sehr beunruhigte. »Nicht über deine Zehen. Nur über Zehen im Allgemeinen, aber das ist nicht alles, worüber wir gesprochen haben.«

»O nein.« Ich lachte, obwohl mich der Gedanke, dass Adwen und Cooper über mich gesprochen hatten, nervös machte. Cooper hatte genug Material über mich, um eine Enzyklopädie mit peinlichen Geschichten zu füllen. Wenn mich jemand erpressen wollte, bräuchte er nur Cooper nach ein paar Geschichten zu fragen, und er würde demjenigen gerne alles erzählen, was er brauchte. Er liebte es, über seine Tante Jane zu sprechen.

»Aye«, er zog seine rechte Hand weg und hob mein Kinn an, sodass ich ihn direkt ansah, »du solltest dir sehr große Sorgen machen. Ich kenne jetzt alle deine Geheimnisse, Jane.«

Ein starker Windstoß schoss durch die Fenster und verursachte ein lautes Pfeifen, das mich zusammenzucken ließ, als ich mich wegdrehte, um den Blick abzuwenden. Die Bewegung erwischte meinen Hals falsch, und ich schrie vor Schmerz auf.

»Was ist los? Hast du dir wehgetan?«

Ich krümmte meinen Hals und rieb ihn mit der Hand, als Adwen sich hinter mich stellte. »Nein, es ist nur eine Verrenkung, die komisch gezogen hat, als ich mich bewegt habe. Ich glaube, ich habe falsch geschlafen.«

»Erlaube mir, es zu massieren.«

Seine Hände wanderten zu meinem Hals, bevor ich meine Zustimmung geben konnte. Obwohl ich bei dem Gefühl seiner Hände dahinschmolz, versuchte ich noch zu protestieren.

»Ich will nicht, dass deine kalten Finger an mir reiben.«

Er gluckste, und die Wärme seines Mundes schoss mir den Rücken hinunter, während er weiter massierte und rieb, bis mein Kopf mit den Bewegungen seiner Hände hin und her rollte.

»Sie sind nicht mehr kalt, Jane. Du hast sie erwärmt, genauso wie du mein Herz erwärmt hast.«

Ich schnaubte und lachte. Seine Hände hielten für eine kurze Sekunde überrascht inne, als ich fortfuhr. »O Mann. Du bist ganz schön raffiniert, weißt du das? Hast du deine Hände in Eis gesteckt, bevor du hierhergekommen bist, nur damit du einen Grund hast, etwas Körperkontakt herzustellen?«

»Nein, ich bin nicht einmal in der Nähe von Eis gewesen. Und was ist mit dir? Hast du dir den Hals verrenkt und geschrien, nur damit ich dich berühre?«

Ich zuckte zusammen, als er eine empfindliche Stelle an meinem Nacken traf. »Au. Genau da. Siehst du? Du weißt, dass ich das nicht mit Absicht gemacht habe.« Langsam fuhr er mit dem Daumen über die Stelle.

»Ja, und ich auch nicht. Wie du weißt, bin ich nicht gerissen genug, um mir so etwas einfallen zu lassen.«

Er beugte sich vor und schlang seine Arme um mich. Ich glaubte zu spüren, wie seine Lippen kurz meinen Nacken berührten, obwohl ich es nicht mit Sicherheit sagen konnte. Er zog mich an sich, und mein Kopf ruhte an seiner Brust.

»Aber ich weiß, dass du gerissen genug bist, um zu wissen, dass es für ein Mädchen schwer ist, sich zurückzuziehen, nachdem du sie gerade so gut massiert hast, dass ihr Gehirn zu Brei geworden ist.«

Er gluckste wieder und es war ein tiefes, verführerisches Geräusch, das dazu führte, dass meine Mitte sich sehnsüchtig verkrampfte. »Bist du dir sicher, dass du dich von mir entfernen willst, Jane?«

Ich war fertig damit, ihm das Leben schwer zu machen – zumindest für den heutigen Tag. Er war nett zu mir gewesen, und ich liebte das Gefühl seiner Arme, die um mich geschlungen waren. »Nein.« Ich flüsterte das Wort und schloss die Augen, während wir zusammen dastanden und dem Sturm lauschten.

Ich driftete ab, bis ich Coopers Schrei hörte, gefolgt von seinen hastigen Schritten. Wir drehten uns um und sahen ihn die Treppe zu uns hochlaufen.

Sein Gesicht war kreidebleich und seine Worte atemlos, während Tränen seine Augen füllten.

»Es ist Isobel … sie … sie ist ohnmächtig. Schnell, Tante Jane, komm und hilf ihr. Da ist überall Blut.«

Ich drängte mich an ihm vorbei, während Adwen Cooper im Gehen in seine Arme hob. Gemeinsam eilten wir die Treppe hinunter, wobei mein Herz bei jedem Schritt schmerzhaft pochte.

KAPITEL 19

Gregor hatte Isobel in seinen Armen, als wir den Fuß der Treppe erreichten. Er hielt ihr ein kleines Taschentuch an die rechte Stirn, wo das Blut so stark floss, dass das Tuch in Sekundenschnelle durchtränkt war. Gregors Augen flehten um Hilfe, als er uns sah.

»Hier«, sagte Adwen, drehte sich um und marschierte hastig um die Ecke und in mein Zimmer, »dort ist das nächstgelegene Bett.«

Während Gregor Isobel auf das Bett legte, griff Adwen nach dem Bademantel, den ich am ersten Abend nach dem Bad getragen hatte. Er riss ihn mit Leichtigkeit in große Streifen und warf sie Gregor zu, bevor er sich zum Bett begab, um sich die Wunde selbst anzusehen.

Die Wolken verdunkelten den Raum, und in dem Bestreben, ihnen eine Hilfe zu sein, zündete ich Kerzen rund um das Bett an, damit sie besser sehen konnten.

»Es ist keine tiefe Wunde. Kopfwunden bluten immer sehr stark. Drückt die Tücher, die ich euch gegeben habe, fest an ihren Kopf. Ich denke, sie wird bald aufwachen.«

Auf sein Stichwort hin flatterten Isobels Augen auf. Da ihre Freundlichkeit immer an der Oberfläche lag, dachte sie sofort an Cooper. »Ach, was ist passiert? Ich bin sicher, ich habe den kleinen Kerl zu Tode erschreckt. Wo ist Cooper?«

Erst jetzt bemerkte ich Coopers leises Schluchzen, der zitternd und blass in der Ecke stand. Bei all dem Chaos war er unbemerkt geblieben. Ich wollte auf ihn zugehen, aber Gregor griff nach meiner Hand.

»Ich werde mit ihm reden, Mädchen. Du kannst helfen, die Blutung zu stoppen.«

Ich tat, was er verlangte, aber meine Hände zitterten, als ich die Stoffstreifen auf die blutige Wunde presste. Aus dem Augenwinkel sah ich zu Cooper, um mich abzulenken, und hörte, wie Gregor den weinenden Cooper in seine Arme nahm.

»Komm her, Junge. Warum weinst du denn so? Es geht ihr doch wieder gut.«

»Nein.« Coopers Stimme zitterte, während er sprach, und er musste zwischen jedem Wort anhalten, um nach Luft zu schnappen. »Es ist. Meine. Schuld. Ich … habe sie gebeten, auf den Turm … zu gehen. Ich hätte nicht …«

»Nein, Junge. Isobel ist kein Kind mehr. Wenn sie glaubt, dass es ihr gut genug geht, um den Turm hinaufzugehen, dann war das ihre Entscheidung. Du trägst keine Schuld an der Sache. Du hast sie gehört. Sie macht sich Sorgen um dich. Warum gehst du nicht zu ihr und hältst ihre Hand? Zeig ihr, dass es dir gut geht, so wie ihr.«

Die Blutung hatte nachgelassen, und ich drehte mich um, damit ich Gregor ansehen konnte. Er war sichtlich erschüttert – seine Augen waren rot von den Tränen, die er zurückgehalten hatte, und seine Stirn schien noch mehr Falten aufzuweisen als sonst.

Doch trotz seiner Sorge hatte er Coopers Schuld erkannt und seine eigenen Gefühle für einen Moment beiseitegeschoben, um ihn zu trösten. Er wäre ein wunderbarer Vater gewesen. Mir tat das Herz weh, weil ich wusste, dass er wahrscheinlich nie die Chance dazu bekommen würde. Egal wie missmutig und grob Gregor manchmal wirken konnte, es gab keinen Mann mit einem gütigeren, loyaleren Herzen.

Als Gregor damit fertig war, Cooper zu versichern, dass alles in Ordnung war, hatte die Blutung nachgelassen und Isobel brachte ein kleines Lächeln zustande, als Cooper sich zögernd auf das Bett zubewegte. Sie reichte ihm eine Hand, um ihn zu ermutigen, sich neben sie zu setzen.

»Mir geht es gut, Cooper. Es ist nur ein kleiner Kratzer.«

Cooper nickte, wischte sich die Nase ab und kuschelte sich im Schneidersitz neben sie. Er reichte ihr seine Hand, während er zu mir aufblickte. Seine Augen enthielten eine stumme Frage.

»Es geht ihr gut, Coop. Siehst du?« Vorsichtig zog ich den Lappen beiseite, um ihm zu zeigen, dass die Blutung aufgehört hatte. Da das Blut nicht mehr floss, konnte er sehen, dass die Wunde nicht so tief war, wie es zunächst den Anschein gehabt hatte, und seine Atmung zitterte, als er sich erlaubte, auszuatmen und sich ein wenig zu entspannen.

»Ich glaube, ich hatte in meinem ganzen Leben noch nie so viel Angst, Tante Jane.«

Isobel drückte seine Hand, um ihn zu beruhigen, aber sie sagte nichts. Ob tief oder nicht, ich war mir sicher, dass der Sturz ihr üble Kopfschmerzen bereitet hatte.

»Ich weiß, Coop. Warum setzt du dich nicht neben sie, während ich diese Lappen auswasche? Vielleicht erzählst du ihr eine Geschichte. Sie sollte eine Weile nicht schlafen.« Ich legte meine Hand auf Isobels Schultern und beugte mich vor, um sicherzugehen, dass sie mich hören konnte. »Ich bin gleich wieder da. Bleib einfach hier liegen und hör zu, wie Cooper redet. Versuch, nicht einzuschlafen.«

Ich verstand nichts von Medizin, aber nach einem solchen Sturz hatte sie höchstwahrscheinlich eine Gehirnerschütterung, und ich wusste genug, um zu verstehen, dass sie für den Rest des Tages gut überwacht werden musste.

Cooper zögerte einen Moment, aber als er zu sprechen begann, stand ich auf und wandte mich von ihm ab. Ich konnte die leisen Worte hören, mit denen er eine der Lieblingsgeschichten von seinem Opa nacherzählte – etwas über einen sprechenden Dinosaurier, der sich auf der Suche nach einer ganz besonderen Mahlzeit für seine Mutter verirrte.

Zweifellos würde Isobel diejenige sein, die am Ende von Coopers Geschichte verwirrt war.

Inmitten des Chaos und nachdem er meinen Bademantel in Fetzen gerissen hatte, um ihn für Isobels Wunde zu verwenden, war Adwen verschwunden. Mit blutverschmierten Tüchern im Schlepptau machte ich mich auf die Suche nach ihm.

Ich fand ihn in der Küche ein Stockwerk tiefer, wo er Gemüse und frisches Hühnerklein in kochendes Wasser warf.

»Machst du eine Brühe?«

Meine Stimme schien ihn erschreckt zu haben, und er drehte sich zu mir um, wobei sein Blick auf den Haufen Fetzen fiel, den ich in der Hand hielt. Sofort brachte er mir Wasser.

»Hier, Mädchen. Du kannst sie hier drin sauber machen.« Er stellte den Eimer vor mir ab und strich mir über den Arm, bevor er sich wieder seiner Arbeit am Feuer widmete. »Aye, ich mache Brühe. Das ist alles, was ich zu tun weiß. Die Brühe schien den Husten meiner Mutter immer etwas zu lindern. Sie konnte besser atmen, wenn sie sie gegessen hatte, wenn auch nur für eine Weile.«

Ich tauchte die Lappen ins Wasser, und schwenkte sie umher, woraufhin das Wasser sich rot färbte. Ich blickte zu ihm auf, um zu verhindern, dass mir mulmig wurde. »Deine Mutter?«

»Ja. Sie litt an der gleichen Krankheit wie Isobel. Sie starb im Sommer meines zwölften Lebensjahres.«

Kein Wunder, dass er Isobel so ins Herz geschlossen hatte. »Das tut mir sehr leid. Weißt du, was das für eine Krankheit ist?«

»Ich weiß es nicht, Mädchen, aber es spielt keine Rolle. Gegen die meisten Krankheiten kann man hier in den Highlands nicht viel tun. Es gibt hier nur abergläubische Behandlungsmethoden von Medizinmännern oder Heilern, die nicht mehr vom Heilen verstehen als die Pferde in den Ställen. Es gibt andere Orte auf der Welt, die es besser machen. Orte, die ich mit eigenen Augen gesehen habe, die viel fortschrittlicher sind. Aber sie sind zu weit weg, und Isobel ist zu schwach, um dorthin zu gelangen.«

»Wie lange dauert es bis dorthin?«

Er warf eine Handvoll kleingeschnittenes Gemüse ins Wasser, drehte sich um und näherte sich mir. Seine Augen sahen betrübt und traurig aus.

»Als meine Mutter damals angefangen hat, regelmäßig in Ohnmacht zu fallen, hat sie keine zwei Wochen mehr überlebt.«

Ich nickte, blickte auf das rot gefärbte Wasser hinunter und dachte an Isobels eingeschränkte Atmung, die bereits sehr bedenklich war. Jedes Heben und Senken ihres Brustkorbs war ein sichtbarer Kampf.

Bevor ich etwas erwidern konnte, peitschte ein Windstoß

durch das Fenster, das Adwen zur Belüftung des Feuers offen gelassen hatte. Die kalte Luft rauschte durch den Raum und ließ das kalte Wasser, in das ich meine Hände getaucht hatte, fast eisig erscheinen. Schnee wehte über den steinernen Boden. Ich nahm meine Hände aus dem Wasser, schüttelte sie aus und blickte nach draußen.

Im Laufe einer Stunde waren die Festung und die kleine Insel, auf der sie lag, eingeschneit worden, und die Brücke, die zum Festland führte, war völlig unpassierbar.

Ein einziger Name kam mir in den Sinn, als ich das winterliche Durcheinander draußen betrachtete.

»So krank sie auch sein mag, ich glaube nicht, dass es Isobel ist, um die wir heute Nacht fürchten müssen.«

Adwens Worte spiegelten meine Gedanken wider. Ich konnte die Anspannung in seiner Stimme hören, während er sprach, und jede Silbe war von seiner Sorge durchdrungen.

Orick war noch nicht nach Hause zurückgekehrt.

KAPITEL 20

Ich wachte irgendwann während der dunkelsten Zeit der Nacht auf und wurde von Coopers sanfter Stimme aus der Richtung von Isobels Bett geweckt.

Der Stress des Tages hatte uns alle erschöpft, und wir gingen alle auf unterschiedliche Weise mit unserer Müdigkeit um. Adwen hatte nicht stillsitzen können und war ziellos in den Fluren der Burg auf und ab gelaufen, während er sich Sorgen um seine gute Freundin gemacht hatte. Kurz nachdem er seine Brühe für Isobel fertiggestellt hatte, war er begierig darauf gewesen, die Burg zu verlassen und nach Orick zu suchen, aber wir hatten ihn gemeinsam davon abgehalten.

Ich verstand seinen Wunsch, etwas zu unternehmen, aber jeder, der nur halbwegs bei Verstand war, konnte sehen, dass es nichts bringen würde, wenn Adwen mitten in einem solchen Sturm abreisen würde. Da die Brücke nun unpassierbar war, wäre jede Suche nach Orick in diesem Moment vergeblich gewesen. Hoffentlich war Orick klug genug gewesen, sich irgendwo im Dorf vor dem schlimmsten Teil des Sturms zu verstecken.

Doch trotz unserer Proteste war es schließlich Isobel, die sich mit so starken Kopfschmerzen, dass sie sich am liebsten den Kopf einschlagen würde, zu Wort meldete, um ihn zur Vernunft zu bringen.

Sie musste nur drohen, aus dem Bett aufzustehen und ihm in den Schnee zu folgen, und er versprach, den Rest der Nacht in der Festung zu bleiben. Wir verbrachten den Rest des Nachmittags damit, dem Klang seiner Schritte zu lauschen, die in den Gängen über uns auf und ab gingen.

Im Laufe des Abends schlief Gregor neben dem Feuer ein. Kurz darauf taten Isobel und Cooper es ihm gleich. Ich kämpfte darum, wach zu bleiben, denn ich wollte sichergehen, dass Adwen in seiner schlaflosen Sorge nicht ganz allein war, aber als die Stunden vergingen, ohne dass er etwas abgesehen von seinen Schritten von sich hören ließ, verlor ich meinen Kampf gegen meine Müdigkeit.

Ich wusste nicht, wie lange ich geschlafen hatte, aber als mich das leise Flüstern weckte, blickte ich auf und sah, dass das Feuer immer noch kräftig brannte, was bedeutete, dass ich nicht lange geschlafen haben konnte.

»Isobel?« Cooper sprach ihren Namen in seiner Version eines Flüsterns aus, aber das war eine Fähigkeit, die er noch nicht beherrschte.

Isobels Stimme war leiser, und ich musste mich auf die andere Seite meines Stuhls lehnen, um ihre Antwort zu hören.

»Aye.«

»Darf ich dir eine Frage stellen? Es ist keine gute Frage, aber ich möchte es wissen.«

»Du kannst mich alles fragen, was du willst, mein Junge. Für Kinder sind alle Fragen gut. Neugierde ist eine schöne Art zu lernen.«

Es folgte Stille, und einen Moment lang fragte ich mich, ob Cooper es geschafft hatte wirklich zu flüstern, und ich seine Frage einfach nicht gehört hatte – doch dann ertönten die Worte und stachen mir direkt ins Herz.

»Hast du Angst vor dem Tod?«

»Nein.«

Ich hatte eine Pause erwartet, einen Moment des Schocks über seine kühne Neugierde oder ein kurzes Zögern, um über die Tiefe einer solchen Frage nachzudenken. Stattdessen antwortete sie ihm schnell und selbstbewusst. Diese Frage schien sie sich schon oft gestellt haben.

»Wirklich nicht?«

»Nein, wirklich nicht. Ich habe keine Angst vor dem Tod. Ich werde nicht allein sein, wenn mein letzter Atemzug mich verlässt. Meine Mutter, mein Vater und eine Schwester sind schon lange tot. Aber keine Angst zu haben, heißt nicht, dass ich sterben will, und es heißt auch nicht, dass ich dazu bereit bin. Es ist Traurigkeit, die in mir weilt, nicht Angst.«

Ich schluckte und atmete schwer durch die Nase, denn ich wusste, wenn ich mir erlaubte, durch den Mund zu atmen, würden sie meinen zittrigen, weinerlichen Atem hören und wissen, dass ich wach war. Es war ein viel zu privates Gespräch, um es zu stören.

»Wegen Gregor?«

»Ja, mein Junge. Du bist noch jung, und es wird noch viele Jahre dauern, bis du wirklich verstehst, wovon ich spreche, aber ich bete, dass du es eines Tages finden wirst.«

»Was finden?«

Ich hörte, wie Cooper sich neben ihr bewegte, und erkannte am Rascheln der Decken, dass er sich gerade dicht an sie gekuschelt hatte, um sich auf die Geschichte, die sie ihm zu erzählen hatte, einzulassen. Sie hatte seine volle Aufmerksamkeit und meine auch.

»Die Liebe, die Gregor und ich haben. Sie ist sehr selten und ein Schatz, von dem viel zu viele glauben, er sei mit dem Ehegelübde garantiert. Liebe ist nicht so einfach und wird nicht durch Worte bestimmt, die man austauscht. Wenn du etwas älter wirst, sei nicht so töricht, die Lüge zu glauben, die so viele erzählen. Die Ehe ist kein Ersatz für die Liebe, sie ist völlig getrennt von ihr. Denk daran, und du wirst dir und dem Mädchen, das du liebst, mehr Schmerz ersparen, als du ahnst.«

»Aber du und Gregor seid doch verheiratet.«

»Ja, aber wir haben nicht geheiratet, weil wir uns geliebt haben. Wir haben geheiratet, um Hand in Hand durchs Leben zu gehen, um uns gegenseitig zu helfen und zu unterstützen. Die Ehe erfordert ein Gelübde, aber Gelübde können gebrochen werden. Die Liebe kann nie gebrochen werden. Wenn dein Herz einen anderen Menschen wirklich geliebt hat, gibt es nichts – keinen Hass, keinen Verrat und keine Angst –, was dir diese Liebe nehmen könnte. Menschen können sich verlieben, aber auch das ist etwas anderes als die Liebe, von der ich spreche. Wahre Liebe mag sich verändern, aber sie stirbt nicht.«

»Ich glaube, ich weiß, was du mit Liebe meinst.«

Ich lächelte über Coopers Antwort. Ich konnte es kaum erwarten, zu hören, was für eine überraschend weise Analogie aus seinem Mund kommen würde. Er war scharfsinnig und verstand selbst die erwachsensten Unterhaltungen erstaunlich schnell.

»Als du davon gesprochen hast, wie sich die Liebe verändert, aber nicht verschwindet, musste ich an meinen Großvater denken. Nicht an meinen Opa, ich liebe ihn mehr, als ich überhaupt sagen kann. Das ist pure Liebe. Er versteht mich einfach, weißt du? Aber der Vater meiner Mutter, mein Großvater, ist anders.

Als ich ganz klein war, habe ich ihn wie verrückt geliebt. Er hatte ein großes Haus mit viel Platz zum Spielen und sogar ein Baumhaus, also wollte ich immer bei ihm sein. Aber als ich älter geworden bin, habe ich Dinge erkannt, die ich vorher nicht gesehen habe. Er ist kein sehr netter Mensch. Ich mag ihn nicht wirklich, aber …, wenn ich an ihn denke, wird mir ganz warm in der Mitte meiner Brust, und ich weiß, dass ich ihn liebe, egal wie gemein er ist, und egal, ob ich ihn sehen will oder nicht. Und wenn er nicht mehr da ist, werde ich ihn sehr vermissen.«

Ein Schniefen entwich mir, und ich bemühte mich, das Geräusch in ein schlafähnliches Schnarchen zu verwandeln. Als sie mich nicht darauf ansprachen, nahm ich an, dass mein kleines Schnaufen unbemerkt geblieben war.

In einer kurzen Minute hatte Cooper all die komplizierten Gefühle zusammengefasst, die ich in Bezug auf meinen Vater hatte, obwohl ich den Großteil der letzten zwei Jahrzehnte damit verbracht hatte, sie zu überwinden. Wenn wir in zur Burg McMillan zurückkehrten, würde ich den kleinen Stinker als meinen privaten Therapeuten engagieren.

»Ja, genau das meine ich.«

»Aber bei dir und Gregor ist es noch viel mehr. Deshalb bist du auch so traurig.«

»Ja. In Gregor habe ich den Mann gefunden, dessen Seele meine Seele bis ins Detail verstanden hat. Von dem ersten Tag an, an dem ich ihn kennengelernt habe, hat er ein Stück von mir und ich ein noch größeres Stück von ihm angenommen. Ich liebe ihn mehr, als ich mich selbst liebe, aber ich weiß, dass er mich mehr braucht als ich ihn. So ist es oft mit den Männern. Deshalb leben die Frauen oft länger als ihre Männer, vorausgesetzt, sie überleben ihre gebärfähigen Jahre. Wir sind widerstandsfähiger als die meisten Männer, aber ich bezweifle nicht, dass du, kleiner Cooper, die Ausnahme sein wirst. Ich weiß, dass dieser Teil von ihm mit mir sterben wird. Es bricht mir das Herz, zu wissen, dass mein Tod ihn verletzt und gebrochen zurücklassen wird.«

Ich dachte an Coopers Opa und wusste, dass Cooper es in sich hatte, die Ausnahme zu sein, von der Isobel sprach. Sein Opa war es auf jeden Fall gewesen. Trotz des herzzerreißenden Todes seiner Frau hatte er weitergemacht und einen der besten Männer aufgezogen, die ich kannte.

»Willst du wissen, was ich über die Liebe denke, Isobel?«

»Sehr gerne sogar. Bitte sag es mir.«

»Ich glaube, wenn Erwachsene jemanden so sehr lieben, dass sie anfangen, sich um ihn zu kümmern, so wie du dich um Gregor kümmerst, fangen sie an, denjenigen als schwächer zu sehen, als er ist. So ist es auch bei meiner Mutter. Sie hat sich mein ganzes Leben lang um mich gekümmert, und auch wenn ich sechs bin, sieht sie mich immer noch als zwei. Zerbrochene Dinge können repariert werden. Eines Tages wird es ihm wieder gut gehen.«

Ein leises Schluchzen ertönte vom Bett, gefolgt von Coopers leisem »Schh …«, um sie zu beruhigen. Ich hatte Isobel schon öfter weinen gehört, aber ich hatte nie erlebt, dass sie es sich erlaubt hatte, vor einem anderen zu weinen. Kinder besaßen eine ungeheure Macht, wenn es um die Wahrheit in ihren Worten ging.

»Schh, Isobel. Es tut mir so leid. Ich wollte dich nicht aufregen.«

»Ach, du hast mich nicht aufgeregt, Cooper. Du hast meinem Herzen mehr Gutes getan, als du ahnst. Ich bin weniger traurig als vorher, und das Glück, das ich dabei empfinde, hat mich zum Weinen gebracht.«

»Meine Mutter weint auch, wenn sie glücklich ist. Ich verstehe das nicht ganz. Das muss eine Frauensache sein.«

Isobel lachte leise. Ich lächelte, die Augen noch immer geschlossen, während ich so tat, als würde ich schlafen.

»Ja, das tun wir Frauen oft. Wir weinen, wenn wir traurig, glücklich oder sogar wütend sind. Das ist ein Fluch.«

»Es tut mir leid, dass ich dich geweckt habe, Isobel. Bist du bereit, wieder zu schlafen? Ist es okay, wenn ich hier bei dir bleibe?«

»Du hast mich nicht geweckt, und zu beiden Fragen sage ich ja. Es ist beruhigend zu wissen, dass du hier bist und auf mich aufpasst. Träum süß, Cooper.«

Isobel und Cooper schliefen schnell ein, aber ich blieb wach und starrte in die schwindenden Flammen des Feuers, während die Nacht dahinschmolz. Das tanzende Licht lullte mich in eine Art stille Meditation ein, in der ich allen auf der Festung und vor allem dem einen Freund, der draußen im Sturm geblieben war, nur Gutes wünschte.

KAPITEL 21

»Wach auf, wach auf, Tante Jane. Er ist wieder da!«

»Hm? Coop, was machst du da? Wovon sprichst du?« Ich öffnete die Augen, während ich gegen die schläfrige Verwirrung ankämpfte, die sich einstellte, wenn man so abrupt geweckt wurde. Langsam hob ich meinen schmerzenden Nacken und versuchte mich daran zu erinnern, warum ich auf einem Stuhl und nicht in meinem eigenen Bett geschlafen hatte. Dann entdeckte ich mein leeres Bett und die Treppe vor der Tür. »Cooper, wo ist Isobel? Ist etwas passiert? Sie sollte noch im Bett sein.«

»Es geht ihr gut, Tante Jane, ich verspreche es. Es geht ihr heute schon viel besser. Aber Orick ist wieder da, und es geht ihm auch gut! Er war doch nicht in Gefahr. Beeil dich, beeil dich, alle sind im Speisesaal und frühstücken, und du verpasst es.« Er rannte aus dem Zimmer und forderte mich auf, ihm zu folgen, indem er mit den Armen winkte.

Die guten Nachrichten trugen erheblich zu meiner Wachsamkeit bei. Erleichtert stand ich auf und streckte mich, bevor ich mir mit den Fingern durch die Haare fuhr und mich auf den Weg zu den anderen machte, um mit ihnen zu frühstücken.

»Orick!«, rief ich ihm zu, als ich den Raum betrat. Sofort kam er auf mich zu und umarmte mich so fest, dass meine schmerzenden Schultern knackten und meine Füße mindestens einen halben Meter vom Boden abhoben. »Gott, bin ich froh, dich zu sehen.«

»Und ich dich, Jane. Es war eine kalte Nacht, aber ich habe es überlebt. Ich habe mich bei dem Mann verschanzt, der unsere Pferde versorgt, und dann den Abend damit verbracht, das Essen seiner Frau zu genießen und am Feuer zu sitzen. Es gab viele, denen es viel schlechter ging als mir.«

»Wir haben uns große Sorgen um dich gemacht, aber ich habe schon damit gerechnet, dass du so klug bist, bei einem solchen Sturm nicht hierher zurück zu reiten. Wie bist du heute Morgen durch den ganzen Schnee gekommen?«

Bevor er antworten konnte, kam Adwen auf ihn zu und gab ihm einen kräftigen Klaps auf den Arm.

»Ich glaube, du kannst sie jetzt runterlassen, Orick.«

»Ja, das könnte ich, aber ich merke, dass es dir missfällt, also werde ich das Mädchen wohl noch ein bisschen länger umarmen. Bist du einverstanden, Jane?«

Ich lachte und lehnte mich zurück, um schelmisch in Adwens Richtung zu blicken. Ich war nicht besonders klein für eine Frau, aber in Oricks langen, starken Armen fühlte ich mich winzig und zierlich. »Das stört mich überhaupt nicht. Halte mich, solange du willst.«

»Aye, das werde ich. Was hast du mich gerade gefragt? Wie ich es heute Morgen hierher geschafft habe? Tja, das ist eine lustige Geschichte. Ich habe im Dorf einen Mann getroffen, der mit einem Rudel Hunde unterwegs war. Er hat sie an einen hölzernen Schlitten geschnallt, und sie haben mich hierher gezogen, bevor sie zu ihrem Herrn zurückgekehrt sind.«

»Du machst Witze.«

»Nein, überhaupt nicht. Ich konnte es selbst kaum glauben, als der Mann mir die großen Biester zur Verfügung gestellt hat.«

Orick gab mir einen schnellen Kuss auf die Wange, nachdem er einen Blick in Adwens Richtung geworfen hatte, um sich zu vergewissern, dass er zusah, und setzte mich ab.

»Ich bin so erleichtert, dass du sicher zurück bist. Und wie es aussieht, ist auch der schlimmste Teil des Sturms vorüber.«

»Das ist er, Mädchen. Es ist warm genug, dass auch das Eis zu schmelzen beginnt, sodass die Brücke in ein oder zwei Tagen wieder zu gebrauchen sein wird.«

Nun, da ich mit beiden Füßen auf dem Boden stand, ging ich zum Tisch und setzte mich neben Isobel. Ich lächelte sie an, als sie zwischen zwei Bissen sprach.

»Ich kann dir gar nicht sagen, wie sehr es mich freut, dich hier zu sehen, Orick. Ich fühle mich heute so gut wie seit vielen Monden nicht mehr, ungeachtet des Sturzes, den ich auf der Treppe hatte. Es ist ein Wunder, was ein glückliches Herz zur Heilung beitragen kann.«

Ich hatte sie noch nie mit einem so großen Appetit gesehen. Am Tag zuvor hatte ich mich gefragt, ob Isobel noch einen weiteren Tag erleben würde, aber wenn ich sie jetzt ansah, mit der Farbe auf ihren Wangen und der Tatsache, dass ihr Husten viel seltener auftrat, fiel es mir schwer zu glauben, dass ihr Sturz vom Vortag überhaupt passiert war.

Das Auf und Ab von Isobels Krankheit war merkwürdig und für mich nicht nachvollziehbar. Gerade dann, wenn sie am schwächsten zu sein schien, kam sie wieder zu sich und hatte für ein paar kurze Tage wieder neue Energie, gefolgt von einer kurzen Pause des schmerzhaften Hustens, der sie immer begleitete. So war es auch kurz vor und während unserer Reise zur Festung gewesen.

Ich beobachtete sie genau, während wir aßen, und hielt Ausschau nach Anzeichen dafür, dass sie sich schlechter fühlte, als es den Anschein hatte; dass sie vielleicht eine tapfere Miene aufsetzte, damit wir anderen uns an Oricks sicherer Rückkehr erfreuen konnten, ohne uns Sorgen um sie zu machen, aber im Laufe der Mahlzeit fiel mir nichts auf, was mich zu der Annahme veranlasste, dass sie sich nicht deutlich besser fühlte als noch am Tag zuvor.

»Was starrst du so, Jane?«

Ich blinzelte und sah, dass Isobel die Augenbrauen zusammenzog und mich verwundert ansah.

»Es tut mir leid. Es ist nichts. Ich bin nur überrascht, dass es dir so viel besser geht.«

»Warum solltest du überrascht sein? Es können nicht alle Tage schlecht sein. Wenn das so wäre, hätte niemand die Kraft, gegen eine Krankheit anzukämpfen. Ich hatte letzte Nacht einen Traum. Darin hat mir ein rothaariger Engel gesagt, ich solle nicht zulassen, dass die Krankheit meinen Geist und mein Herz beeinträchtigt.«

»Was soll das bedeuten?«

Coopers Frage drückte die Skepsis aus, die jedem von uns ins Gesicht geschrieben stand, aber als sie antwortete, schien Isobel das nicht zu bemerken.

»Dass ich mich nicht der Trauer oder Angst hingeben soll, denn ich bin noch nicht tot. Vielleicht kann ich das hier noch überleben.«

Ich blickte in Gregors Richtung und sah, wie er leicht zusammenzuckte. Am liebsten hätte ich die Hand ausgestreckt und ihn getröstet. Doch ich unterließ es. Die Geste würde nur Aufmerksamkeit erregen, und ich wusste, dass er das nicht wollte.

Von allen am Tisch schien Gregor am wenigsten von Isobels heiterem Blick erfreut zu sein. Da wurde mir bewusst, wie sehr sich seine eigene Sichtweise im Laufe der Wochen verändert hatte. Früher war er derjenige gewesen, der die Hoffnung aufrecht erhalten hatte, der sich gewünscht hatte, dass Isobel kämpfen würde, dass sie daran glauben würde, dass sie gesund werden konnte. Jetzt schien es, als wären die Rollen vertauscht worden.

Ob es nun an unserer Reise hierher lag, oder an der Anwesenheit eines Kindes, das weiser war, als er es in seinem Alter sein sollte, Isobel hatte beschlossen, sich auf jede erdenkliche Weise aufzuraffen. Aber als ich die Traurigkeit in Gregors Augen sah, wusste ich, dass ihre Hoffnung ihm nur das Herz brach. Er glaubte nicht mehr daran, dass ihr Überlebenswille ihr etwas nützen würde.

Kurz nach dem Frühstück verschwand Adwen. Das schien eine Angewohnheit von ihm zu sein – eine, die ich auf ein Leben auf Reisen zurückführte. Er spielte nicht den Gutsherrn und Gastgeber für seine Gäste. Sein Bruder Callum hatte die gleiche Tendenz. Seit unserer Ankunft hatte ich ihn kaum gesehen. Nicht, dass sich jemand an Adwens Abwesenheit gestört hätte. Nach den Ereignissen des Vortages waren wir alle schmutzig und müde. Nachdem wir ein herzhaftes, von Adwen gekochtes

Frühstück verschlungen hatten, verteilten wir uns alle schnell, um uns zu waschen und auszuruhen, während der Schnee schmolz.

Ich sorgte dafür, dass Cooper ein Bad nahm – oder zumindest sorgte ich dafür, dass ihm eines eingelassen wurde. Er weigerte sich, mich in das Zimmer zu lassen, während er hineinstieg. »Ich bin sechs Jahre alt«, beharrte er, »und groß genug, um mir selbst die Zehen und Achseln zu schrubben.« Ich konnte ihm nicht verübeln, dass er Privatsphäre wollte.

Kichernd verließ ich ihn und betrat mein eigenes Schlafgemach, wo ich eine Schar von Frauen vorfand, die damit beschäftigt waren, das Bettzeug zu wechseln, das Zimmer zu lüften und die Überreste von Isobels Verletzung zu beseitigen. Da ich nicht vor ihnen baden wollte, bat ich sie, mir auf dem Weg nach draußen eine Wanne vorzubereiten. Ich würde zurückkommen, um zu baden, sobald sie fertig waren. Sie stimmten zu und vor meinem Bad machte ich mich auf die Suche nach Adwen, um mir die Zeit bis dahin zu vertreiben.

Die Tür zu seinem Schlafgemach war geschlossen. Als ich mein Ohr an den Türrahmen presste, hörte ich nichts. Er hatte weniger geschlafen als wir alle, und ich wollte ihn nicht stören, falls er sich zu einem langen Nickerchen zurückgezogen hatte. Doch gerade als ich mich entfernen wollte, stieß ich mit dem Ellbogen gegen die Tür und klopfte laut genug, um eine Antwort von ihm zu erhalten.

»Komm rein.«

Ich griff nach der Klinke und tat, wie mir geheißen. Sofort hob ich die Handflächen, um mir die Augen zuzuhalten, als ich nackte Hände und Füße sah, die seitlich und am Ende der Wanne heraushingen.

»Baden in dieser Burg alle zur gleichen Zeit? Scheinbar ist

irgendjemand damit beschäftigt, tonnenweise Wasser zu erhitzen. Wer sagt einfach ›Hereinspaziert‹, wenn er in der Badewanne sitzt?«

»Jane.« Er lachte laut auf, als das Wasser auf den Boden spritzte. Er zog seine Füße in die Wanne, während ich zögernd meine Hände von den Augen entfernte und mich dem Rand der Wanne näherte, damit ich sein Gesicht sehen konnte. »Es tut mir leid, Mädchen. Ich dachte, du wärst eine der Mägde, die das Bad vorbereitet haben.«

Ich wandte den Blick von dem ab, was unter der Wasseroberfläche lag, aber ich konnte mich nicht davon abhalten, alles zu betrachten, was sich außerhalb des Wassers befand.

Jeder Zentimeter von ihm schien mit Wassertropfen zu glänzen, was deutlich machte, dass er mehr als einmal mit seinem ganzen Körper unter die Wasseroberfläche getaucht war. Sein Haar sah dunkler aus, seine Muskeln noch definierter, als sie es im trockenen Zustand wahrscheinlich waren. Ich musste immer wieder zu der Wand hinter ihm hinaufschauen, um seine nackte Brust nicht anzustarren. Es nützte nichts. Er wusste, dass ich ihn anglotzte.

»Willst du mir Gesellschaft leisten, Jane? Es ist zwar nicht viel Platz, aber ich denke, du könntest bequem auf mir sitzen.«

Ich lachte und das Kichern kam erstickt und gehaucht heraus. Es trug nicht dazu bei, die Entschlossenheit meiner Antwort zu untermauern. »Auf keinen Fall. Bist du verrückt? Und erlaubst du den Burgmädchen immer, in deinem Schlafgemach ein- und auszugehen, während du badest?«

Er zögerte nicht. »Ja, natürlich tue ich das.«

»Okay, wie auch immer. Lass dich von mir nicht stören. Ich werde dich dann mal in Ruhe lassen.«

Ich schritt zur Tür und schirmte mein Gesicht ab, um keinen gefährlichen Blick auf das zu werfen, was unter dem Wasser lag. Er riss meine Hand weg und hielt sie fest, als ich an ihm vorbeiging, sodass mein Blick direkt ins Wasser fiel.

»O mein Gott, Adwen! Warum hast du das getan?«

Ich blickte zu ihm auf, aber auf seinem Gesicht war keine Spur von Verlegenheit zu erkennen. »Warum bist du hier, Jane?«

Er hielt meine Hand immer noch fest. Als ich ihm antwortete, fixierte ich den Blick auf sein Gesicht.

»Du hast dich gestern ziemlich abwesend verhalten. Ich wollte nur sehen, ob es dir gut geht. So etwas machen Freunde eben. Sie kümmern sich umeinander.«

»Ach, sag mir nicht noch einmal, dass du mit mir befreundet sein willst, Jane. Egal, wie oft du es sagst, ich werde dir nicht glauben. Ich kann dich nicht verstehen, Mädchen. In einem Moment bist du warm und offen und im nächsten kühl und verschlossen.«

Ich zog meine Hand aus seiner und trat einen Schritt zurück, damit er sie nicht wieder ergreifen konnte.

»Ich bin nicht kühl, nur vernünftig. Das hat doch alles keinen Sinn.«

»Keinen Sinn, Mädchen? Dieser Kampf, den du dir selbst auferlegt hast, hat keinen Sinn, denn es ist kein Kampf mit mir. Du gefällst mir, Jane. Und ja, ich kann dein Freund sein, aber ich möchte auch dein Liebhaber sein. Ich werde es weder leugnen noch mich dafür entschuldigen.«

»Das ist es ja, Adwen. Ich will keinen ›Liebhaber‹. Es gibt keinen Grund, mich in etwas so Bedeutungsloses zu stürzen.«

»Doch, es gibt genügend Gründe dafür, Mädchen. Das könnte ich dir beweisen, wenn du mich nur lassen würdest.«

Es klopfte erneut an Adwens Tür, gefolgt von seiner raschen Aufforderung, einzutreten, während er sich wieder in der Wanne niederließ.

Ich bewegte mich unbehaglich, als Cooper in der Tür erschien, völlig unsicher, wie ich meine Anwesenheit in seinem Zimmer erklären sollte, während er badete. Glücklicherweise gab Cooper mir keine Gelegenheit zu einer Erklärung.

»Tante Jane? Was machst du denn hier drin? Kannst du niemandem etwas Privatsphäre gönnen? Ich meine, wenn ich sechs bin und allein baden kann, kann Adwen das sicher auch. Ich bin mir sicher, dass es ihm peinlich ist, wenn du hier drin stehst und ihm dabei zusiehst, wie er sich zwischen den Zehen sauber macht.«

Ich ignorierte das meiste von dem, was er gesagt hatte, um ihn zu fragen, was er hier tat. Er schien die Antwort für ziemlich offensichtlich zu halten.

»Ich bin hergekommen, um Adwen zu fragen, wo du bist. Ich hätte allerdings nie gedacht, dass du ihm beim Baden zusehen würdest. Du bist weder seine Mutter noch seine Tante. Ich denke, du solltest ihn vielleicht einfach in Ruhe lassen.«

»Richtig. Du hast natürlich recht.« Ich winkte mit einer Hand in Adwens Richtung, eine Geste, die ihn dazu bringen sollte, das kleine Zittern seiner Schultern zu unterlassen, während er sein Lachen unterdrückte. Aber das ließ sie nur noch stärker zittern. »Wozu brauchst du mich, Coop?«

»Wie du sehen kannst, bin ich ganz sauber und gebadet. Und jetzt muss ich sofort mit dir reden. Es ist sehr wichtig.« Er drehte sich um und rief nach mir, als er zur Tür hinausging. »Komm schon, Tante Jane. Jetzt gleich.«

Sobald Cooper außer Hörweite war, brach Adwen in schallendes Gelächter aus und schüttelte den Kopf, bis ich mich frustriert und verärgert umdrehte, um den Raum zu verlassen. Erst dann brachte er die Kraft auf, sein Lachen zu unterbrechen und zu sprechen.

»Du hast den Jungen gehört, Jane. Lass mich in Ruhe. Ich kann meine Zehen selbst sauber machen.«

KAPITEL 22

Als er ging, erwähnte Cooper nicht, wo genau ich ihn »jetzt gleich« treffen sollte, aber es dauerte nicht lange, bis ich ihn fand. Er saß oben im Turm, dem mit Abstand schönsten und majestätischsten Fleck in der ganzen Festung. Es war derselbe Ort, an dem Adwen und ich in dem Moment gewesen waren, als wir Coopers Schrei nach Isobels Sturz gehört hatten, aber ich verdrängte die Gedanken an diesen Schrecken und ließ mich von der Schönheit des Raumes überwältigen, als ich mich neben ihn auf eine kleine Steinbank unter einem der vielen Fenster des Raumes setzte.

»Geht es dir gut, Tante Jane?«

Ich nickte, streckte die Hand aus und drückte sanft eines seiner kleinen Knie. »Ja, es geht mir gut. Ich bin nur etwas schmutzig. Ich bin bereit für mein Bad, aber es geht mir gut. Warum fragst du?«

»Ich meinte, ob dein Rücken oder dein Po wehtut, wo du sitzt? Ich möchte, dass du es dir bequem machst, damit du aufmerksam zuhörst.«

Cooper war in vielen Dingen geschickt, und am ausgeprägtesten war seine Fähigkeit, die Neugierde so lange aus einem herauszulocken, bis man kurz davor war, den Verstand zu verlieren. Ich war fast so weit.

»Ja. Ich habe es sehr bequem, und du hast meine volle Aufmerksamkeit. Spuck's aus.«

»Weißt du noch, als Isobel gesagt hat, sie hätte letzte Nacht einen Traum gehabt?«

Ich nickte und beobachtete seine Augen aufmerksam. Er war kein nervöses Kind, aber ich konnte an dem kleinen Zucken seiner Augen erkennen, dass er jetzt nervös war. »Ja. Was ist damit?«

»Na ja, ich hatte auch einen Traum, und er hat mich an etwas erinnert, das ich dir schon früher erzählen wollte, aber durch das, was passiert ist, habe ich es einfach vergessen. Aber jetzt erinnere ich mich.«

»Okay, und was war das für ein Traum, Coop?«

Das machte er immer so. Er fing an zu erzählen, was er sagen wollte, aber dann zwang er mich, ihm fünf Minuten lang zuzuhören, bevor irgendetwas von dem, was er sagte, einen Sinn ergab.

»Der Traum ist nicht wichtig. Wichtig ist nur, dass ich glaube, dass es einen Weg gibt, wie wir Isobel helfen können.«

»Ach wirklich?« Wir hatten alle viel Zeit damit verbracht, darüber nachzudenken, wie wir Isobel helfen konnten und es überraschte mich nicht, dass Cooper dasselbe getan hatte. »Vielleicht gibt es einen Weg, ihre Schmerzen zu lindern, aber wir können nichts für sie tun, bevor der Schnee schmilzt. Das weißt du doch, oder?«

»Das habe ich nicht gemeint, Tante Jane. Hast du die Gespenster gesehen?«

Ein eiskaltes Frösteln durchfuhr mich, das mich bis ins Mark erschütterte. Selbst im einundzwanzigsten Jahrhundert gab es Gerüchte über den Spuk auf der Festung Cagair, aber ich war mir sicher, dass ich Cooper gegenüber nie etwas davon erwähnt hatte. An dem Tag, an dem Kathleen und ich mit der Arbeit auf der Burg begonnen hatten, hatte uns der Mann, der uns die Schlüssel gegeben hatte, vor den Geistern gewarnt, die sich angeblich auf den Treppen und in den Gängen der Burg herumtrieben. Das hatte mich damals so erschreckt, dass ich Kathleen geradezu angefleht hatte, mich meine Hälfte der Besitzurkunde verkaufen zu lassen. Sie hatte es jedoch geschafft, mich zu beschwichtigen, und nachdem es in der ersten Woche auf der Festung keine Zwischenfälle gegeben hatte, hatte ich beschlossen, den geisterhaften Ruf als unbegründetes Gerücht abzutun. Doch schon die bloße Erwähnung des Übernatürlichen bereitete mir Unbehagen.

Ich glaubte an Gespenster. Wie könnte ich nicht an fast alles glauben, wenn ich in einer Zeit geboren wurde, die Jahrhunderte vor der lag, in der ich jetzt lebte? Aber trotzdem machte mir das Übernatürliche Angst. Geister, Hexen, Zeitreisen – all das war mir unangenehm. Und obwohl ich noch nie einen Geist gesehen hatte, war ich mehr als einmal an Orten gewesen, an denen ich die Anwesenheit einer solchen Präsenz gespürt hatte. Vermutlich hatte ich nur deshalb noch nie einen gesehen, weil sie meine Angst spüren konnten und wussten, dass ich mir wahrscheinlich in die Hose machen und dann sterben würde, wenn sie aus dem Schatten traten.

»Nein, Coop. Ich habe definitiv keine gesehen. Was für Geister? Warum? Hast du welche gesehen?«

Er schüttelte enttäuscht den Kopf. »Nein, ich wünschte zwar, ich hätte sie gesehen, aber ich habe gehört, wie Adwen und Orick über sie gesprochen haben. Sie haben etwas sehr Seltsames gesagt.«

»Und das wäre?« Ich versuchte, die Angst aus meiner Stimme zu verbergen.

»Sie haben über die Kleidung der Geister gesprochen, und es hat sich angehört wie die Sachen, die du früher getragen hast. Ich glaube nicht, dass es Geister sind.«

Mehr brauchte ich nicht zu hören, um dankbar aufzuatmen, als ein Teil der Anspannung von mir abfiel. Nicht, dass es gut war, dass irgendetwas Ungebetenes oder womöglich Totes in der Burg herumspazierte, aber solange es keine Geister waren, war ich zufrieden.

»Wenn es keine Geister sind, was sind das dann für Erscheinungen?«

»Echte Menschen, natürlich. Nur aus unserer Zeit. Ich glaube, es gibt ein Portal.«

Ich wusste sofort, was er sagen würde – was Cooper vorschlagen würde. Wenn es irgendwo auf der Festungsinsel ein magisches Portal gab, würde Cooper hindurchgehen wollen, um Hilfe zu holen. Ich konnte die Zeitreise nicht noch einmal durchmachen. Beim letzten Mal war ich gefährlich nahe am Rande des Wahnsinns gewesen. Es hatte mich so furchtbar erschreckt und so durcheinandergebracht. Zeitreisen schienen so unmöglich, dass es mir immer noch schwerfiel, sie zu begreifen. Ich hielt es für das Beste, das Gespräch nicht in diese Richtung abdriften zu lassen.

»Ich glaube nicht, dass es ein Portal gibt, Cooper. Wenn es eines gäbe, hätte es schon längst jemand gefunden.«

Er stand auf und war plötzlich wütend auf mich, weil ich so abweisend war. Ich wusste, dass es die Reaktion war, die er von vielen Menschen in seiner Umgebung zu erwarten gelernt hatte, aber nie von mir.

»Niemand hätte es finden können, wenn es gut versteckt wäre. Hast du nicht von Morna gelernt, dass Hexen so etwas tun?«

Seine Hartnäckigkeit in Kombination mit meiner eigenen Angst ließ meine Wut schnell eskalieren und mich die Beherrschung verlieren.

»Was haben denn immer alle mit Morna? Ich verstehe wirklich nicht, warum alle sie so sehr mögen. Sie mischt sich ständig ein, kontrolliert und schickt die Menschen in Zeiten und an Orte, an denen sie nichts zu suchen haben. Wenn wir dazu bestimmt wären, in dieser Zeit zu sein, dann wären wir hier geboren worden. Selbst wenn es in dieser Burg eine Art verzaubertes Portal gibt, werden wir nicht hindurchgehen.«

Seine Unterlippe bebte, aber ich wusste, dass er sich nicht erlauben würde, vor mir zu weinen.

»Nicht … Nicht einmal, wenn es Isobel helfen würde?«

»Nicht einmal dann.« Alles in mir wusste, dass meine Antwort falsch war. Sie beruhte auf Angst und Sorge um Coopers Sicherheit. Jede Reise forderte ihren Preis, und für jemanden, der noch so jung war, war Cooper schon viele Male hin und her gereist. Ich wollte nicht diejenige sein, die dafür verantwortlich war, dass ihm etwas zustieß. »Auch nicht für Isobel. Sie würde nicht wollen, dass wir für sie ein solches Risiko eingehen.«

Eine einzelne Träne rollte. Er wandte sich von mir ab, damit ich sie nicht sehen konnte.

»Du irrst dich, Tante Jane. Mit allem. Gute Magie birgt kein Risiko, und wir sind dazu bestimmt, hier zu sein, in dieser Zeit. Was ist, wenn wir nur hier sind, um Isobel zu helfen?«

Er rannte aus dem Turm, bevor ich ein weiteres Wort sagen konnte. Als ich ihm nachsah, betete ich mit jedem seiner Schritte, dass auf der Festung kein solches Portal verborgen lag. Wenn es eines gab, dann würde Cooper es finden.

KAPITEL 23

Adwen war der Ansicht, dass er endlos schlafen konnte, wenn alle seine Träume mit solch süßen Visionen von Jane gefüllt wären. Er schlief, so lange er konnte, und zwang sich erst dann zum Aufwachen, als Oricks starke Fäuste an seine Schlafzimmertür klopften. Er wusste, dass es Orick war, noch bevor sein Freund ein Wort gesagt hatte – niemand sonst würde es wagen, ihn so früh am Morgen zu wecken.

»Was willst du, Orick? Es ist zu früh, um mich zu wecken.«

Orick kam, ohne zu zögern, durch die Tür. Adwen wusste, dass es Orick egal war, wie früh oder spät es war, aber es fühlte sich trotzdem richtig an, sich gegen eine solche Störung zu wehren.

»Ich weiß, dass es früh ist, und aus genau diesem Grund habe ich dich geweckt. Während alle anderen noch schlafen, muss ich dir etwas zeigen. Zieh dich warm an. Wir müssen nach draußen gehen.«

Adwen setzte sich auf, und allein der Gedanke, in den kalten Schnee hinauszugehen, war so abscheulich, wie von der aufgehenden Sonne aus seinem Traum gerissen zu werden.

»Nein, Orick. Ich möchte meine Zehen nicht so früh am Morgen verlieren. Du kannst allein nach draußen gehen, wenn du willst.«

Orick ging auf die Seite des Bettes zu und warf Adwen seinen längsten Umhang und seine Reithose hin.

»Habe ich dich gefragt, ob wir nach draußen gehen wollen? Es ist mir egal, was du gerne tun würdest. Du hast mich gebeten, den Schnee vor den Eingängen zu schippen, damit die Flure nicht überschwemmt werden, nicht wahr? Ja, das hast du. Dabei habe ich etwas gefunden, das du sofort sehen musst. Zieh dich an und komm zu der Tür, durch die du deine Mädchen immer hinein- und wieder hinausschmuggelst.«

Adwen stöhnte auf und schob langsam ein Bein aus dem Bett, dann das andere.

»Ich werde keine Mädchen mehr in die Burg schmuggeln.«

Orick spottete, als er zur Tür ging. »Glaubst du das wirklich? Das ist eine beeindruckende Behauptung, wenn man bedenkt, dass eine besondere Maid deinem Charme noch immer nicht erlegen ist, oder?«

»Ich versuche nicht, sie zu bezirzen, Orick. Sie hat sich in mich verliebt, auch wenn sie es nicht wahrhaben will. Mit der Zeit wird sie es einsehen. Nun«, Adwen stand auf und zog sich schnell seine Hose an, um die Kälte zu vertreiben, die von den Steinwänden ausstrahlte, »sag mir, was du gefunden hast, oder ich werde nicht mit dir nach draußen gehen. Ich bin kein geduldiger Mann, und ich mag die Spannung nicht.«

»Ich glaube, Cooper hatte recht. Es sind keine Geister, die in der Burg wandeln. Ich habe eine Art Gang gefunden, aber ich traue mich nicht, ihn zu betreten. Ich will kein weiteres Wort mehr sagen, bevor wir nicht draußen sind. Cooper war wach, bevor ich heute Morgen zur Arbeit ging. Das letzte Mal, als ich ihn sah, war er auf dem Weg zu Janes Zimmer, aber der Junge bewegt sich frei auf dem Gelände herum. Ich möchte nicht, dass er uns hört.«

Adwen nickte und warf sich so schnell wie möglich den Rest seiner Kleidung über. Als er angezogen war, trat er auf den Flur hinaus und bedeutete Orick, ihm den Weg zu zeigen.

Es dauerte nicht lange, bis sie den Hintereingang erreichten. Adwen atmete tief ein und hoffte, so viel warme Luft wie möglich zu erhalten, als sie in die Morgenluft hinaustraten. Es war kühl, aber am wolkenlosen Himmel konnte Adwen erkennen, dass Orick richtig gehandelt hatte, als er den Schnee von den Eingängen entfernt hatte. Er würde sehr schnell schmelzen.

Sobald sich die Tür hinter ihnen geschlossen hatte, sprach Adwen.

»Wie hast du den Durchgang gefunden und wo führt er deiner Meinung nach hin?«

Orick schüttelte den Kopf, stapfte durch den Schnee vor ihm und drehte sich zur Seite der Burg um.

»Als ich den Schnee von den Fenstern am Fuße der Burg entfernen wollte, habe ich eine Reihe von Steinen bemerkt, die von der Mauer nach außen ragen. Einen Moment lang dachte ich, sie würden sich lösen und die halbe Burg würde nach unten stürzen, aber als ich dagegen drückte, bewegten sie sich alle zusammen. Sie waren miteinander verbunden und wurden durch den Sturm leicht geöffnet. Das ist überhaupt kein Teil der Mauer, auch wenn es so aussieht. Stattdessen ist es ein Durchgang.«

»Nein, das kann nicht sein. Wie konnten wir das nicht wissen?«

Orick zuckte mit den Schultern und deutete ihm den Weg zu der beschriebenen Stelle.

»Ich weiß es nicht, Adwen, aber es ist wahr. Sieh es dir selbst an.«

Adwen trat zurück, als Orick seine Finger zwischen die Steine gleiten ließ und sie nach vorne zog, um eine Treppe nach unten freizulegen. Die Treppe war nicht mehr als zehn Stufen tief und endete unten an einer Steinmauer, die den weiteren Durchgang versperrte.

»Das ist eine Treppe, die ins Nichts führt. Was hat das mit den Geistern zu tun?«

Orick lachte und bückte sich, um eine Handvoll Schnee aufzusammeln. Adwen beobachtete neugierig, wie Orick ihn zwischen seinen Handflächen zu einem Schneeball formte.

»Das ist keine Treppe, die ins Nirgendwo führt. Sie führt an einen Ort, den wir nicht sehen können.«

Mit diesen Worten warf Orick den Schneeball die Treppe hinunter. Beide Männer sahen zu, wie der Ball mühelos durch die Steinwand am Fuß der Treppe flog.

Ich schlief unruhig und wachte alle paar Stunden mit Gedanken an Cooper auf. Als der Morgen graute, wollte ich ihn finden, um mit ihm zu reden, aber als ich ihn entdeckte, hatte er Orick schon an einer Hand und zog ihn fröhlich mit sich, um irgendein Abenteuer zu erleben, das Cooper sich ausgedacht hatte.

Ich rief ihm zu, als sie an mir vorbeikamen. »Hey Coop, ich will später mit dir reden, okay?«

»Klar, Tante Jane, aber mach dir keine Sorgen, ich bin nicht sauer auf dich. Jetzt ist wieder alles in Ordnung.«

Damit verschwand er um die Ecke und zog Orick mit so viel Kraft mit sich, wie er aufbringen konnte. Ich warf Orick einen mitfühlenden Blick zu, aber er lächelte nur. Ich konnte sehen, dass Orick trotz Coopers unendlicher Energie das Kind gerne um sich hatte.

Da Cooper zumindest für die nächsten Stunden nicht verfügbar sein würde, beschloss ich, bei Isobel vorbeizuschauen, obwohl ich mir nicht sicher war, ob sie schon wach war, bis ich Gregor am Ende des Flurs begegnete.

»Jane, wie geht es dir heute Morgen?«

Beinahe hätte ich mich darüber ausgelassen, wie wenig ich geschlafen hatte, aber dann warf ich einen Blick auf Gregors müde Augen und seinen angespannten Kiefer und erkannte, wie unangebracht das lächerliche Gejammer wäre. Gregor konnte sich wahrscheinlich nicht mehr daran erinnern, wann er das letzte Mal richtig geschlafen hatte, und das merkte man ihm langsam an. Wenn sich nicht bald etwas änderte, würde er genauso krank werden wie Isobel, und das wäre das Letzte, was sie sich für ihn wünschen würde.

»Mir geht's gut. Ist Isobel wach, Gregor?«

»Ja, sie hat gut geschlafen und ist früh aufgewacht. Sie war gerade dabei, sich anzuziehen, als ich gegangen bin.«

Ich streckte die Hand aus und drückte seinen Arm. »Ich denke, ich werde sie eine Weile besuchen, wenn das in Ordnung ist. Kannst du etwas für mich tun, Gregor?«

»Natürlich, sie wird sich freuen, dich zu sehen. Was brauchst du?«

Ich wies den Flur hinunter zum letzten Schlafgemach auf der rechten Seite. »Siehst du das Zimmer am Ende des Flurs?

Ich bin mir ziemlich sicher, dass sich dort niemand aufhält. Ich möchte, dass du reingehst, die Tür schließt und den Tag ausschläfst. Du bist nicht mehr zurechnungsfähig, Gregor. Isobel geht es im Moment besser. Sammle deine Kräfte für die Zeit, wenn sie dich wirklich braucht.«

Er wollte protestieren, aber seine Erschöpfung schien die Oberhand zu gewinnen, denn stattdessen nickte er nur und schenkte mir ein freundliches Lächeln. »Danke, Jane. Vielleicht gönne ich mir heute Morgen eine kurze Pause. Lass sie wissen, wo ich bin.«

»Das werde ich, aber sie wird schon zurechtkommen. Ruh dich aus.«

Er ging langsam davon. Ich blieb stehen und wartete. Erst als ich sah, dass Gregor sicher in dem anderen Zimmer untergebracht war, drehte ich mich zu Isobels Kammer um. Wahrscheinlich würde er schon schnarchen, bevor ich an ihrer Tür ankam.

Ich fand sie in einen warmen Bademantel gehüllt am Fenster sitzend vor. Sie betrachtete den Schnee und sah so glücklich aus, wie ich sie noch nie gesehen hatte. In diesem kurzen Moment konnte ich nicht einmal erkennen, dass sie krank war.

Sie sah mich sofort, als ich hereinkam, lächelte und winkte mich aufgeregt zu sich.

»Jane, komm her und sieh dir den kleinen Cooper an. Was macht der stürmische Junge?«

Ich hatte keine Ahnung, aber ich tat, was sie sagte, und schaute hinaus, um zu sehen, wie er sich eilig im Schnee bewegte und sich an der Außenseite der Burg entlang tastete. Er hielt nur kurz inne, bevor er plötzlich anhielt und in die entgegengesetzte Richtung davonlief, bevor er Orick zuwinkte, damit dieser ihm durch den Schnee folgte.

»Ich habe keine Ahnung. Es sah fast so aus, als hätte er etwas gesucht, nicht wahr? Vielleicht hat er einen Handschuh verloren. Er verliert ständig seine Socken.«

»Ja, das ist bei allen Jungen so, glaube ich.«

Sie rutschte weg und ich setzte mich neben sie ans Fenster.

»Wie geht es dir, Isobel?«

»Ich kann es nicht erklären, aber ich fühle mich heute wie vor dem Husten. Das freut mich mehr, als ich sagen kann, aber ich glaube, es beunruhigt Gregor.«

»Was beunruhigt ihn?« Ich glaubte, dass er dasselbe befürchtete wie ich, aber ich wollte keine Vermutungen anstellen oder meine Sorgen mit ihr teilen.

»Er denkt, dass diese kurzen Momente der Erleichterung mir eine falsche Hoffnung auf Heilung gegeben haben, aber ich bin nicht so dumm, das zu glauben. Ich weiß, dass ich immer noch so krank bin wie eh und je, aber das heißt nicht, dass ich an den Tagen, an denen es mir nicht so schlecht geht, nicht dankbar und glücklich sein kann. Diese Reise und Adwens Güte, sie zu arrangieren, haben mich auf etwas aufmerksam gemacht.«

»Was ist es?«

Sie drehte sich so, dass ihr Blick nicht mehr aus dem Fenster, sondern direkt auf mich gerichtet war.

»Bis jetzt habe ich nicht nur zugelassen, dass die Krankheit meinen Körper krank macht, sondern auch meinen Geist. Ich habe zugelassen, dass Angst und Furcht mich traurig und schwach machen. Ich sollte mich über die Zeit freuen, die mir noch bleibt.«

Ich nahm ihre Hände in meine und rieb ihre eiskalten Finger, während ich sprach. »Ich habe dich noch nie als traurig oder schwach angesehen, Isobel. Du bist die stärkste Frau, die ich je gekannt habe.«

»Ich versuche, für Gregor stark zu sein, aber du hast mich mehr als einmal weinen hören. Das weiß ich. Wenn ich allein bin, kann ich nicht so stark bleiben, aber ich sehe ein, dass es keinen Sinn hat, jetzt zu trauern. Ich sollte mich nicht so verhalten, als wäre ich tot, bis ich es tatsächlich bin.«

Ich schluckte schwer, weil ich nicht wusste, was ich auf diese Offenheit antworten sollte.

»Mach dir keine Sorgen, du brauchst nichts zu sagen. Ich weiß, dass du dich unwohl fühlst, wenn du darüber redest, genau wie Gregor.«

»Nein.« Ich drückte ihre Hand und blickte auf den Schnee hinaus, um nicht zu weinen. »Ich fühle mich nicht unwohl. Es macht mich nur sehr traurig.«

»Willst du wissen, was mich sehr traurig macht, Jane?«

»Wird es mich nur noch trauriger machen? Wenn ja, dann nicht wirklich.« Ich lächelte, um die Stimmung aufzulockern, und sie lachte.

»Nein, ich glaube nicht, dass es dich traurig machen wird. Ich hoffe eher, dass es dich wachrütteln und dir klarmachen wird, wie töricht du bist.«

»O nein.«

»Doch, Mädchen. Es macht mich traurig, ein so schönes Mädchen wie dich so leben zu sehen, als wäre sie diejenige, der nur noch wenig Zeit bleibt.«

»Was meinst du damit?«

Isobel überraschte mich, indem sie aufstand und sich im Zimmer umdrehte, während sie mich über mein schlechtes Urteilsvermögen belehrte.

»Du weißt genau, was ich meine, Jane. Warum sollte sich ein

Mädchen wie du nicht darüber freuen, dass ein Mann wie Adwen deine Zuneigung begehrt? Wenn ich nicht verheiratet und in meinen Mann verliebt wäre, würde ich nicht einen Moment zögern, so oft mit ihm zu schlafen, bis ich am nächsten Morgen nicht mehr die Kraft hätte, aufzustehen.«

»Isobel!« Angesichts der schockierenden Worte musste ich so sehr lachen, dass mir die Rippen wehtaten, als sie sich neben mich setzte, um mitzulachen.

»Was, Mädchen? Ich weiß nicht, warum es dich überraschen sollte, dass ich noch Lust auf solche Dinge habe. Diese Begierde ist in den letzten Tagen sogar noch angewachsen, aber ich glaube nicht, dass Gregor das bemerkt hat. Er hält mich für zu zerbrechlich für solche … Aktivitäten.«

Ich atmete zittrig ein, immer noch erheitert von Isobels Geständnis. »Ich bin überhaupt nicht überrascht, dass du diese ›Begierde‹ hast, ich bin nur überrascht, dass du so unverblümt bist.«

»Warum? Du bist doch für dein loses Mundwerk bekannt. Warum sollte es dich stören, wenn jemand anderes so spricht wie du?«

Ich konnte sehen, dass mein Lachen sie beleidigt hatte, und schüttelte den Kopf, damit sie wusste, dass es missverstanden worden war. »Nein, es stört mich überhaupt nicht. Es war einfach erfrischend, jemanden aus dieser Zeit so frei sprechen zu hören. Es hat mich nur überrascht, das ist alles.«

»Ah, ich verstehe. Was meinst du mit ›dieser Zeit‹, Jane?«

»Äh«, stotterte ich und bemühte mich, meinen Fehler zu vertuschen. »Ich fühle mich oft, als wäre ich dieser Zeit voraus.«

»Aye, ich verstehe, was du meinst. Gregor hört oft die Dinge, die ich sage, und hält mich für blasphemisch, weil ich die

Gedanken zulasse, die mir durch den Kopf gehen. Er ist ein verschlossener Mensch, aber ich liebe ihn trotzdem.«

Ich atmete aus und war erleichtert, dass ihre Fragen nicht weitergingen. »Zurück zu Adwen, Isobel. Was genau versuchst du mir zu sagen?«

»Ich versuche dir zu sagen, dass du eine Närrin bist. Du bestrafst den Mann für sein Verhalten in der Vergangenheit, nicht dafür, wie er dich behandelt hat.«

»Isobel …« Ich stand auf und schritt durch den Raum. Wenn ich von Adwen sprach, spürte ich dieses bedürftige Flattern in meinem Magen, das sich jedes Mal einstellte, wenn er mich berührte. »Menschen ändern sich sehr selten. Wenn ich Adwen erlauben würde, mit mir zu schlafen, wäre er am nächsten Morgen bereit, uns alle nach Hause zu schicken. Na ja, zumindest Cooper und mich. Ich nehme an, er würde dich so lange bleiben lassen, wie du willst.«

»Du hast recht. Männer ändern sich nicht, aber sie wachsen. Ich denke, Adwen wird immer ein Mann sein, der ein großes Bedürfnis nach Befriedigung hat, aber glaub mir, Jane, viele Mädchen wünschen sich, dass ihr Mann sie mehr befriedigen würde. Das ist kein unehrenhaftes Verhalten. Ich glaube nicht, dass er zu der Sorte Mann gehört, die sich andere Frauen ins Bett holen würde, wenn er bereits einer versprochen ist. Es liegt nur daran, dass er ihrer schnell überdrüssig wird. Er hat nur die Richtige noch nicht gefunden.«

Ich spottete und verschränkte meine Arme. Jeder Teil von mir wollte glauben, was sie sagte. »Und du glaubst, dass ich die Richtige bin, ja?«

»Vielleicht. Ich weiß, dass er dich sehr gern hat. Und ich glaube nicht, dass er dich am nächsten Morgen nicht mehr sehen will, wenn du mit ihm schläfst. Aber woher sollst du das wissen, wenn du es nicht wagst? Hör auf, gegen die Dinge zu anzukämpfen, die du willst, Mädchen, solange du noch die Chance hast, sie zu erreichen.«

»Ich will nach Dingen greifen, die erreichbar sind, Isobel – und ich glaube nicht, dass Adwen das ist. Nicht wirklich.«

»Wie willst du das wissen, wenn du ihm nicht dein Herz öffnest, Jane?«

Ich fuhr mir mit den Fingern durch die Haare und machte einen unordentlichen Knoten, um ihn dann wieder zu lösen und von vorne anzufangen. Das war eine nervöse Angewohnheit, die ich schon mein ganzes Leben lang hatte.

»Du redest nicht davon, dass ich mein Herz öffne, Isobel. Du redest davon, dass ich meine Beine öffne.«

Isobel lachte und freute sich über die Aufrichtigkeit unseres Gesprächs. Sie kam zu mir herüber, nahm meine Hände aus den Haaren und drückte sie kurz in ihren eigenen.

»Du musst nicht deine Beine öffnen, obwohl ich das an deiner Stelle tun würde, aber du musst zumindest dein Herz öffnen. Wenn du dir Sorgen machst, dass er dich nicht mehr will, ist das der beste Weg, um herauszufinden, ob deine Angst berechtigt ist. Wenn er sich tatsächlich so verhält, wie du glaubst, dann sei er verflucht. Wenigstens hast du dann eine Liebesnacht mit einem Mann verbracht, der so schön ist, dass die meisten Mädchen nur davon träumen können, mit ihm zu schlafen. Wahrlich, Mädchen, hast du ihn gesehen? Seine Zähne sind so perfekt wie deine eigenen. Aber bei ihm finde ich es viel weniger beunruhigend.«

Visionen von einer Nacht mit Adwen überfluteten meine Sinne. Ich hatte es satt, mich gegen ihn zu sträuben, mich auf das Schlimmste vorzubereiten, nur weil ich schon so viele gescheiterte Beziehungen gehabt hatte, falls man das überhaupt so nennen konnte. Ich wollte Adwen – mehr als ich seit Jahren einen Mann gewollt hatte. Selbst wenn es nicht über den heutigen Abend hinausging, warum sollte ich mich weigern?

»Gut. Vielleicht hast du recht.«

Sie lächelte und ließ meine Hände los, als sie mich zur Tür führte. »Das habe ich meistens, Jane.«

»Nun, dann werde ich mich wohl auf den Weg machen. Du hast mich heute überrascht, Isobel.«

Sie zwinkerte mir zu und schockierte mich erneut, als sie mir einen Klaps auf den Hintern gab.

»Ja, alle Frauen stecken voller Überraschungen. Ich bin mir sicher, dass Adwen das heute Abend selbst herausfinden wird.«

KAPITEL 24

Nachdem ich Isobel verlassen hatte, hielt ich es zunächst für das Beste, bis nach dem Abendessen zu warten, um mich Adwen zu nähern, aber je länger der Morgen andauerte, desto mehr zweifelte ich an meiner Geduld. Jetzt, wo Isobels überraschend scharfe Zunge und ihre unanständigen Vorschläge meine Entschlossenheit, mich Adwen weiterhin zu verweigern, zunichtegemacht hatten, wusste ich, dass ich ihm beim Essen nicht gegenübersitzen konnte, ohne ihn mir nackt vorzustellen, und dass mein verdutzter Gesichtsausdruck bei einer solchen Vorstellung für jeden am Tisch sichtbar sein würde.

Außerdem hatten alle die Angewohnheit, einander nach dem Essen zu besuchen, aber mitten am Nachmittag, als es noch viele Stunden bis zum Abendessen waren, waren alle mit ihren eigenen Angelegenheiten beschäftigt. Zu dieser Zeit würden ich und Adwen vielleicht nicht erwischt werden.

Ich würde mein Handeln bereuen. Dessen war ich mir fast sicher, aber Reue war ein Gefühl, das ich viel zu selten erlebt hatte, seit ich ins siebzehnte Jahrhundert zurückversetzt worden war. In meinem alten Leben hatte ich ab und zu mal die ein oder andere Sache bereut. Meine unbekümmerte Art und mein Mangel an Verantwortung hatten mich viel zu viele leichtsinnige Entscheidungen treffen lassen. Ein Teil von mir war zwar froh, an einem Ort zu sein, an dem es weniger Ärger gab, aber ich vermisste das auch irgendwie. Heute Abend würde ich mir einen weiteren Moment der Sorglosigkeit gönnen – wenn auch nur, um für einen kurzen Moment wieder die Jane zu sein, die ich einmal gewesen war.

So mutig wie möglich steckte ich meinen Kopf durch die Tür meines Schlafzimmers, um zu sehen, ob jemand den Flur entlang kam. In dem Moment, als ich durch die Tür spähte, rannte Cooper an mir vorbei und warf mir ein mürrisches Lächeln zu, bevor er um die Ecke verschwand.

Ich verharrte einen Moment und wartete auf Oricks Schritte, weil ich wusste, dass sie kurz nach Coopers Schritten kommen würden. Tatsächlich kam er den Flur hinunter, einen Arm ausgestreckt, um den Weg zu ertasten, und die andere Hand bedeckte seine Augen, während er zählte. Ich grinste, als ich sah, wie er den Flur hinunterstolperte, und reichte ihm erst die Hand, als er an meiner Tür vorbeikam.

»Orick.«

Er lachte, als ich mich an seinem Arm festhielt und hörte auf zu zählen, bevor er die Hand von seinen Augen nahm.

»Guten Tag, Jane. Er versteckt sich, während ich zähle. Dann muss ich ihn suchen gehen.«

Ich lächelte und nickte. »Ja, ich weiß. Hast du Adwen irgendwo gesehen?«

»Ich habe ihn nur gesehen, als wir vorbeigelaufen sind, aber ich glaube, er war in der großen Halle. Er isst gerade. Er stand in der Nähe des Feuers, als ich an ihm vorbeigegangen bin.«

»Danke. Hast du Spaß?«

Er lächelte und schüttelte den Kopf in die Richtung, in die Cooper gelaufen war. »Ich werde heute Nacht gut schlafen. Der Junge hat mich ganz schön erschöpft, aber es ist schön, ein paar Tage unter seiner Führung zu verbringen und nicht unter der von Adwen.«

»Gut. Ich bin froh, dass er dich nicht in den Wahnsinn treibt. Du solltest ihm besser nachgehen. Er ist nicht der geduldigste Junge. Er wird es merken, wenn du zu lange wartest, um ihn zu suchen.«

»Da hast du recht, Mädchen.«

Pflichtbewusst hielt er sich die Augen zu und begann erneut zu zählen, während er sich langsam und unbeholfen den Gang hinunterbewegte. Als er am Ende angekommen war, nahm er die Hand vom Gesicht, hörte auf zu zählen und rief Cooper zu, um ihn wissen zu lassen, dass er jetzt mit der Suche beginnen würde.

Ich wartete damit, mein Zimmer zu verlassen, bis ich keine Schritte mehr hören konnte. Als nur noch das Geräusch meines eigenen Atems zu hören war, wickelte ich meinen Umhang fester um meine Taille und wagte mich auf den Flur hinaus.

Ich wusste, dass es richtig war, mich Adwen am Nachmittag zu nähern, als ich auf meinem Weg durch die Burg niemandem begegnete. Ich seufzte erleichtert auf, als ich durch die Hintertür durch die Halle schlich. Dann sah ich mich kurz um, um sicherzugehen, dass wir allein waren, und schloss die Tür hinter mir.

Die offenen Flammen der Feuerstelle erzeugten so viel Rauch, dass die Fenster offen gelassen werden mussten. Wenn man in einem großen Raum weiter als drei Meter vom Feuer entfernt war, konnte die kühle Brise von draußen die Hitze des Feuers nicht im ganzen Raum verteilen. Aber hier befand sich jeder Sitzplatz in der Nähe des Feuers, sodass der Rauch abziehen konnte, während die Hitze der Flammen einen durch und durch wärmte.

Ich machte einen Schritt auf ihn zu und er regte sich in seinem Sessel. Ich sprach sofort, denn ich wollte nicht, dass er ein Wort sagte, bevor ich ihm meine Rede gehalten hatte. Ich wusste, dass ich sonst die Nerven verlieren würde.

»Dreh dich nicht um und sag nichts – nicht bevor ich fertig bin.«

Als er sich nicht bewegte oder sprach, fuhr ich fort.

»Hör zu, ich denke, du bist ein eingebildeter, aufgeblasener, lächerlicher und naiver Trottel, aber in einem anderen Leben war ich all das auch. Höchstwahrscheinlich wirst du bis morgen früh das Interesse an mir verloren haben. Das ist doch deine übliche Angewohnheit bei Frauen, oder? Aber ich weiß auch, dass du nicht geglaubt hättest, dass ich mehr will als das, was du mir in der ersten Nacht im Gasthaus angeboten hast, wenn du die Frau gekannt hättest, die ich vor eineinhalb Jahren war.

Das Leben hier hat mich verändert. Es hat mich dazu gebracht, mehr zu wollen, es hat mir bewusst gemacht, was wirklich wichtig ist. Aus eigener Erfahrung weiß ich, dass Menschen sich manchmal ändern können, wenn auch nur ganz selten. Oder vielleicht wachsen sie eher, wie Isobel sagt. Ich weiß es nicht. Darum geht es nicht. Im Grunde bin ich nur gekommen, um dir das zu sagen. Ich habe es satt.« Ich holte kurz Luft.

»Ich habe es satt, zu kämpfen. Ich habe es satt, zu leugnen. Ich habe es satt, mich zu widersetzen. Du hast es geschafft. Was auch immer du Isobel eingeredet hast, sie hat es an mich vermittelt und mich überzeugt. Ich gebe dir eine Chance, Adwen, also bitte … mach mit mir, was du willst, und sei dann so vernünftig, Isobel zu beweisen, dass sie recht hat. Sei ein besserer Mensch, als ich glaube, dass du es bist. Zeig mir, dass es gute Männer gibt, denn, glaub mir, ich habe selbst noch nicht viele kennengelernt.«

Ich hielt inne und zitterte vor Nervosität, als ich meine Hände zu der Schleife an meinem Gewand bewegte. Während Adwen immer noch auf dem Sessel saß und mir den Rücken zukehrte, zog ich mich aus und warf den Umhang über meine Schulter. Ich erwartete, den Aufprall des Umhangs zu hören, wenn er auf dem Boden landete, aber als das Geräusch ausblieb, drehte ich mich um und schaute über meine Schulter.

Adwen stand keine zwei Meter hinter mir.

Es hätte nicht beängstigend sein sollen, aber der Schock, Adwen hinter mir zu sehen, obwohl ich ihn vor mir vermutet hatte, fühlte sich an wie ein schrecklicher Traum – einer, in dem man dachte, der verrückte Mörder wäre woanders, obwohl er in Wahrheit direkt hinter einem stand.

Ich erschrak und versuchte, meine Stimme zu finden, als ich seine Anwesenheit an der Tür registrierte. »Was zum–? Was machst du denn da? Ich dachte, du wärst …«, meine Stimme war zittrig und ziemlich atemlos, als ich über meine Schulter zeigte. »Wer ist das?«

Adwen lächelte und warf mir den Umhang zu. »Das ist wohl Callum.« Er erhob seine Stimme, um seinen Bruder anzusprechen. »Callum, wenn du den Kopf drehst, bevor ich dir sage, dass es sicher ist, dann schwöre ich dir, dass ich dir jeden einzelnen Zahn ausschlagen werde.«

Er wandte sich wieder mir zu und machte eine

Kopfbewegung, die mir zu verstehen geben sollte, dass er wollte, dass ich mich bedecke. Hastig tat ich genau das.

»Und ja, schöne Maid, ich sehe, dass du dachtest, ich sei dort und nicht hier.«

In seinen Augen lag Humor, aber die Peinlichkeit der Situation weckte eine Art Wut in mir, die sich in einem Zittern unter meinem Kleid entlud.

»Warum hat keiner von euch etwas gesagt? Wie lange hast du schon da gestanden, Adwen?«

Ich hielt es für sicher, mich umzudrehen, also schrie ich die beiden regelrecht an, während Callum sich von seinem Stuhl erhob und fast genauso verlegen aussah, wie ich mich fühlte.

»Es tut mir leid, Jane, aber du hast gesagt, dass ich nicht reden soll, und ich wusste nicht, mit wem du sprichst, bis du deine schöne Rede beendet hattest. Und es kam mir ein bisschen zu persönlich vor, um dich zu unterbrechen. Du hast kaum Luft geholt.«

Adwen lachte und zog mich zu sich heran, während er seine Arme um mich schlang. Ich zitterte immer noch vor Nervosität und Verlegenheit, aber ich ließ es zu und legte meinen Kopf auf seine Brust.

»Ja, und ich hatte nicht vor, dich aufzuhalten. Nicht, als du mich mit so netten Begriffen wie eingebildet und aufgeblasen beschrieben hast. Da wurde mir ganz warm ums Herz.«

»Du hast alles gehört? Wann bist du reingekommen?«

Er beugte sich vor und küsste mich auf den Kopf. »Zur selben Zeit wie du, Mädchen. Ich bin durch den Türrahmen geschlichen, als du gerade hineingegangen bist. Ich sah dich in deinem Morgenmantel den Flur entlang gehen und war sehr neugierig auf dein Vorhaben.«

»Ja, das glaube ich dir.«

Adwen drückte mich fester an sich und sprach mit Callum statt mit mir. »Es ist Zeit, dass du gehst. Agnes soll heute Abend das Essen vorbereiten. Ich weiß nicht, ob Jane und ich dabei sein werden.«

Mit gesenktem Kopf nickte Callum und huschte an uns vorbei. In dem Moment, in dem er an uns vorbeiging, beugte Adwen sich vor und flüsterte mir ins Ohr, während er meinen Po umfasste.

»Du hast das schönste Hinterteil, das ich je gesehen habe.«

Bei seiner Berührung wurde mir augenblicklich warm, und ich holte zittrig Luft, als sich die Tür hinter Callum schloss.

»Du hättest etwas sagen sollen.« Ich schob seine Hände sanft von meinem Hintern und wandte den Blick von ihm ab, da wir nun allein waren.

»Nein, hätte ich nicht. Du hättest nicht in diesem Gewand durch die Flure der Burg laufen sollen.«

»Ich wollte dich überraschen, schätze ich.«

»Das hast du. Und Callum auch. Da ist es nur fair, dass ich dich auch überrasche. Was wolltest du hier mit mir machen, nachdem du dein Gewand abgelegt hättest?«

Ich zuckte mit den Schultern, was dazu führte, dass sich die Bänder um meine Taille ein wenig lockerten und Adwens Blick direkt auf meine Brust fiel. Ich genoss es zu wissen, dass er mich sehen wollte – und dass ihm gefallen hatte, was er eben schon gesehen hatte.

»Ist das nicht offensichtlich? Ich habe es dir doch gesagt.«

»Ja, ich habe gehört, was du gesagt hast, aber du hast es mir nicht ins Gesicht gesagt.«

»Ist das wichtig?« Das Gefühl der Verwundbarkeit nahm zu, ebenso wie das Wissen um das, was kommen würde. Vor allem, da wir uns jetzt direkt gegenüberstanden. Meine Haut kribbelte und brannte vor Vorfreude.

»Ja, Jane, das ist sehr wichtig. Wenn du willst, dass ich mit dir ins Bett gehe, musst du es mir deutlich sagen. Denn du hast mir schon zu oft gesagt, dass ich nie das Vergnügen haben werde, ein Bett mit dir zu teilen.«

»Du hast recht.« Ich nickte und lockerte das Gewand, sodass es sich öffnete und den Blick auf die Vertiefung zwischen meinen Brüsten freigab. Ich legte eine Hand auf seine Brust, während ich mit der anderen Hand in seine Hose glitt und ihn umschloss. »Ich hätte mich deutlicher ausdrücken sollen.«

Adwen keuchte, als ich ihn berührte, und stöhnte, bevor er sich nach vorne beugte und meine Lippen mit der Intensität seines Kusses beanspruchte. Ich ließ meine Zunge über seine Unterlippe gleiten und knabberte leicht daran, um ihn zu bremsen.

»Ich will dich …«, flüsterte ich atemlos. »Ich will, dass du mit mir schläfst, Adwen.«

Ich wollte ihn wieder küssen, wurde aber aufgehalten, als er nach meinen Handgelenken griff und mich von sich wegzog. Dann rannte er schwer atmend auf den Flur hinaus.

»Was machst du da?«

Er blieb stehen und drehte sich zu mir um, bevor er wieder in den Flur spähte, um sich zu vergewissern, dass wir allein waren. Dann kam er auf mich zu und umschloss mein Gesicht mit seinen Händen. Er packte mich grob an den Wangen und hielt mein Gesicht nur wenige Zentimeter von seinem eigenen entfernt.

»Ich will dich in meinem Bett, schöne Maid, nicht in einem Gemeinschaftsraum der Burg. Du weißt nicht … Du kannst nicht wissen, was du mit mir machst.«

Er hielt inne und seine Lippen bebten vor Verlangen, was einen Funkenregen durch mein Inneres und meine Zehenspitzen prasseln ließ. Mein Herz schlug schneller und mein Brustkorb hob und senkte sich im Takt mit seinem.

»Dass du mich so entschlossen berührt hast, mich so geküsst hast … Das machen Mädchen selten, Jane. Du hast eine Art Bestie in mir entfesselt. Ich … Ich glaube nicht, dass ich mit dir sanft umgehen kann.«

Ich wollte nicht, dass er sanft war. Ich wollte von ihm verschlungen werden, ich wollte, dass sich alles um mich herum in Luft auflöste, bis auf das Gefühl von ihm. Ich stieß einen zittrigen Atemzug aus und drehte mein Gesicht, um die Innenseite seiner Handfläche zu küssen, bevor ich ihn entschlossen ansah.

»Dann sei nicht sanft.«

KAPITEL 25

Meine Erlaubnis befreite Adwen von jeder Zurückhaltung, und augenblicklich traf mein Rücken auf die Wand. Er zerrte verzweifelt an dem Gewand. Mit einem Ruck öffnete es sich und enthüllte ihm meine ganze Vorderseite. Eine seiner Hände wanderte in meinen Nacken, die andere glitt zwischen meine Beine und umfasste mich kurz, bevor zwei seiner Finger geschickt in mein Inneres glitten.

Ich keuchte und meine Hüften bewegten sich mit ihm, als er seine Finger in einem gleichmäßigen Rhythmus in mich hinein- und wieder hinaus bewegte. Ich war feucht und so bereit, dass ich mich gegen die Steinwand hinter mir wölbte. Während er mich küsste, streichelte er meine Brüste und ließ die Brustwarzen zum Leben erwachen, bevor seine Küsse sich von meinem Mund abwärts bewegten.

Ich schrie vor Vergnügen auf, als er auf eine meiner Brustwarzen biss, sie tief in seinen Mund saugte und stöhnte, bevor er sich der anderen widmete. Er neckte mich so lange, bis meine Brüste vor Verlangen nach ihm schmerzten. Dann ergriff er meine Hüften und drückte sie hart gegen die Wand. Er sank auf die Knie und presste seine Lippen auf die Innenseite meines Oberschenkels.

Langsam bewegte er sich nach oben. Als seine Zunge schließlich meine Mitte fand, gaben meine Knie nach und ich sackte gegen die Wand. Das Einzige, was mich aufrecht hielt, war der Druck seiner Hände und ich krümmte und wand mich. Dann entspannte ich mich und ließ zu, dass das Gefühl mich in die Höhe trieb.

Mein Herz klopfte so schnell, dass ich es trotz der Intensität meines Schreis in meinen Ohren pulsieren hören konnte.

Im selben Moment hallte das Lachen von den Wänden um uns herum wider, dazu kamen die Geräusche von herannahenden Schritten. Inmitten meines Vergnügens machte sich ein starkes Gefühl der Angst breit.

Ich konnte mir nichts Schrecklicheres vorstellen als den Gedanken, dass Cooper um die Ecke kommen und uns in dieser Lage vorfinden würde. Es würde keinen Ausweg geben, und Therapeuten gab es im siebzehnten Jahrhundert nicht. Ich wollte nicht für diese Art von Kindheitstrauma verantwortlich sein.

»Adwen, hör auf. Du musst aufhören.«

Er zog sich langsam von mir zurück, und der Schock machte sich auf seinem Gesicht breit, als er zu mir aufblickte. Doch dann hörte er Cooper und seine Augen verengten sich vor Panik. Er stand auf, riss mich an sich und lief mit mir in seinen Armen den kurzen Weg zu seinem Schlafgemach.

In seinem Gemach angekommen, ließ er mich auf die Füße sinken, behielt meine beiden Arme aber fest im Griff.

»Sie haben deinen Schrei gehört, Mädchen, aber solange sie dich nicht gesehen haben, ist mir das egal, denn ich habe keinen Zweifel, dass sie ihn wieder hören werden. Geh ins Bett.«

»Nein.« Ich zog mich zurück. »Ich hatte meinen Moment. Jetzt bist du dran. Du siehst aus, als hättest du Schmerzen.«

Er lachte und küsste mich kurz, bevor er sich an mich lehnte und seine Stirn an meine drückte. »Ja, ich habe Schmerzen, Jane. Reine Qualen. Ich muss in dir sein.«

Ich stellte mich auf die Zehenspitzen und bewegte meine Lippen zu seinem Ohr, sodass meine Lippen beim Sprechen seine Haut berührten. An der Art, wie sein Atem stockte, konnte ich erkennen, dass es ihn erregte.

»Dann zieh dich aus und leg dich auf den Rücken, Adwen.«

Sein ganzer Körper bebte vor Verlangen. Ohne zu zögern, trat er zur Seite und zog sich aus.

»Gott, bist du schön.« Die Worte purzelten mühelos aus meinem Mund. Straffe Muskeln befanden sich unter einer glatten Haut, die viel dunkler war als meine eigene.

Meine Augen wanderten neugierig nach unten. Ich schluckte schwer, als mein Blick auf ihm ruhte. Es war eine Sache, ihn mit meinen Händen zu spüren, aber es war eine ganz andere, seine Länge mit eigenen Augen zu sehen.

Er grinste, als er sah, wo mein Blick verweilte.

»Ist das zu viel für dich, Mädchen?«

Ich blickte auf und gewann meine Fassung zurück, als ich zu ihm hinüberging. Er stand mit dem Rücken zum Bett. Ich legte eine Hand auf seine Brust und schubste ihn nach hinten.

Mit erhobenen Augenbrauen blickte ich auf ihn herab, während er sich auf das Bett zurückzog. Dann kroch ich auf seinen Körper und murmelte: »Ich glaube, ich schaffe das schon.«

Er griff nach mir und zog mich zu sich heran, bis unsere nackten Körper sich gegenseitig mit heißer Lust überhäuften. Unsere Lippen trafen sich und wir schmeckten uns. Lippen und

Zungen bewegten sich so schnell, dass wir kaum noch atmen konnten.

Ich schob seine Hand zwischen meine Beine, woraufhin er stöhnte und meine Hüften anhob, damit ich auf ihn herabsinken konnte. Langsam nahm ich ihn in mich auf und keuchte, als mein ungeübter Körper sich seiner Länge anpasste. Er füllte mich vollständig aus.

Er zog meinen Kopf zu seinen Lippen hinunter und versuchte, mich auf die Seite zu rollen, damit er über mir und ich unter ihm liegen würde. Ich protestierte und erhob mich, um ihn mit meiner Hand nach unten zu drücken.

»Nein. Leg dich zurück.«

Unser Tempo wurde schneller, als wir uns gemeinsam bewegten. Es dauerte nicht lange, bis wir uns beide in den Gefühlen des anderen verloren hatten. Er hielt mich fest und wartete, bis ich aufschrie, bevor er sich in mir entlud. Zitternd, aber glücklich, brach ich neben ihm zusammen und er zog mich in seine Arme.

Wir lagen eine Zeit lang schweigend da und holten beide Luft, als die Nachwirkungen unserer Lust uns durchströmten. Ich blickte zu Adwen hinüber und lächelte, neugierig auf seinen Gesichtsausdruck.

»Was ist los?«

»Was meinst du, Jane?«

Er drehte sich um, sodass wir uns gegenüberlagen, und beugte sich vor, um meine Wange zu küssen.

»Du siehst … ich weiß nicht … überrascht aus.«

»Ja, ich glaube, das bin ich.« Er drehte sich um und lehnte sich zurück, sodass er an die Decke starrte.

»Worüber?«

»Hiermit werde ich zugeben, kein guter Mensch zu sein,

aber ich sage es dir trotzdem. Keine Frau, mit der ich bisher geschlafen habe, habe ich wirklich angesehen. Nicht so, wie ich es hätte tun sollen. Ich habe die Farbe ihrer Augen nicht gesehen, oder die Form ihrer Lippen, wenn sie unter mir zum Höhepunkt kamen. Sie waren nur verschwommene Flecken aus Haut und Lust, aber nicht viel mehr. Und danach wollte ich sie nicht mehr bei mir haben, wollte sie nicht mehr sehen.«

Er hielt inne und starrte an die Decke. Es war ein verletzliches Geständnis und ich wusste, dass es nicht leicht war, das zuzugeben, während ich direkt neben ihm lag. Er drehte sich noch einmal zu mir um, legte eine Hand auf mein Gesicht und strich sanft mit dem Daumen über meine Wange.

»So war es immer, Mädchen. Aber jetzt, wo ich neben dir liege, sehe ich nichts als die leuchtenden blauen Flecken in deinen Augen und wie deine Unterlippe gezittert hat, als du geschrien hast. Ich glaube, ich werde mich an jede Kurve deines Körpers erinnern, bis ich sterbe, Jane, und ich werde dich eher an mein Bett ketten, damit du es nie wieder verlässt, als dass ich dich rauswerfen würde.«

Ich beugte mich vor, um ihn zu küssen, und mein Herzschlag beschleunigte sich angesichts seiner Worte. Ich ließ meine Hände über seine Brust gleiten, während ich mich an ihn schmiegte. »Ich hatte schon befürchtet, du würdest etwas über den Sex sagen. Normalerweise ist eine ›Überraschung‹ im Schlafzimmer keine gute Sache.«

»Nein, Mädchen, es hat mir sehr gefallen, obwohl das auch eine Überraschung war.«

»War es das? Wie meinst du das?«

»Ich bin es gewohnt, dass Mädchen sich so benehmen, als wüssten sie nicht, was sie in einem Schlafzimmer zu tun haben, aber normalerweise zeigt sich sehr schnell, dass sie nicht so rein sind, wie sie es mir weismachen wollen. Trotzdem benehmen sie sich so, als wären sie es. Das hast du nicht getan, Jane.«

Ich schüttelte den Kopf. »Nein, natürlich nicht. Warum sollte ich?«

»Stört es dich nicht, dass ich wusste, dass du keine Jungfrau mehr bist?«

»Nein. Zu meiner Zeit würde man das wohl kaum annehmen. Wünschst du dir, dass ich es wäre?«

Adwen setzte sich auf, beugte sich über mich und drückte seinen Körper fest an meinen, während er mir einen innigen Kuss gab. Seine Zunge drang tief in meinen Mund ein, bevor er antwortete.

»Ich wurde heute schon oft überrascht, und obwohl es mir nichts ausmacht, dass du keine Jungfrau mehr bist, möchte ich nicht daran denken, dass ein anderer Mann dich berührt hat.«

Seine Lippen eroberten meine wieder und ich seufzte in seinen Mund, als er seine harte Länge gegen meinen Unterleib drückte. Ich öffnete mich ihm und trotz des ungewohnten Schmerzes in jedem Muskel, war ich bereit, wieder von ihm beansprucht zu werden.

Als er in mich eindrang, flog die Tür zum Schlafgemach auf, und der Ausdruck auf Oricks Gesicht trieb mir sofort einen Kloß in die Kehle.

Alles, was ich sehen konnte, war der Schrecken und die Angst in seinen Augen, als er in unsere Richtung schrie.

»Der Junge ist weg. Cooper. Er ist verschwunden!«

KAPITEL 26

Ich wusste, wo er war. Es gab nur einen Ort, an den Cooper gegangen sein konnte – nur einen Ort, an den er sich ohne Erlaubnis begeben würde.

Adwen sprang augenblicklich von mir herunter und zog sich so schnell er konnte an, wobei jede Bewegung von Panik geprägt war. Ich bemühte mich, mich zu bedecken, rührte mich aber nicht vom Bett und wandte mich so ruhig wie möglich an Orick.

»Er hat es gefunden, nicht wahr? Er hatte recht. Hier gibt es ein Portal.«

Orick nickte. Als ich ihn ansah, befürchtete ich, dass er gleich weinen würde. Er war besorgt – verängstigt, dass Cooper einem schrecklichen Schicksal zum Opfer gefallen war. Bevor ich etwas sagen konnte, um ihn zu trösten, warf Adwen meinen Bademantel auf das Bett und befahl Orick, den Raum zu verlassen.

»Geh raus und lass sie sich anziehen, Orick. Wir sind gleich bei dir.«

Orick tat, wie ihm geheißen, und ging sofort nach draußen.

Als die Tür geschlossen war, stand ich vom Bett auf und schlüpfte in den Bademantel.

»Woher wusstest du von dem Portal, Mädchen? Wir haben es niemandem erzählt. Ich habe es nicht für möglich gehalten, als Cooper es zum ersten Mal erwähnt hat, aber Orick hat es nach dem Schneesturm gefunden. Wir hätten es dir sagen sollen, aber ich wusste, wie neugierig Cooper ist. Außerdem ist er gut darin, zu lauschen und in Schwierigkeiten zu geraten. Er muss es gefunden haben, Jane. Ich wusste, dass er das tun würde, obwohl er mir geschworen hat, dass er es unterlassen würde. Mach dir keine Sorgen. Wir werden ihn zurückholen.«

»Ich weiß. Ich bin nicht besorgt.«

Er fuhr fort, als hätte er mich nicht gehört. Als ich Adwens unaufhörlichem Geplapper lauschte, während Orick so laut durch den Flur schritt, dass ich ihn durch die Tür hören konnte, wurde mir bewusst, dass ich für diese Situation viel besser gerüstet war als diese Highlander aus dem siebzehnten Jahrhundert. Und das gefiel mir nicht.

Ich hasste es zu wissen, dass keiner der beiden Männer auf das vorbereitet war, was sie sehen und erleben würden, egal, wie oft sie in ihrem Leben schon gereist waren. Sie würden mir nicht erlauben, allein durch das Portal zu gehen, und sie würden auch den jeweils anderen nicht zurücklassen. Das Ganze würde also zu einem Gruppenausflug werden.

Ihre Sorge war verständlich, aber ich teilte sie nicht. Ich wusste, dass die unaufhörlich neugierige Hexe Morna nicht zulassen würde, dass meinem Neffen etwas passierte. So wenig ich sie auch mochte, ich war mir sicher, dass er in guten Händen war. Sie hatte ihm mehr als einmal das Leben gerettet. Cooper würde es gut gehen. Zumindest so lange, bis ich ihn in die Finger bekam. Denn dann würde seine Vorstellung von der lebenslustigen, nachsichtigen Tante für immer erschüttert werden.

Nachdem ich in mein eigenes Zimmer gerannt war, um mir richtige Klamotten anzuziehen, folgten Adwen und ich Orick zur Außentreppe. Ich weiß nicht, was ich erwartet hatte, aber ich fand die magische Treppe weit weniger beeindruckend, als ich sie mir vorgestellt hatte.

Morna mochte auffällige, lächerlich unsinnige Formen der Zeitreise – wie einen Stein in einen Teich zu werfen. Das hier war viel zu einfach – eindeutig nicht ihr Werk.

Mit den beiden Männern an meiner Seite starrte ich die Treppe hinunter.

»Ist es noch … aktiv?«

»Aye.« Orick nickte und ging die Stufen hinunter, bis er nur noch zwei Schritte von der Wand entfernt stand, an der die Treppe endete. »Von hier aus kannst du sehen, wie sich die Wand kräuselt, wenn du genau hinsiehst. Es tut mir so leid, Jane. Ich wusste nicht, dass er davon wusste. Es ist schwer zu finden. Ich kann mir nicht vorstellen, wie er es geschafft hat, die Tür aufzureißen, aber er muss es getan haben, während ich gewartet habe, bis er sich versteckt. Als ich die Augen geöffnet habe, stand er am Ende der Treppe. Er hat darauf gewartet, dass ich ihn sehe. Er wollte, dass ich sehe, wie er durch das Portal geht. Dann ist er einfach diese Stufen hinuntergerannt und …« Orick hielt inne und ging die verbleibenden zwei Schritte auf die Steinmauer zu. In dem Moment, als sein Fuß die letzte Stufe berührte, stieß er mit der Schulter gegen die Mauer und verschwand.

Ich würgte einen erstickten Schrei heraus, als Orick verschwand, und streckte einen Arm aus, um Adwen daran zu hindern, ihm im Eiltempo zu folgen.

»Bist du sicher, dass er das absichtlich getan hat?«

Ich schüttelte den Kopf. »Nein, bin ich nicht. Armer Orick. Adwen«, ich zog an seinem Arm, damit er sich mir zuwandte, »besteht die Chance, dass du mich allein hindurchgehen lassen wirst, um sie zurückzubringen? Cooper geht es gut. Auch Orick wird es gut gehen … mit der Zeit. Es ist wirklich nicht nötig, dass du mitkommst, und es ist nicht immer leicht. Es ist ein Schock für den Körper.«

Er schüttelte den Kopf und nahm meine Hand, als er mich von den Treppen weg in Richtung Burg führte. Meine Ruhe schien auch seine Panik zu dämpfen. Zumindest dafür war ich dankbar.

»Du bist verrückt, wenn du glaubst, dass ich hierbleibe, Jane.«

Ich hatte gewusst, dass er nicht zustimmen würde, aber ich hatte es nicht für richtig gehalten, ihm nicht wenigstens die Möglichkeit zu geben, es auszusitzen. Cooper war unter meiner Obhut. Weder Orick noch Adwen waren für ihn verantwortlich.

Wir gingen hastig weiter. Ich wusste, dass er die Absicht hatte, so schnell wie möglich zu der Treppe zurückzukehren.

»Wir können ihnen nicht die Wahrheit sagen, Mädchen.«

»Natürlich nicht.« Ich konnte es nicht ertragen, dass noch zwei weitere Leute von diesem Zeitreisen-Chaos wussten. Das Letzte, was ich wollte, war, noch jemanden mit hineinzuziehen. »Du sprichst mit deinem Bruder und sagst ihm, er soll aufpassen. Ich werde mit Isobel reden. Wir werden behaupten, wir würden ins Dorf gehen. Wir werden höchstens ein paar

Tage weg sein. Das ist alles, was wir ihnen sagen werden. Mehr sollten wir nicht sagen.«

Ich setzte mich neben Isobel und überlegte, wie ich meine Geschichte glaubwürdiger erzählen konnte. An ihrem Gesichtsausdruck konnte ich erkennen, dass sie wusste, dass ich log.

»Was ist passiert, Jane? Ich bin vielleicht krank, aber nicht dumm. Orick hat es vielleicht mit Hilfe eines Hunderudels aus dem Dorf geschafft, aber wenn ich aus dem Fenster schaue, sehe ich, dass der Weg immer noch unpassierbar ist.«

»Das täuscht. Adwen hat einen Weg hindurchgefunden. Er muss sich um etwas im Dorf kümmern.«

Sie stand auf und war sichtlich verärgert darüber, dass ich ihr die Wahrheit vorenthielt. »Nein, er hat keinen Weg gefunden. Wann hätten die beiden denn die Gelegenheit dazu gehabt, Jane? Ich habe gehört, dass ihr beide euch gerade erst nähergekommen seid, und Cooper hat Orick den ganzen Tag beschäftigt. Ich möchte nicht belogen werden.«

Ihr Brustkorb hob und senkte sich rapide, und ich trat an ihre Seite, um ihre Arme zu ergreifen, als sie zu husten begann – ein tiefes, schmerzhaftes Husten, das in den letzten Tagen glücklicherweise ausgeblieben war. Sie holte tief Luft, und ich hörte, wie sie würgte und gurgelte, weil etwas in ihrem Rachen rasselte. Sie hustete erneut, und Blut spritzte auf den Steinboden.

Selbst in ihrem schwächsten Zustand hatte ich sie noch nie Blut aushusten sehen. An den Tränen, die in Isobels Augen aufstiegen, konnte ich erkennen, dass auch sie erschrocken war.

Es bestätigte meine schlimmsten Befürchtungen – dass die kurze Besserung nur der Auftakt eines schnellen Verfalls gewesen war.

Ich setzte sie auf einen Stuhl und sah hilflos zu, wie sie zitterte und nach Luft rang. Es brach mir das Herz, sie mit solchen Schmerzen zu sehen. In diesem Moment wurde mir bewusst, dass Cooper recht hatte. Ich würde alles tun, um Isobel am Leben zu erhalten, selbst wenn ich dafür auf Magie zurückgreifen musste.

KAPITEL 27

Ich blieb an Isobels Seite, bis sie in einen unruhigen Schlaf fiel. Als sie das Blut gehustet hatte, war sie nicht mehr imstande gewesen, meine Erklärung weiter infrage zu stellen. Ich hielt ihre Hand an ihrem Bett. Als sie die Augen schloss, beugte ich mich zu ihr und flüsterte ihr ins Ohr.

»Es tut mir leid, dass ich dich angelogen habe. Du hast ja recht. Wir gehen nicht in das Dorf. Wir sind auf dem besten Weg, um dir Hilfe zu holen.« Sanft zog ich meine Finger aus ihrer Hand und küsste ihre Stirn, bevor ich aufstand.

Als ich mich zum Gehen wandte, stand Adwen in der Tür.

»Jane, ich bin froh, dass ich dich gefunden habe. Ich dachte schon, du wärst vor mir gegangen, Mädchen.«

Ich ergriff seine Hand und lehnte mich an seine Brust, um ihn zu trösten. »Nein, das würde ich nicht tun, nicht ohne es dir zu sagen. Es tut mir leid, dass ich so lange gebraucht habe. Cooper und Orick werden nicht sehr erfreut sein. Bist du bereit?«

»Ja. Was ist passiert? Du hast Tränen in den Augen.«

»Sie hat angefangen, Blut zu husten. Wir müssen ihr helfen, Adwen. Wir können Hilfe holen.«

»Dann werden wir das tun.« Er gab mir einen Kuss auf den Kopf, als wir in die kalte Abendluft hinaustraten. Die Sonne war bereits untergegangen. »Callum weiß es. Ich konnte ihn nicht anlügen. Er, wie auch Orick und ich, wussten bereits von euren Reisen durch die Zeit. Er wird auf Isobel und Gregor aufpassen, während wir fort sind.«

»Okay, ich bezweifle, dass Gregor unsere Abwesenheit überhaupt bemerken wird. Wenn er erst einmal sieht, wie viel schlechter es Isobel plötzlich geht, wird er ihr nicht mehr von der Seite weichen.«

Es war ein kurzer Weg zur Treppe. Als wir uns ihr näherten, konnte ich Adwens Beunruhigung spüren.

»Hast du Angst?«

Er lachte und überraschte mich, indem er sich auf der ersten Stufe der Treppe niederließ.

»Nein. Ich kann es kaum erwarten, zu sehen, wo du herkommst.«

»Du wirst nicht sehen, wo ich herkomme – das wäre New York City. Gott, wie ich es vermisse. Von allen Dingen, die ich zurückgelassen habe, trauere ich am meisten um meine geliebte Heimatstadt. Das nehme ich der blöden Hexe immer noch übel. Ich konnte mich nicht einmal von meinem Zuhause verabschieden.«

Ich nahm neben ihm Platz und lächelte, als er meine Hand nahm und mit seinem Daumen sanft die Linien meiner Handfläche nachzeichnete.

»Ich dachte, du hast hier auf der Festung gewohnt.«

»Die Festung Cagair war nur für ein paar Monate mein Zuhause, und ich hatte nie die Absicht, für immer hierzubleiben. Ich habe Kathleen bei der Restaurierung unterstützt und wollte die Hälfte meiner Zeit in New York und die andere Hälfte hier verbringen, um näher bei Grace und Cooper sein zu können. Daraus ist aber nichts geworden.«

»Aye, aber wenigstens siehst du den Kleinen jetzt noch öfter.«

»Ja«, sagte ich und nickte. »Und dafür bin ich so dankbar.«

Adwen deutete die Treppe hinunter zum Portal. »Ich weiß, dass wir bald gehen müssen, aber erlaube mir, dich vorher etwas zu fragen. Warum bist du zu mir gekommen, Jane? Ich habe gehört, was du gesagt hast. Dass du nicht glaubst, dass ich dich nach dem heutigen Abend noch will. Ist es das, was du von mir wolltest? Bist du aus reinem Verlangen zu mir gekommen?«

Ich drückte seine Hand, um ihn zu beruhigen und war überrascht, dass er mir oder überhaupt einer Frau zutraute, so emotionslos an Sex heranzugehen. »Nein. Ich habe es dir gesagt. Ich will mehr, aber kannst du es mir geben?«

Er antwortete nicht sofort, und ich schätzte seine Überlegung. Es zeigte den aufrichtigen Wunsch, mir wahrheitsgemäß zu antworten. Ich hatte mir in der kurzen Zeit, die ich ihn kannte, viele verschiedene Meinungen über Adwen gebildet, aber selbst wenn ich das Schlimmste von ihm dachte, hatte ich ihn nie für einen unehrlichen Mann gehalten.

»Ich weiß es nicht, Jane. Wenn ›mehr‹ ein Gelübde bedeutet, könnte ich dir das geben und es bis zu meinem Todestag halten. Ich könnte schwören, dass ich dich niemals verlassen oder schlecht behandeln werde, dass ich dich beschützen und für dich sorgen werde, sowie für alle Kinder, die wir haben könnten.«

Ich schluckte schwer und ein scharfer Schmerz des Bedauerns und der Schuld schoss durch meinen Unterleib, als er von Kindern sprach. Ich hatte es ihm noch nicht gesagt – ich hatte nie daran gedacht, es zu tun. Ich war nie nah genug dran gewesen, hatte mir nie erlaubt, einem Mann so nahezukommen, dass es wirklich eine Rolle gespielt hätte. Ich wusste zwar, dass wir noch nicht so weit waren, aber Adwens bloße Andeutung sagte mir, dass das, was er für mich und ich für ihn empfand, anders war als alles, was ich bisher erlebt hatte. Adwen sprach weiter, und ich verdrängte den schmerzhaften Gedanken.

»Ich könnte all diese Dinge versprechen, Jane, aber ich werde es erst tun, wenn ich weiß, dass ich dir auch mein ganzes Herz geben kann. Und ich weiß nicht, ob ich in meinem Herzen genug Platz habe, um dir oder einer anderen alles zu geben. Mein Herz war schon immer zu sehr mit Egoismus, Arroganz und Stolz gefüllt, um Platz für jemand anderen zu haben. Wenn irgendjemand die Macht hat, diese Dinge aus meinem Herzen zu vertreiben, dann bist du es, denn seit ich dich getroffen habe, habe ich einen schrecklichen, aber angenehmen Schmerz in meiner Brust. Ich weiß nicht, ob ich deiner Liebe würdig bin oder ob ich die Bedeutung dieses Wortes überhaupt kenne, aber ich würde es gerne versuchen, Jane. Erlaube mir wenigstens das.«

Ich stand auf und zog an seiner Hand, damit er sich mir anschließen konnte. »Adwen, das ist alles, was wir beide voneinander verlangen können – eine Gelegenheit, zu sehen, ob wir mit der Hilfe des anderen die beste Version von uns selbst werden können. Jetzt küss mich, und lass uns zu Cooper und Orick gehen. Sie haben lange genug gewartet.«

Er lächelte und beugte sich vor, um seine Lippen auf meine zu pressen. Sein Kuss war sanft und sein Blick freundlich, als ich ihm in die Augen sah. Adwen hielt sich selbst für einen Mann, der sich nicht um seine Mitmenschen scherte, aber alles, was er tat, zeugte vom Gegenteil. Seine Fürsorge für Isobel, seine Sorge um Cooper und seine Loyalität gegenüber Orick – diese Dinge machten das zunichte, was er an sich selbst am meisten verabscheute.

Adwens Herz war mit Liebe gefüllt. Vielleicht brauchte er nur jemanden, der seine Liebe erwiderte, damit ihm bewusst wurde, wie er wirklich war. Ich würde das nie aussprechen, nicht so früh, aber als wir Hand in Hand auf das Portal zusteuerten, war mein letzter bewusster Gedanke, dass es mir selbst genauso ging.

KAPITEL 28

Festung Cagair – Gegenwart

Gleich nachdem ich im einundzwanzigsten Jahrhundert wieder zu Bewusstsein gekommen war, beschloss ich, dass ich ein viel größerer Fan der Hexe oder des magischen Wesens war, die dieses Portal geschaffen hatten, als von Morna.

Es war alles ziemlich schmerzlos vonstattengegangen, keine Spur von den üblen Kopfschmerzen, die mich beim ersten Durchgang geplagt hatten.

Ich konnte in dem schwarzen Treppenhaus nichts sehen, aber Oricks Stimme erreichte mich in der Dunkelheit.

»Wo um Himmels willen seid ihr beiden denn gewesen?«

Cooper gab mir keine Gelegenheit, ihm zu antworten, und schnürte mir die Atemluft ab, als er seine Arme um meine Taille schlang, meine Hand ergriff und mir half, mich die Treppe hinauf zu tasten. Adwen stolperte hinter mir her, während Cooper sprach.

»Orick ist ziemlich schlecht gelaunt. Aber das liegt nur

daran, dass er so aufgeregt ist, alles zu sehen, dass er es kaum noch erwarten kann.«

Orick brummte am oberen Ende der Treppe und riss die Tür auf, sodass das Mondlicht die Treppe durchflutete. »Ich bin nicht aufgeregt, Junge.«

»Lüg nicht. Du warst schlimmer als ich am Weihnachtsmorgen. Du hast bei jeder Gelegenheit den Kopf aus der Tür gesteckt. Zuerst hast du dir Sorgen gemacht, aber sobald du gesehen hast, dass es mir gut geht, warst du bereit, auf Erkundungstour zu gehen.«

»Ich habe nach draußen gespäht, um sicherzugehen, dass wir hier ungesehen rauskommen, wenn deine Tante und Adwen angekommen sind.«

»Okay.« Cooper lachte ungläubig. »Wenn du meinst, Orick.«

Ich ging zur obersten Stufe, stellte mich neben Orick und schaute durch den Spalt nach draußen. »Und … können wir unbemerkt hinausgehen?«

»Aye, ich glaube schon. Seit ich angekommen bin, ist niemand vorbeigekommen.«

»Großartig.« Cooper war mir die Treppe hinauf gefolgt, und ich griff nach seiner Hand, als ich die Tür ganz aufstieß. »Coop, wir beide werden uns jetzt ein wenig unterhalten müssen.«

Er versuchte, sich aus meinem Griff zu winden und wirkte erstaunt.

»Aber Tante Jane, wir müssen erst einmal von hier wegkommen. Du weißt doch, dass wir zu Morna fahren müssen, und das ist Stunden von hier entfernt.«

Ich antwortete ihm nicht sofort, sondern wandte mich an Adwen und Orick, die sich gerade nach draußen wagten.

»Bleibt ihr beide bitte hier draußen? Schaut euch noch nicht um. Keiner von uns darf gesehen werden. Wir sehen in dieser

Kleidung zu lächerlich aus. Ihr zwei würdet es nur vermasseln. Wir sind in einer Minute zurück.«

Sie nickten beide, und ich ging mit Cooper auf die andere Seite des Gemäuers. Abgesehen davon, dass kein Schnee lag, war es schwer zu erkennen, dass wir überhaupt die Zeit gewechselt hatten.

»Coop, ich bin mir der Tatsache bewusst, dass wir zu Morna müssen. Das gefällt mir ganz und gar nicht. Und ehrlich gesagt ist es mir egal, wie spät es ist oder um wie viel Uhr wir dort ankommen. Es wird mir ein Vergnügen sein, die alte Schachtel mitten in der Nacht zu wecken.«

»Du wirst sie nicht aufwecken, Tante Jane. Sie wird wissen, dass wir kommen.«

Ich funkelte ihn an, und er verstummte schnell. Wahrscheinlich hatte er recht, aber er wusste, dass das nicht der Sinn des Gesprächs war.

»Ich bin so froh, dass es dir gut geht, aber ich war noch nie so wütend auf dich. Verstehst du, warum?«

»Ja, aber …«

»Nein.« Ich hob eine Hand, um ihn zu stoppen. »Kein Aber. Ich verstehe, warum du getan hast, was du getan hast, aber das macht es nicht besser, Cooper. Du bist das erwachsenste Kind, das ich kenne, aber du bist immer noch ein Kind. Das bedeutet, dass du keine Entscheidungen treffen darfst und dass du auf das hören musst, was die Leute sagen, die für dich verantwortlich sind. Was wäre, wenn dir etwas zugestoßen wäre, Cooper? Deine Mutter hätte mir das nie verziehen. Sie hat dich in meiner Obhut gelassen. Ich bin für dich verantwortlich. Tu so etwas nie wieder.«

Als ich zu Ende gesprochen hatte, blickte er auf seine Füße

hinunter. Er sorgte sich sehr um andere und war sich immer bewusst, wenn er sie verletzte.

»Es tut mir leid, Tante Jane. Ich wollte dich nicht erschrecken oder böse sein. Ich wollte Isobel nur helfen. Das werden wir doch, oder? Jetzt, wo wir hier sind … Du wirst uns doch nicht gehen lassen, ohne ihr zu helfen, oder?«

Nach allem, was passiert war, war es mir peinlich, dass ich erst zur Vernunft gekommen war, als Isobel vor meinen Augen Blut gehustet hatte. Ich griff nach Cooper, zog ihn in meinen Schoß und drückte ihn fest an mich.

»Ja, Coop. Wir werden es versuchen, obwohl ich nicht weiß, was Morna gegen Isobels Krankheit ausrichten kann. Ich habe nicht sehr viel Vertrauen in diese Irre.« Mein Blutdruck stieg, wenn ich nur an sie dachte.

»Was ist eine Irre?«

»Eine verrückte Person. Ich weiß, dass du sie magst, aber ich bin wirklich nicht begeistert, sie zu sehen.«

Cooper rutschte von meinem Schoß und stand auf, wobei er mir mit einer Hand half, mich hochzuziehen. »Sie ist nicht verrückt, Tante Jane. Du hattest nur noch nicht die Gelegenheit, sie kennenzulernen. Sie ist eine klasse Frau.«

Ein Lachen, das laut genug war, um von der Steinwand widerzuhallen, entwich mir und ich musste es schnell unterdrücken, als ich an die Fremden dachte, die sich womöglich innerhalb der Festungsmauern befanden. »Eine klasse Frau? Wo hast du diese Beschreibung denn her, Coop?«

»Ich habe gehört, wie Opa das über eine Frau gesagt hat, die er im Dorf getroffen hat. Ich dachte, das hört sich ziemlich gut an.«

»Verstehe.« Wir machten uns auf den Rückweg zu Adwen

und Orick. »Nun, du kannst sie ›klasse‹ finden, so viel du willst. Ich teile diese Meinung nicht.«

»Sie wird deine Meinung ändern, bevor wir wieder zurück gehen.«

Ich spottete. »Willst du darauf wetten?«

Cooper lachte und zog an meiner Hand, damit ich ihn ansah.

»Natürlich nicht, Tante Jane. Ich bin erst sechs Jahre alt. Ich habe kein Geld.«

KAPITEL 29

»Was genau sollen wir denn stehlen, liebe Maid? Ist Diebstahl in dieser Zeit nicht strafbar?«

Ich ging an Adwen vorbei und schaute noch einmal um die Ecke. Das Auto, das vor fast fünf Minuten vor den Toren angehalten hatte, stand noch immer im Leerlauf dort. Wem auch immer es gehörte, er würde es bald abholen, und ehrlich gesagt sah ich keine andere Möglichkeit, als damit zu flüchten, bevor das passierte.

»Okay, zunächst einmal ist es ein Auto. Es wird uns bis morgen früh zu Morna bringen. Wenn wir zu Fuß gehen, werden wir Tage brauchen. Außerdem stehlen wir nichts. Wir leihen es uns nur aus. Wir werden es zurückgeben, zusammen mit etwas Entschädigungsgeld, von dem Cooper Morna überzeugen wird, es uns zu geben. Wahrscheinlich kann sie die Besitzer des Autos sogar vergessen lassen, dass es jemals gestohlen wurde. Wie willst du uns sonst dorthin bringen? Ich sehe hier keine Pferde, du etwa? Die Ställe sind ein Trümmerhaufen.«

Adwen schüttelte den Kopf, während er auf und ab ging.

»Das scheint nicht richtig zu sein, Jane. Kannst du sie nicht fragen, ob wir es ausleihen dürfen?«

Ich lachte. »Adwen, ich schätze deinen edlen Charakter sehr, aber wir sehen aus wie ein Haufen Verrückter, so wie wir angezogen sind. Sie kennen uns nicht. Sie haben keinen Grund, uns zu vertrauen, und es ist klar, dass wir nicht wirklich in Not sind. Ich habe nicht einmal Geld oder persönliche Gegenstände, die ich als Pfand zurücklassen könnte.«

Nichts von dem, was ich sagte, milderte den besorgten Blick auf Adwens Gesicht. Orick hingegen sah so glücklich aus wie in der Nacht, in der ich ihn geküsst hatte.

»Ach, Adwen, sei nicht so ein Angsthase. Im Gegensatz zu uns kennt Jane die Regeln dieser Zeit. Es ist ihre Entscheidung. Warum sollten wir eine dreitägige Reise unternehmen, wenn wir uns dieses seltsame, von Menschenhand geschaffene Tier ausleihen und am Morgen schon da sein können?«

»Genau.« Mit einem Lächeln bedankte ich mich bei Orick für seine Unterstützung und als ich sah, dass hinter den Festungsmauern das Licht ausging, beschloss ich, dass wir keinen Moment länger warten konnten. »Ihr lauft schon mal zur Straße. Ich hole euch ab, sobald ich aus der Einfahrt herauskomme.«

Ich hörte, wie Adwen zu protestieren begann, aber ich blieb nicht stehen und rannte zum Auto. Mit einem kurzen Blick über die Schulter sah ich, wie sie auf die Straße vor dem Auto liefen, um auf mich zu warten.

Im Auto fand ich eine Handtasche auf dem Beifahrersitz und vergewisserte mich kurz, dass sich keine anderen persönlichen Gegenstände darin befanden. Ich stellte die Tasche auf dem Kies neben dem Auto ab, flüsterte eine kurze Entschuldigung und machte mich auf den Weg zu den Männern.

Es war eine Freude, Adwen und Orick dabei zuzusehen, wie sie das Wunder des Autofahrens entdeckten. Ich war fälschlicherweise davon ausgegangen, dass sie schockiert und ängstlich sein würden. Stattdessen strahlten sie beide ein kindliches Staunen über alles Neue aus, mit dem sie in Berührung kamen. Ich fragte mich, wie anders meine erste Erfahrung mit Zeitreisen gewesen wäre, wenn ich vorher gewusst hätte, wohin ich reisen würde. Schade, dass ich es nie erfahren würde.

Wir saßen wie die Sardinen in dem kleinen Auto, aber das schien keinen der Männer zu stören – sie zogen ihre Knie an die Körper und lächelten die ganze Fahrt über. Cooper und ich kicherten während der ganzen Fahrt zu Morna so sehr, dass wir Seitenstechen bekamen.

Ich hatte das Auto langsam die Einfahrt hinuntergefahren, um sie abzuholen, aber als alle eingestiegen waren, beschleunigte ich so schnell ich konnte auf ein normales Tempo – und sowohl Adwen als auch Orick hatten tiefe Freudenschreie ausgestoßen. Für diese beiden Highlander aus dem siebzehnten Jahrhundert war eine Autofahrt die extremste aller rasanten Achterbahnfahrten.

Nachdem sie die anfängliche Überraschung über die hohe Geschwindigkeit überwunden hatten, kurbelten sie beide die Fenster herunter und streckten ihre Köpfe wie Hunde heraus. Erst als ihre Nasenspitzen von der Kälte gerötet waren, zogen sie sich wieder zurück. Cooper und ich warteten geduldig und fröstelnd. Sobald die Fenster hochgekurbelt waren, drehte ich die Heizung auf. Wie erwartet, führte das zu einer Reihe von »Oohs« und »Ahhs«, die so begeistert klangen, dass ich mich fragte, ob ich die beiden überhaupt würde überreden können, in die Vergangenheit zurückzukehren – sie schienen alles so sehr zu genießen.

»Wie funktioniert das, Mädchen?« Orick saß mit Cooper auf dem Rücksitz und streckte seine Hand zwischen den beiden Vordersitzen hindurch, um mit seinen Fingern den Luftstrom zu spüren.

»Ich habe nicht die geringste Ahnung.«

Cooper lachte und klopfte ihm auf die Schulter. »Hey, Orick, du hältst die ganze warme Luft ab.«

»Tut mir leid, Junge.«

»Ist schon okay. Hey, Tante Jane, mach das Radio an und lass sie das hören!« Cooper wippte aufgeregt in seinem Sitz auf und ab.

So wütend, wie ich ein paar Stunden zuvor gewesen war, hätte ich nie gedacht, dass diese Reise so viel Spaß machen würde.

»O Mann, Coop. Ich weiß nicht, ob sie das verkraften können.«

Adwen beugte sich von seinem Sitz neben mir vor und kniff mir spielerisch in den Arm. »Ach, Jane, ich bin sicher, dass wir das können.«

»Gut, aber es wird laut werden, Leute. Bitte, benehmt euch und zwingt mich nicht, von der Straße abzukommen. Mir wäre es lieber, wir kämen alle in einem Stück an.«

Zögernd schaltete ich das Radio ein. Die grandiose Stimme eines Opernsängers schallte durch das Auto.

Cooper und ich sagten nichts. Um die Gesichter der beiden Männer nicht zu verpassen, griff ich nach oben, um das Innenlicht im Auto einzuschalten. Ihre Kiefer hingen buchstäblich offen.

»Woher kommt das? Habt ihr eine Fee in den … Wärmelöchern gefangen?«

Orick zeigte auf die Lüftungsschlitze. Cooper beugte sich in seinem Sitz vor und brach in Gelächter aus.

»Wir müssen öfter Leute hierher bringen, Tante Jane. So viel Spaß hatte ich in meinem ganzen Leben noch nie.«

Das war das Amüsanteste, was ich je gesehen hatte, aber ich hatte nicht vor, so oft hin- und herzureisen, also ignorierte ich seine Aussage und versuchte stattdessen, das Konzept des Radios so gut es ging zu erklären.

Das war so, als würde ich versuchen, einem Delfin das Tanzen beizubringen. Jedes zweite Wort, das ich erwähnte, war so fremd, dass es sie nur noch mehr verwirrte. Schließlich beschlossen sie, dass sie nicht wirklich wissen mussten, wie es funktionierte, und wir verbrachten die restlichen Stunden damit, von einem faszinierenden Punkt zum nächsten überzugehen.

Es war schon nach Mitternacht, als wir in Mornas Gasthaus ankamen. Cooper stieg als Erster aus dem Auto und rannte so schnell er konnte zur Eingangstür.

Ich folgte ihm und ließ Adwen und Orick Zeit, ihre verkrampften Beine zu entwirren und sich kurz zu strecken. Als ich mich Cooper näherte, fand ich ihn mit einem Umschlag in der Hand und einem müden Gesichtsausdruck vor, der mir verriet, dass er mir nicht sagen wollte, was darin war.

»Du wirst dich nicht sehr darüber freuen, Tante Jane, aber bevor ich ihn dir gebe, musst du mir versprechen, mich daran zu erinnern, dass ich Morna danke, wenn wir sie sehen. Diesmal hat sie nicht kursiv geschrieben, damit ich es lesen kann.«

Ich knirschte mit den Zähnen in Erwartung der schlechten

Nachrichten. »Was meinst du damit, wenn wir sie sehen? Du wirst dich doch sicher bedanken können, wenn wir reingehen.«

»Ähm … warum liest du nicht einfach selbst nach?«

Er reichte mir den Umschlag, und ich las die Worte so schnell ich konnte.

»Es tut mir leid, Tante Jane. Ich bin froh, dass du mich nicht um Geld hast wetten lassen.«

Ich schüttelte den Kopf und griff nach dem Schlüssel unter ihrer Matte.

»Das kann doch nicht ihr Ernst sein.«

KAPITEL 30

Ich wartete nicht auf Adwen und Orick, um die Tür aufzusperren und hineinzugehen. Da Morna nicht da war, gab es keinen Grund, sich vorzustellen. Außerdem konnte ich es nicht ertragen, noch eine Minute länger zu warten, um zu sehen, was für einen perfekt manipulierten Plan Morna für uns ausgeheckt hatte.

»Bist du sehr wütend, Tante Jane?«

Cooper war mir dicht auf den Fersen und musterte meine Reaktion auf Mornas Brief genau.

»Na ja, ich bin nicht erfreut, Coop.« Ein Schmerz – eine Art quälender Kopfschmerz, der mich dazu brachte, ein Auge zu schließen und mit dem anderen zu blinzeln – stieg in mir auf, als ich den Beistelltisch im Eingangsbereich betrachtete.

»Aber ... hast du gesehen, wo wir sie treffen sollen? Das ist doch gut, oder? Vielleicht können wir sogar Großvater und Großmutter besuchen. Ich will eigentlich nicht, aber es wäre vielleicht gut, ihnen zu zeigen, dass ich noch lebe.«

Ich blickte auf ihn hinab und er hörte auf zu reden. Wahrscheinlich war ihm klar, dass meine Eltern das Letzte waren, woran ich denken wollte, wenn ich ohnehin schon kurz vor einem Schlaganfall stand.

In einer Sache hatte er recht: Wenn wir schon irgendwo anders hin mussten, war ich froh, dass es wenigstens New York war. Aber selbst das war mir nicht geheuer. Wie wahrscheinlich war es, dass Morna von allen Orten auf der Welt ausgerechnet den Ort ausgewählt hatte, den ich so sehr vermisste? Ich nahm an, dass sie das wusste, aber warum es sie interessierte, war mir schleierhaft. Und das machte mich unheimlich nervös.

Ich wühlte mich durch die Dokumente, die auf dem Beistelltisch lagen. Vier Pässe, vier Flugtickets und eine Kreditkarte mit meinem Namen und einem kleinen Zettel, auf dem stand: *›Kein Kontolimit, alles wird von meinem Konto abgebucht. Viel Spaß.‹*

»Und sie dachten, ich wäre eine Diebin.« Ich drehte mich um und lehnte mich gegen den Tisch, damit ich Cooper ansehen konnte.

»Hm?«

Ich reichte ihm die Kreditkarte und den Zettel. »Ich sagte, dass sie mich schon für eine Diebin gehalten haben, weil ich das Auto genommen habe. Wie viel willst du wetten, dass diese Karte niemanden belastet? Dass die Unternehmen, bei denen ich damit bezahlen werde, nie einen Cent von dem Geld bekommen werden, das wir mit dieser Karte bezahlen?«

Er starrte mich an, als würde ich Japanisch sprechen. Manchmal war es so einfach zu vergessen, dass er erst sechs Jahre alt war.

»Schon gut. Lass uns mal nach den großen Jungs sehen.«

Adwen und Oricks Aufregung über das Auto übertrug sich mit ebenso viel Überschwang auf Mornas Haus. Sie genossen die Helligkeit der elektrisch beleuchteten Räume und freuten sich über den modernen ›Nachttopf‹, auch bekannt als Toilette.

Adwen fand Gefallen an allem, was es in der Küche zu entdecken gab, und konnte sein Erstaunen über die Mikrowelle nicht im Zaum halten, die Essen in Sekundenschnelle aufwärmen konnte. Mehr als einmal war ich dankbar, dass die Mikrowelle sich nur bei geschlossener Tür einschalten ließ, denn beide erwachsenen Männer hatten versucht, ihre Hand hineinzustecken, um zu sehen, ob sie auch warm wurde.

Ich erlaubte ihnen, sie mit Coopers Hilfe zu erforschen, während ich ins Bad eilte, um mir mit einer der vier neuen Zahnbürsten, die im Bad für uns bereitstanden, die Zähne zu putzen. Elektrizität und eine spülbare Toilette waren für die Highlander eine völlig nachvollziehbare Attraktion, aber das Gefühl einer frischen Zahnbürste an meinen Zähnen begeisterte mich unendlich. Sicher, es gab auch im siebzehnten Jahrhundert Möglichkeiten, sich die Zähne zu putzen, aber keine davon war vergleichbar. Wie sehr hatte ich dieses prickelnde, minzige Gefühl vermisst.

Als mein Zahnfleisch sich wunderbar sauber anfühlte und Adwen und Orick sich im Rausch der Begeisterung befanden, rief ich sie ins Wohnzimmer, um sie in die Pläne für den nächsten Tag einzuweihen.

»Es scheint, als hätten die Hexe und ihr Mann beschlossen, Urlaub zu machen, obwohl sie wusste, dass wir kommen würden. Sie hat uns die Anweisung gegeben, sie in New York City zu treffen. Wenn wir nicht alle zur Festung Cagair zurückkehren und nach Hause fahren wollen, werden wir das wohl tun müssen. Wir sind bereits hier, also sollten wir versuchen, alles für Isobel zu tun, was wir können. Wir werden die Nacht hier verbringen und dann morgen nach Edinburgh fahren, wo wir am Vormittag einen Flug nehmen werden.«

Adwen saß neben mir auf einem der Sofas und sein Daumen strich sanft über mein Bein. Wir waren alle wie betäubt, aber die Berührung seiner Finger weckte etwas in mir, und diesem Etwas war es egal, dass es mitten in der Nacht war. Ich musste seine Hand beiseite schieben, um meine Konzentration zu wahren, als Orick sich zu Wort meldete.

»Was ist ein Flugzeug?«

»O je, das werden wir heute gar nicht erst erwähnen. Das ist eine ganz neue Faszination, die du morgen erleben kannst. Heute Abend ist es zu spät, denke ich.«

»Na gut, auch wenn ich das nicht verstehe. Die Hexe wusste, dass wir kommen würden, denn sie hat uns die Sachen dagelassen, die wir brauchen würden. Warum lässt sie uns nicht einfach dort ankommen, wo sie uns treffen will? Wenn sie eine Zeitreise in die Wege leiten kann, hätte sie das doch sicher organisieren können.«

»Ja, das sollte man meinen, nicht wahr? Wenn ich eines über Hexen gelernt habe – vor allem über diese hier – dann, dass sie die Dinge gerne so kompliziert wie möglich machen. Ich habe keine Ahnung, warum sie das nicht getan hat. Ich kann dir versichern, dass ich mit ihr über einige Dinge sprechen werde, wenn wir endlich in New York sind.«

»Was ist mit dem Auto, Jane?«, warf Adwen neben mir ein, während sein Daumen ein herrliches Muster über mein Bein zeichnete. So wie wir da saßen, konnten Cooper und Orick es nicht sehen, und ich wusste, dass er es genoss, mich im Stillen zu quälen. »Ich werde nicht gehen, bevor wir es nicht zurückgegeben haben.«

»Verdammt.« Ich hatte das Auto ganz vergessen. »Ich weiß, dass es falsch war, es zu stehlen, und wir werden es ihnen irgendwann zurückgeben, aber wir werden keine Zeit mehr haben, das zu tun, bevor wir nach New York aufbrechen. Die Festung Cagair ist nicht einmal in der Nähe von Edinburgh, und unser Flug geht schon am Vormittag. Wir werden ohnehin nur ein Nickerchen als Nachtruhe bekommen.«

»Nein, Jane.« Adwen blieb standhaft in seinem Entschluss. »Wenn es sein muss, fahren wir heute Nacht mit dem Auto zurück.«

Ich schüttelte den Kopf und stand frustriert auf. »Wie kommen wir dann wieder hierher zurück? Mornas Schlüssel sind hier, aber keiner von euch kann fahren. Tut mir leid, aber das wird nicht passieren.«

Adwen stand auf, schnappte sich Mornas Schlüssel vom Tisch und machte sich auf den Weg zur Tür. »Doch, das wird es. Ich habe dich den ganzen Weg hierherfahren sehen. Ich kann es lernen, wenn du es mir zeigst.«

Wir standen alle auf und folgten Adwen zur Haustür. Als er sie öffnete, blickten wir auf die leere Einfahrt hinaus.

Das Auto, das wir ausgeliehen hatten, war weg.

KAPITEL 31

Bis ich zwölf Jahre alt war, gab es zwei Menschen, die viel mehr zu meiner Erziehung beigetragen hatten als meine eigenen Eltern. Der Erste war Coopers Großvater, den er Opa nannte. Die Zweite war Beatrice, das strenge, aber bemerkenswert geduldige Kindermädchen, das mehr Zeit mit mir und meinen Schwestern verbracht hatte als mit ihren eigenen Kindern. Ich hatte sie nie wirklich gemocht, aber als ich Cooper, Adwen und Orick für die Fahrt zum Flughafen am nächsten Morgen vorbereitete, wuchs mein Verständnis für ihren strengen Umgang. Sie hatte einen verdammt schweren Job gehabt.

»Bist du sicher, dass wir die tragen sollen, Jane? Sie sehen viel zu eng aus. Ich glaube nicht, dass ich das schaffe. Da ist kein Platz für das, was zwischen meinen Beinen hängt.«

Cooper kicherte, während ich beobachtete, wie Adwen und Orick die Outfits skeptisch betrachteten. Sie sahen aus, als hätte ich ihnen gerade gesagt, dass sie ein Paar Hotpants und ein trägerloses Top anziehen und in der Öffentlichkeit herumlaufen sollten.

»Es sind nur ein paar Jeans, ein Pullover und Stiefel. Weder du noch Orick werden Schaden davontragen, wenn ihr sie anzieht, das verspreche ich. In dem, was ihr jetzt anhabt, könnt ihr nicht zum Flughafen gehen. Ich werde jetzt duschen gehen. Cooper wird euch helfen, euch fertig zu machen – mit dem Waschbecken und allem.«

»Was ist duschen, Jane?«

Oricks Kopf neigte sich zur Seite, als er die Frage stellte, und ich musste an eine Theaterfassung von Frankenstein denken, die ich einmal in New York gesehen hatte. Ich fühlte mich ein bisschen so, als wäre ich Dr. Frankenstein und sie die Kreaturen, denen ich die Welt zeigen musste, weil die beiden Männer nicht in ihrem Element waren, weil sie so naiv waren und keine Ahnung hatten, wovon sie umgeben waren. Hoffentlich würde dieses Abenteuer besser verlaufen als dieses Theaterstück.

»Eine Dusche ist etwas, das ich euch heute Morgen nicht zeigen kann, weil ich einfach nicht die Geduld dazu habe. Ihr würdet es beide so sehr lieben, dass ich euch nicht mehr herausbekommen würde, und wir haben es eilig. Ich werde es euch in New York zeigen. Dann habt ihr etwas, auf das ihr euch freuen könnt.«

Ich bewegte mich auf die Tür zu, wurde aber von Adwen aufgehalten, der mich daran hinderte, sie zu schließen.

»Und was wirst du anziehen, Mädchen? Hat die Hexe dir auch ein grässliches Gewand hinterlassen?«

»Oh, du wirst schon sehen. Ich werde etwas tragen, das viel bequemer ist. Die Hexe hat mir ein kleines Stück vom Himmel hinterlassen.«

Die Dusche fühlte sich noch besser an als das Zähneputzen, und erst als Cooper an die Badezimmertür klopfte, drehte ich widerwillig das Wasser ab.

»Tante Jane, du hast gesagt, wir müssen um sieben Uhr los, richtig? Das ist aber schon in einer Stunde, also solltest du dich lieber beeilen.«

»Okay, danke, Cooper.«

Ich trocknete mich ab, wickelte mich in ein Handtuch und warf einen Blick in den Flur, um sicherzugehen, dass Orick nicht noch einen zufälligen Blick auf meinen nackten Körper erhaschen würde, denn der Arme hatte schon genug von mir gesehen.

Als ich feststellte, dass die Luft rein war, rannte ich ins Zimmer und schlüpfte schnell in die Klamotten, die Morna für mich bereitgelegt hatte – eine Leggings und einen eng anliegenden, aber unglaublich bequemen Pullover, dazu ein Paar Turnschuhe. Ich würde zwar etwas schmuddelig aussehen, vor allem in der Business Class, in der unsere Sitze waren, aber das war mir völlig egal. Sie hatte mir auch noch andere Klamotten dagelassen, die ich für New York einpacken und tragen würde, und diese waren viel besser für die Öffentlichkeit geeignet. Aber für unseren langen Reisetag würde ich den Komfort genießen.

Ich machte mich hastig fertig, föhnte mein Haar und ließ es locker um meine Schultern fallen. Ich hatte mich nicht geschminkt und ehrlich gesagt hatte ich nach einem Jahr ohne Make-up auch nicht das Gefühl, es zu brauchen. Der Mangel an Eitelkeit im siebzehnten Jahrhundert hatte etwas Wundervolles an sich, das mir das Gefühl gab, selbstbewusster und schöner zu sein, als ich es unter haufenweise Make-up im einundzwanzigsten Jahrhundert gewesen war.

Nachdem ich das Zimmer aufgeräumt hatte, wühlte ich mich durch die anderen Klamotten, die für mich übrig geblieben waren, und rollte mit den Augen, als ich den Koffer zumachte. Ich wusste, was Morna vorhatte. Sie wusste irgendwie, was ich von ihr hielt und versuchte, das zu ändern. New York, die Klamotten, dass sie sich um das Auto gekümmert hatte – mit all dem versuchte sie sich nur bei mir einzuschmeicheln. Es gab jedoch nur eine Sache, mit der sie das schaffen würde, und ich wusste nicht, ob es in ihrer Macht stand, Isobel zu helfen. Ich würde es erst erfahren, wenn wir sie in New York trafen.

Ich warf einen letzten Blick in das Zimmer, bevor ich auf den Flur hinausging. Ich hörte, wie Orick im Wohnzimmer über die Wunder des Fernsehers staunte und machte mich auf den Weg zur Treppe, um ihm Gesellschaft zu leisten, hielt aber inne, als ich an einem der Gästezimmer vorbeikam und einen Blick auf Cooper erhaschte, der auf dem Bett saß.

Cooper hielt seinen kleinen Koffer in seinem Schoß. Während er mit dem Reißverschluss kämpfte, setzte Adwen sich neben ihn, nahm ihm den Koffer vom Schoß und schloss ihn schnell.

»Adwen, kann ich dich etwas fragen?«

Ich lächelte und blieb in der Nähe der Tür stehen, in der Hoffnung, ihr Gespräch ungesehen mitverfolgen zu können. Ich wollte unbedingt hören, was er fragen wollte. Es würde bestimmt unterhaltsam werden.

»Ja, das kannst du.«

»Magst du Tante Jane?«

»Ja, das tue ich. Und dich mag ich auch, Cooper. Ihr zwei und der Rest des McMillan-Clans seid gute Menschen.«

»Hmm …« Cooper verschränkte seine Arme und sah Adwen wissend an. »So habe ich das eigentlich nicht gemeint.«

Adwen lächelte und klopfte Cooper auf die Schulter. »Was hast du dann gemeint, mein Junge? Du kannst mich alles fragen, und ich werde dir ehrlich antworten.«

»Ich meine, ob du sie magst? So wie Orick die rothaarige Frau mag, die er die ganze Zeit für ein Gespenst gehalten hat.«

Adwen lachte und antwortete dann. »Ja, ich mag sie.«

»Oh, gut.« Cooper lächelte, stand auf und drehte sich so, dass er Adwen gegenüberstand, während er sprach. »Dann ist es eigentlich egal, warum ich gefragt habe.«

»Wirst du mir den Grund trotzdem verraten?«

»Na gut. Ich wollte nur sagen, dass du es versuchen solltest, wenn du sie nicht magst, denn sie braucht jemanden, denke ich. Jeder braucht jemanden. Und …«, er brach ab und bückte sich, um seinen Koffer anzuheben.

»Und was, mein Junge? Du kannst mich doch nicht im Ungewissen lassen.« Adwen streckte einen Fuß aus, um Coopers Koffer auf dem Boden zu halten.

»Okay, aber bitte erzähl Tante Jane nichts davon, denn ich weiß, was sie sagen wird. Sie wird sagen, dass ich zu jung bin, um darüber zu reden, und das bin ich auch, und ich will eigentlich gar nicht mehr wissen als das, was ich weiß. Es ist nur so, dass ich schlauer bin als die meisten Kinder. Das weiß ich, und wenn eine Sache passiert und danach eine andere, und das mehrmals, dann weiß ich, dass die eine Sache die andere Sache verursacht. Außerdem mag meine Großmutter dramatische Fernsehsendungen, also habe ich wahrscheinlich mehr gesehen, als ich sollte.«

Ich kicherte leise vor mich hin und hatte Mitleid mit Adwen, während ich ihn beobachtete. Cooper schwafelte, wie er es immer tat, wenn er nervös war, und ich konnte an Adwens gerunzelter Stirn erkennen, dass er nicht die geringste Ahnung hatte, was Cooper ihm mit all dem sagen wollte. Ehrlich gesagt wusste ich das auch nicht.

»Ach, Junge, ich habe kein Wort von dem verstanden, was du gerade gesagt hast. Ich werde weder deiner Tante Jane noch sonst jemandem ein Wort von dem erzählen, was du mir gerade zu sagen versucht hast. Du brauchst dir also keine Sorgen zu machen. Sag einfach, was du sagen willst, sonst kommen wir zu spät.«

»Okay.« Cooper richtete sich auf und atmete aus, als würde er seine Nervosität verdrängen.

»Ich will nicht, dass du noch einmal so einen Krach machst wie neulich mit Tante Jane, es sei denn, du magst sie wirklich sehr.«

Ich schluckte und schloss vor Scham die Augen.

»Ach, das hättest du nicht hören sollen. Du hast doch nichts gesehen, oder?«

»Nein, aber als Orick und ich Verstecken gespielt haben, habe ich ein paar Dinge gehört, die sich ähnlich angehört haben wie die, die ich einmal aus dem Zimmer meiner Mom und E-o gehört habe. Danach hatte sie ein Baby im Bauch. Das bringt mich auf den Gedanken, dass Störche nicht wirklich etwas mit Babys zu tun haben.«

»Störche Junge?«

»Weißt du, die Leute sagen immer, dass Störche Babys bringen.«

»Nein, das habe ich noch nie gehört.«

Cooper winkte abweisend mit der Hand. »Ist auch egal. Was zählt, ist das hier …«

Meine Augen weiteten sich, als Cooper auf Adwen zuging und zwei seiner Finger genau in die Mitte seiner Brust legte.

»Wenn du so viel Zeit mit meiner Tante Jane verbringst und sie nicht magst, finde ich das nicht in Ordnung. Das ist wie bei den Kindern in der Schule, die so tun, als wären sie deine Freunde, nur damit sie dir etwas anhängen können. Das ist nicht nett, und es wird sie traurig machen. Wenn du Tante Jane traurig machst, muss ich dir vielleicht sogar wehtun.«

»Ich werde sie nicht traurig machen, mein Junge. Sie liegt mir sehr am Herzen.«

»Gut. Dann lass uns nach New York fliegen.«

Cooper drehte sich, riss Adwen den Koffer unter den Füßen weg und marschierte so schnell zur Tür, dass ich keine Zeit hatte, mich zu bewegen. Er öffnete die Tür und starrte mich völlig unbeeindruckt an.

»O hey, Tante Jane. Ich glaube, alle sind jetzt bereit zu gehen. Du auch?«

»Äh, ja.« Ich blinzelte und versuchte immer noch, meine Fassung wiederzuerlangen. »Erinnerst du mich daran, deiner Mutter etwas zu sagen, wenn wir zurück sind?«

Er rollte seinen Koffer in den Flur hinaus. »Ja, klar. Was denn?«

»Erinnere mich daran, ihr zu sagen, dass wir dein Zimmer woandershin verlegen müssen.«

Coopers Mundwinkel verzogen sich zustimmend nach oben und er nickte. »Ja, bitte. Das wäre schön.«

KAPITEL 32

Es überraschte Adwen, dass Jane sich so sehr an Coopers Worten störte. Von all den Dingen, die aus dem Mund des Jungen kamen, schienen seine Bemerkung und seine Warnung nicht weniger fehl am Platz zu sein als der Rest der kühnen Dinge, die er sagte. Das brachte Adwen dazu, den störrischen Jungen noch mehr zu bewundern.

»Jane, ich erinnere mich daran, wie meine eigenen Eltern sich nicht weiter als einen Steinwurf von mir und meinen Brüdern entfernt begattet haben. Wir alle wussten schon lange vor Coopers Alter, was Männer und Frauen zusammen machen.«

»Was?«

Sie rührte sich, als sie aus dem Fenster blickte. Sie atmete so heftig aus, dass ihre Unterlippe zitterte. Adwen wollte sie küssen und diese bebende Lippe tief in seinen Mund saugen.

Er beugte sich über die Armlehne, um ihre Hand zu ergreifen, und rieb mit dem Daumen über ihre glatte Haut. Er hatte noch nie ein Mädchen berührt, dessen Haut so weich und blass war und weder von der Sonne noch von harter Arbeit gezeichnet war. Sie hatte ein so privilegiertes Leben geführt wie er, doch irgendwie war sie so viel besser, so viel gütiger, so viel würdiger als er. Er hoffte nur, dass er der Mann sein konnte, den sie verdiente. »Schon bevor meine Mutter gestorben ist, haben wir viele Reisen zusammen unternommen. Oft zelteten wir auf engem Raum oder teilten uns ein Zimmer in einem Gasthaus. Du machst dir zu viele Sorgen um Cooper, das kann ich dir sagen. Dafür gibt es keinen Grund, Mädchen.«

Angesichts der Worte zuckte sie zusammen und sah sich um, um sicherzugehen, dass Cooper nicht zuhörte. Er lachte, als er sie an sich zog und ihr ins Ohr flüsterte.

»Sie schlafen schon, Mädchen.«

»Gut. Ich bin nicht besorgt. Ich bin nur etwas schockiert und verlegen.«

»Ich glaube nicht, dass es Cooper stört, Jane.« Er küsste ihr Ohr, während er sprach, und lächelte sie an, als sie seufzte und sich an ihn lehnte.

»Du hast recht. Wenn er davon traumatisiert ist, ist es wohl Graces Aufgabe, sich darum zu kümmern. Nicht meine. Obwohl ich das Gefühl habe, dass er ein Teil von mir ist – ich glaube, das geht vielen Menschen so. Warum schläfst du nicht auch ein bisschen? Du bist sicher genauso müde wie sie.«

»Nein, ich kann nicht schlafen.« Schlaf war das Letzte, woran er dachte. Alles, woran er denken konnte, war, dass er sie unbedingt erröten sehen wollte. »Ich habe nicht die halbe Nacht wachgelegen, um zu sehen, ob wir alle für die heutige Reise bereit sind, und ich musste nicht all das tun, was du heute Morgen getan hast. Bist du nicht diejenige, die schlafen sollte?«

Sie zuckte mit den Schultern und nickte in Richtung der Tasse, die vor ihr auf dem Tablett stand.

»Ich habe fünf Tassen Kaffee in einen Körper gepumpt, der

sich daran gewöhnt hat, ohne Koffein zu funktionieren. Ich werde wahrscheinlich eine Woche lang nicht schlafen können.«

Der Gedanke gefiel ihm, auch wenn er nicht verstand, wie diese Maid fünf Tassen dieses bitteren Giftes hatte trinken können. Er hatte nur einen Schluck getrunken und war fast an dem Gebräu erstickt.

»Ich würde lieber mein eigenes Blut trinken, Mädchen, als noch einen Schluck von diesem sogenannten Kaffee. Ich habe hier schon viele seltsame Dinge gesehen, aber das ist wirklich das Merkwürdigste. Und so viele trinken es, als wäre es Bier oder Wasser. Das ist erstaunlich.«

Sie lachte, und dabei wippte ihr Haar in seine Richtung und sandte ihm einen so köstlichen Duft in die Nase, dass sein Unterleib vor Verlangen nach ihr kribbelte.

»Was hast du mit deinem Haar gemacht? Der Geruch …« Er schloss seine Augen und beugte sich vor, um einen weiteren Atemzug zu nehmen.

»Das ist Shampoo. Eines dieser schönen Dinge, die man beim Duschen benutzen kann. Es riecht gut, oder?«

Es roch mehr als gut. Es war berauschend, genau wie alles andere an ihr.

»Ich habe mich vorhin falsch ausgedrückt, Jane. Es gibt eine Sache, die ich noch erstaunlicher finde als deinen Kaffee.«

»Hmm … was denn?« Sie lehnte sich an ihn, ihre Haare landeten auf seiner Nase und machten ihn wahnsinnig. Sie tat es, um ihn zu necken, das wusste er.

»Bei deiner unverblümten Ausdrucksweise und der Art und Weise, wie du neulich zu mir gekommen bist, hätte ich dich nicht für ein Mädchen gehalten, das leicht in Verlegenheit zu bringen ist. Aber das bist du.«

»Wie kommst du darauf? Das bin ich wirklich nicht.«

Adwen lachte und nickte in Richtung des Sitzes hinter ihm. »Mädchen, du hast dir während des ganzen Fluges Sorgen gemacht, weil der Junge uns gehört hat. Er hat nicht einmal etwas gesehen, Jane. Und ich würde wetten, dass die meisten auf der Festung uns gehört haben.«

»Bei Cooper ist das anders. Ich möchte nicht dafür verantwortlich sein, dass er mit den Bienchen und den Blümchen vertraut gemacht werden muss. Wäre es jemand anderes gewesen, wäre es mir völlig egal gewesen.«

»Ist das so, Mädchen? Das glaube ich dir nicht.«

Jane saß mit einer Decke dort, die sie sich um die Schultern gelegt hatte. Es wäre mühelos und einfach, seinen Arm unter die Decke zu schieben und in der stillen Dunkelheit des Flugzeugs nach ihr zu greifen. Würden ihre Worte auch dann noch Bestand haben, wenn sie sich in der Stille unter seiner Hand wand, während so viele um sie herum saßen und nicht wussten, was zwischen ihnen geschah?

»Es ist aber so, Adwen. Ich sage alles – und tue alles. Das hast du doch sicher schon gemerkt. Habe ich mich zurückgehalten, als wir uns das erste Mal getroffen haben? Cooper liegt mir einfach mehr am Herzen als die meisten anderen.«

»Ja, du kannst sagen, was du willst, aber das ist nicht dasselbe. Sieh dich um, Jane, ich sehe niemanden außer uns, der wach ist, oder?«

Sie schüttelte den Kopf und er beugte sich im schummrigen Licht vor, um ihren Hals zu küssen, während er seine Hand unter die Decke schob und nach ihrer Hand griff.

»Wenn alle schlafen«, flüsterte er und ließ seine Finger über ihren Oberschenkel gleiten, »gibt es keinen Grund, sich zu schämen, oder? Solange du es schaffst, keinen Laut von dir zu geben. Kannst du das, Mädchen? Oder wird es dir zu peinlich sein?«

Er löste sich von ihrem Hals und schluckte sein eigenes Stöhnen herunter, als er sah, wie ihre Lippen als Reaktion auf seine Worte zitterten. Ihre Beine öffneten sich und er schob seine Hand unter den beweglichen Bund ihrer Hose, wobei er sich auf die Lippe biss, um nicht laut aufzustöhnen, als er ihre Wärme spürte.

»Jane«, raunte er und sein Atem war flach und zittrig, als er ihr ins Ohr flüsterte. »Ich will, dass du dich unter meiner Berührung gehen lässt. Genau hier, wo niemand zusieht. Aber für mich wird das sehr … unbehaglich sein. Schwöre mir, dass du heute Nacht in meinem Bett schlafen wirst.«

Sie sagte nichts, drehte sich zu ihm um und presste ihre Lippen fest auf seine. Er erwiderte ihren Kuss und zog sich zurück, als ihre Lippen dringlicher wurden und ihr Verlangen nacheinander wuchs. Es wäre nicht gut, Aufmerksamkeit zu erregen. Jane nickte verständnisvoll und lehnte sich in ihrem Stuhl zurück, während er sie verwöhnte.

Es dauerte nicht lange, bis sie unter seiner Hand zitterte. Dann schlug sie ihre Beine übereinander, um ihn wegzuschieben, und beugte sich vor, um zu sprechen.

»Ich kann nicht mehr. Es sei denn, du willst, dass ich aufschreie und eine Szene mache. Keine Sorge, du kommst auf deine Kosten, wenn wir landen. Vielleicht hättest du warten sollen, bis wir mit dem Sinkflug begonnen haben. Wir haben noch nicht einmal die Hälfte des Fluges hinter uns.«

Adwen knirschte mit den Zähnen, als er sich in seinem Sitz zurücklehnte. Er war ein Narr gewesen, denn jetzt würde er bis zur Landung Höllenqualen erleiden.

KAPITEL 33

New York City – Gegenwart

Alles war lauter, als ich es in Erinnerung hatte, überfüllter und noch stinkender. Als ich aus dem schicken Geländewagen stieg, der uns abgeholt hatte, war es ganz und gar nicht so, wie ich es erwartet hatte. Anstatt Liebe und Sehnsucht zu empfinden, fühlte ich mich eher verwirrt – verwirrt darüber, dass ich mich nicht an die Dinge erinnern konnte, die ich an meiner geliebten Stadt so sehr vermisst hatte.

Ich verdrängte die Gedanken und schob sie auf den Jetlag und die große Menge Kaffee, die mich nervös und irgendwie verrückt gemacht hatte. Morgen, da war ich mir sicher, würde ich alles in einem ganz anderen Licht sehen.

Abgesehen von unseren Flugtickets war ich mir nicht sicher gewesen, wie alles Organisatorische bei unserer Landung funktionieren würde. Ich hatte halb erwartet, dass Morna an der Gepäckausgabe warten würde. Stattdessen waren wir von einem Mann namens Nick begrüßt worden, der uns ausgerechnet zu The Carlyle bringen sollte – einem der legendärsten Hotels in New York. Als wir dort ankamen, wurden wir sofort hineingelassen und jetzt war es mir wirklich peinlich, in Leggings und Turnschuhen herumzulaufen. So gerne ich sie auch trug, in so einem Hotel hätte ich lieber etwas Schickeres angehabt.

Zum Glück schien sich der Mann, der uns begrüßte, nicht an meiner schmuddeligen Kleidung zu stören. Zweifellos war er durch die hohe Rechnung und das Trinkgeld, das Morna mit ihrer zweifellos dubiosen Kreditkarte an das Hotel überwiesen hatte, bestochen worden, meine Kleidung zu ignorieren. Wir folgten dem Mann zu unseren Zimmern und waren alle etwas verblüfft – Cooper streckte die Hand aus, um Dinge an den Wänden zu berühren, die er nicht anfassen durfte, und Adwen und Orick taten ihr Bestes, nichts zu sagen, was uns einen bösen Blick eingebracht hätte.

Wir hatten zwei Zimmer – die größten im ganzen Hotel. Das war alles so absurd. Als der Mann uns die Schlüssel übergab, fragte ich ihn nach Morna.

»Wohnt die Frau, die das alles arrangiert hat, hier?«

»Nein, Ma'am. Sie wird morgen früh kommen und mit Ihnen frühstücken. In der Zwischenzeit wünsche ich Ihnen einen schönen Abend. Sagen Sie Bescheid, wenn Sie irgendetwas brauchen.«

Als er weg war, vergingen keine fünf Sekunden, bevor Adwen uns in unsere jeweiligen Zimmer dirigierte.

»Cooper, macht es dir etwas aus, heute Nacht bei Orick zu bleiben, mein Junge? Ich kann es nicht ertragen, neben ihm zu liegen, denn sein Schnarchen hat mich bei Morna die ganze Nacht wach gehalten.«

Cooper zuckte mit den Schultern. »Klar, aber Orick schnarcht nicht.«

Ich reichte Cooper den Schlüssel, als er danach griff, und verkniff mir das Lachen, das bei Adwens Vertuschungsversuch seiner wahren Gründe für diese Aufteilung aufkam. Es war eine schlechte Ausrede. Cooper wachte vor allen anderen auf. Er wusste genau, ob Orick schnarchte, aber ich sagte nichts. Stattdessen versuchte ich, so schnell wie möglich das Thema zu wechseln.

»Coop, zeigst du Orick, wie man die Dusche benutzt? Ich bin mir sicher, dass Adwen und er bereit sind, sich auf eine Art und Weise zu waschen, die nicht nur mit einem Waschbecken voller Wasser und einem Lappen zu tun hat.«

»Klar, aber dann gehe ich ins Bett, Tante Jane. Ich bin müde.«

Ich gähnte zustimmend, obwohl mein Herz auf Hochtouren raste und mein Kopf langsam anfing zu schmerzen. Ich hoffte, ich hatte nicht zu viel Koffein getrunken. »Ich auch, Coop. Ich bin so müde. Okay. Wir sehen uns morgen früh.«

Adwen drehte mich zu sich um und drückte mich mit dem Rücken gegen den Türknauf, sobald die Tür zufiel. Ich schrie vor Schmerz auf, als ich nach hinten griff, um meine höchstwahrscheinlich geprellten Rippen zu berühren. Er entschuldigte sich halbherzig, bevor er mich so manövrierte, dass ich mit dem Rücken gegen die Tür gedrückt wurde, und zog mir hektisch den Pullover über den Kopf.

»Hey, nicht so schnell. Willst du dich nicht erst einmal im

Zimmer umsehen? Vielleicht einen Schluck Wasser trinken oder so?«

»Jane, siehst du, was du mir angetan hast? Ich hatte in meinem ganzen Leben noch nie so große Schmerzen. Wenn ich dich jetzt nicht bekomme, fürchte ich, dass ich sterben werde.«

Fast wollte ich über die Verzweiflung in seiner Stimme lachen, aber als ich in sein Gesicht sah, glaubte ich ihm irgendwie. Mein Blick wanderte nach unten und ich wurde stutzig, als ich die Beule in seiner Jeans sah.

»Bitte sag mir, dass das nicht schon seit dem Flugzeug so ist.«

»Doch, ist es. Und du hast mir das auferlegt, schöne Maid. Das war grausamer, als du denkst.«

»Gott, Adwen, ich hätte nie gedacht … Ich meine, ich hätte nicht gedacht … Er hätte doch auf keinen Fall so lange stehen können!«

Ich griff nach ihm und öffnete seine Jeans, so schnell ich konnte. Jede Bewegung, die ich machte, ließ ihn vor Schmerz aufstöhnen. Als ich es endlich schaffte, seine Jeans nach unten zu ziehen, keuchte er erleichtert auf.

»Es ist besser, aber nicht gut genug, Mädchen.«

Ich nickte und zog mich schnell aus, während er dasselbe tat. Als ich nackt war, hob er mich hoch, während ich meine Arme um ihn schlang und meine Beine um seine Taille legte, damit er mich zur nächstgelegenen Fläche tragen konnte – einem Beistelltisch in der Ecke des Eingangsbereichs. Er war leer, nicht mehr als ein dekorativer Lückenfüller an der Wand. Er setzte mich darauf ab und drang tief in mich ein. Stöhnend beugte er sich so weit vor, dass seine Stirn gegen die Wand gepresst war.

»Geht es dir gut, Adwen?« Seine Hüften hatten sich

beruhigt, aber seine Schultern zitterten vor Anstrengung. Ich verstand nicht, warum er sich so zurückhielt, wenn er sich so dringend befreien musste.

»Nein, Jane, denn das ist das zweite Mal, dass ich dich nicht so verehre, wie ich es sollte.«

Ich griff nach seinem Hintern und drückte ihn an mich, um ihn anzuspornen. »Adwen, das ist mir egal. Ich schwöre es.«

Er bewegte sich grob und jeder Stoß ließ mein Herz schneller schlagen. Ich krallte mich an seinem Rücken fest und mein Körper reagierte im selben Moment, in dem er sich in mir entlud, mit Ekstase. Er küsste den Schweiß auf meiner Stirn, hob mich sanft hoch und trug mich zum Bett, als er sich aus mir herauszog.

»Danke, Jane. Es tut mir so leid.«

Ich lachte und mein Brustkorb hob und senkte sich so schnell, dass ich das Gefühl hatte, ich wäre einen Marathon gelaufen. »Wofür? Bist du verrückt? Das war großartig. Und jetzt?« Ich blickte an ihm hinunter und atmete erleichtert aus. »Geht es dir jetzt besser?«

Er grinste so, dass nur ein Mundwinkel nach oben gezogen wurde. Er hatte noch nie so attraktiv auf mich gewirkt.

»Aye, sehr viel besser.«

»Das ist gut.« Ich richtete mich auf und beugte mich vor, um ihn zu küssen. »Ich dachte schon, ich müsste dich ins Krankenhaus bringen oder so. Er hätte brechen können, weißt du. Das ist tatsächlich möglich.«

»Ach.« Er sah entsetzt aus, als er das hörte. »Gott sei Dank ist das nicht passiert.«

Ich fühlte mich schmutzig, und ich wusste, dass es Adwen genauso gehen musste. Ich stand auf, ging einen Schritt in Richtung Bad und streckte ihm die Hand entgegen.

»Wenn du zu müde bist, ist das in Ordnung, aber ich muss duschen. Bist du bereit, dieses Wunder zu erleben?«

Adwen unter der Dusche zu sehen, erinnerte an einen Welpen, der zum ersten Mal fröhlich im Regen herumhüpfte, denn er hatte mindestens genauso viel Freude. Wir genossen die warme Brause, wuschen uns, erkundeten uns und hielten uns gegenseitig in den Armen, bis wir beide von der Hitze so erschöpft waren, dass wir kaum noch stehen konnten.

Der Rest der Nacht verging wie im Flug, während wir uns in den Armen hielten und erst aufwachten, als Coopers Faust an die Tür klopfte. Die Suite war so groß, dass wir seine Stimme kaum hörten.

»Ihr habt das Frühstück verpasst, was wirklich schade ist, denn es war sehr lecker. Aber das macht nichts, denn ich habe hier draußen noch etwas für euch. Tante Jane, du solltest dich schnell anziehen. Morna ist in der Lobby und will unbedingt mit dir reden.«

KAPITEL 34

Sie hatte ein gutes Timing, das musste ich ihr lassen. Fast ein ganzes Jahr lang war ich so wütend auf sie gewesen, dass ich gedacht hatte, ich würde ihr ins Gesicht spucken, wenn ich sie jemals wiedersehen würde. Stattdessen konnte ich nichts anderes als ein wenig Verärgerung empfinden, als wir uns zusammensetzten. Wahrscheinlich, weil ich immer noch von Adwens Berührungen berauscht war.

Während meiner ersten Monate im siebzehnten Jahrhundert war ich so wütend gewesen, dass ich sie in meinem Kopf zu einer Art Monster verteufelt hatte. Die Art von Hexe, die eine Warze im Gesicht hatte und auf einem Besen ritt. Als ich sie jetzt ansah, wusste ich, dass diese Frau auch mit hundertfünf Jahren noch schön sein würde. Nach allem, was ich wusste, könnte sie sogar so alt sein – vielleicht sogar noch viel älter.

»Ich muss sagen, Jane, es gibt nicht viele Menschen, die mich so sehr verabscheuen wie du. Es hat mich mehr Energie gekostet, dich für mich zu gewinnen, als ich zu geben bereit bin.«

Ich verzog den Mund zu einem schmalen Strich und sah sie

misstrauisch an. »Was das angeht … warum hast du dich so angestrengt? Ich hätte nicht gedacht, dass es dich interessiert, ob ich dich mag oder nicht.«

»Es wäre nicht schlimm, wenn du zu Unrecht wütend auf mich wärst, aber ich sehe jetzt, dass du jedes Recht dazu hast.«

»Was?« Ich hatte unser Gespräch schon tausendmal in meinem Kopf durchgespielt. In keinem der Szenarien hätte ich ein Eingeständnis ihres Fehlverhaltens erwartet.

»Ich bin eine Hexe, Jane, keine Heilige. Wenn ich jemandem helfe, lasse ich mich oft hinreißen und denke nicht an die anderen, die dabei mitgerissen werden. Als ich Kathleen zurückgeschickt habe, war das für Jeffrey, obwohl ich deine Suche nach Grace als Mittel benutzt habe, um dich ebenfalls in der Zeit zurückzubefördern. Ich habe dich um ihretwillen benutzt und mir eingeredet, dass es auch für dich gut wäre, weil du dann mit deiner Schwester wiedervereint würdest. Das tut mir leid. Auch wenn ich glaube, dass deine Zukunft in der Vergangenheit liegt, solltest du wissen, dass du nicht zurückkehren musst, wenn du es nicht willst. Ich könnte dir dabei helfen, dein altes Leben wiederaufzunehmen. Willst du hier bleiben, Jane?«

»Nein. Ich will zurückgehen.« Es überraschte mich, wie schnell und mühelos ich ihr antwortete. Ich hatte nie daran gedacht, hierzubleiben, nicht weil ich es für unmöglich hielt, sondern weil ich es nicht wollte. Meine Heimat lag Jahrhunderte vor dieser Zeit. Alles, was ich wollte, war eine Wahl. »Ich glaube, ich sollte mich entschuldigen.«

»Wofür, Jane?«

»Ich habe viel Zeit damit verbracht, ziemlich unfreundliche Dinge über dich zu denken. Alles nur, weil ich nicht glauben wollte, dass jemand anderes besser weiß, was ich brauche als ich selbst. Ich habe mich entschieden, mich als Opfer zu betrachten, nur weil mein Leben in eine Richtung verlaufen ist, die ich mir nie hätte ausmalen können. Das ist eine dumme Denkweise. Aber so ist das Leben nun mal, auch wenn du keine Hexe hast, die sich einmischt und dich durch die Zeit schleudert, nicht wahr? Wir wissen nie, wann sich die Dinge ändern werden.«

»'Einmischen' ist nicht das richtige Wort. Mein Leben war von Anfang an in zwei sehr unterschiedliche Zeiten verwoben. Es scheint, als wäre es das Schicksal, das meiner Familie den Weg leitet. Alles, was ich tue, ist ihnen dabei zu helfen, diesen Weg zu finden.«

»Das ist doch nur eine Frage der Sichtweise, oder?« Ich grinste.

Morna zuckte mit den Schultern. »Vielleicht, aber das Wort ›einmischen‹ hat einen Beigeschmack, den ich nicht mag.«

Sie nippte an ihrem Tee und sah mich schweigend an, während ich nachdachte.

Die letzten Tage hatten Dinge in mir geheilt, von denen ich nicht einmal geahnt hatte, dass sie verletzt gewesen waren, aber ich machte mir Sorgen, dass der einzige Mensch, für den wir den ganzen Weg hierher gekommen waren, einen hohen Preis dafür würde bezahlen müssen.

»Morna, weißt du, warum Cooper hier ist? Warum wir alle hier sind?«

Sie seufzte und nickte. Ihr grimmiger Gesichtsausdruck ließ meine Sorge wachsen.

»Ja, ich wusste, dass die Frau krank ist – ich konnte Coopers Sorge um sie sehen, als ihr alle auf Burg McMillan wart, aber auf der Festung Cagair konnte ich euch nicht mehr sehen. Ich wusste nicht, dass ihr kommt, bis ihr schon durch das Portal wart. Das war eine so große Überraschung, dass ich mich fast an meinem Essen verschluckt hätte.«

Ich dachte an all die kleinen Details, die bei unserer Ankunft schon erledigt gewesen waren – Pässe, Flugtickets, Kleiderkoffer und sogar das Hotel gestern Abend.

»Wie ist das möglich?«

»Jedes bisschen Magie, das ich je vollbracht habe, jeder Mensch, den ich je durch die Zeit geschickt habe … Das alles lag in meinem Machtbereich. Die Festung Cagair war nie in meinem Einflussgebiet. Die Hexe, die dafür verantwortlich ist, lebt in der Vergangenheit, aber sie hat nicht überlebt wie ich. Sie ist tot. Deshalb wusste ich nichts von dem Portal, und als ihr die Burg McMillan verlassen habt, konnte ich euch nicht mehr sehen, bis ihr in diese Zeit gekommen seid.«

»Aber deshalb konntest du das Auto zurück zaubern? Weil die Hexe in dieser Zeit tot ist und du jetzt Macht über sie hast?«

»Ja, aber ich habe diesen Einfluss nie benutzt und nie dorthin geschaut, weil es dafür keinen Grund gab. Die Entdeckung des Portals ist neu für mich. Als ich euch alle kommen sah, haben Jerry und ich uns beeilt, uns auf den Weg zu machen. Es war ein einfacher Zauber. Wir kamen nur einen Flug vor euch in New York an.«

»Aber warum seid ihr überhaupt nach New York gekommen? Warum habt ihr euch die Mühe gemacht? Ihr hättet doch auch einfach auf uns warten können.«

»Du musstest hierher kommen, Jane. Du musstest sehen, dass es deine Entscheidung ist, in der Vergangenheit zu bleiben, und ich musste einen Weg finden, um dir zu sagen, was ich dir sagen muss.«

Mein Herz schien stehenzubleiben und pochte dann schmerzhaft in meiner Brust, als die Gedanken an Isobel meinen Verstand überfluteten. Wenn sie während unserer Abwesenheit sterben würde, würde ich niemals über die Schuldgefühle hinwegkommen, weil wir sie allein gelassen hatten.

»Sie ist bereits tot, nicht wahr? Wir sind gegangen und sie ist gestorben.«

Morna streckte die Hand aus und ergriff meine. Mitleid stand ihr ins Gesicht geschrieben.

»Nein, nein. Sie kommt ganz gut klar. Es ist nur so, dass ich nicht weiß, ob ich ihr helfen kann. Ich weiß nicht, ob ich es sollte.«

»Du weißt nicht, ob du es solltest? Morna, ohne dich wird sie sterben.« Ich konnte mir nicht vorstellen, warum sie so dachte. Das schien mir eine viel bessere Verwendung für ihre Magie zu sein als eine Reise nach New York oder verschwindende Autos.

»Ja, ich weiß. Isobel ist keine Nachfahrin von mir, aber ich habe ihren Lebensweg klar genug gesehen, als ihr sie zum ersten Mal getroffen habt, um zu wissen, dass diese Krankheit dazu bestimmt ist, sie zu töten.«

KAPITEL 35

Den Flug zurück nach Schottland verbrachte ich mit stillen Überlegungen und analysierte jede Beziehung, die ich je hatte, jeden Menschen, der mir etwas bedeutete. Mir wurde klar, dass Liebe und Hoffnung, zumindest für mich, zwei Gefühle waren, die Hand in Hand gingen. Ich konnte eine andere Person nicht lieben, ohne eine gewisse Hoffnung für sie zu haben.

Selbst für meinen Vater, den ich mit einer einzigartigen Mischung aus Zuneigung und Hass liebte, hegte ich eine gewisse Hoffnung. Ich verbrachte jeden Tag in der Hoffnung, dass er am nächsten Morgen verändert aufwachen würde – dass er mit jedem neuen Tag herzlicher, freundlicher, präsenter und weniger von dem werden würde, was er war. Er war kein wirklicher Teil meines Lebens mehr, und doch lebte diese Hoffnung für ihn in mir weiter.

Für Cooper, meinen Lieblingsmenschen auf der ganzen Welt, hatte ich endlose Hoffnungen – Hoffnungen für seine Zukunft, für sein Herz und für die Welt, von der ich wusste, dass er sie auf unvorstellbare Weise berühren würde. Ich würde ihn lieben und für ihn hoffen, auch wenn ich schon lange nicht mehr auf dieser Erde sein würde.

Soweit ich das beurteilen konnte, brauchte ich sowohl Liebe als auch Hoffnung, um morgens aufzustehen, aber diese Gefühle hatten auch die Macht, mich völlig am Boden zerstört zurückzulassen.

Ich liebte Isobel. Sie war eine Freundin, eine Vertraute und ein Beispiel für wahre Stärke in meinem Leben. Bis Morna die Worte laut zu mir gesagt hatte, hatte ich nie wirklich geglaubt, dass sie sterben würde. In meinem logischen Verstand war es mir natürlich bewusst gewesen. Ich hatte sogar versucht, es Cooper zu erklären, aber der Teil meines Herzens, den sie bewohnte, hatte dieses Wissen nie zugelassen.

Es war eine niederschmetternde Vorstellung und eine, mit der ich mich nicht abfinden konnte, nicht, wenn die Lösung, die Isobel heilen würde, in meinem Besitz war.

Bei Einbruch der Dunkelheit würden wir wieder im siebzehnten Jahrhundert sein, und ich würde mich entscheiden müssen, ob ich das, was Morna mir gegeben hatte, benutzen wollte oder nicht. Aber als ich in meinem Sitz saß, die Arme fest um meine Taille geschlungen, um nicht zu weinen, wollte ich Mornas Warnung am liebsten direkt in die Hölle verdammen. Denn wie konnte ich diejenige sein, die Isobel sterben ließ?

Wir kamen gegen Mittag in Mornas Gasthaus an. Nach einer Stunde, in der wir uns kurz frisch machten und zu Mittag aßen, verabschiedeten wir uns und machten uns auf den Weg zurück zur Festung Cagair. Morna sagte nichts zu mir, als wir gingen, aber der Blick in ihren Augen, als sie meine Tasche und den

Trank darin tätschelte, sagte mehr als genug. Sie hoffte, dass ich es nicht durchziehen würde.

Sie hatte mir das Heilmittel aus Mitgefühl für Isobel gegeben, aber ausnahmsweise wollte Morna nicht diejenige sein, die diese Entscheidung traf. Sie glaubte, dass sie dem Schicksal mit all ihren Entscheidungen und Einmischungen geholfen habe, aber Isobel zu heilen hieße, sich ihm zu widersetzen.

Jetzt lag Isobels Leben in meinen unwürdigen Händen, und diese Verantwortung war alles, woran ich auf dem Rückweg zur Festung Cagair denken konnte. Meine erste Reaktion nach dem Ende meines Gesprächs mit Morna war gewesen, dass ich keine Entscheidung zu treffen hatte – natürlich würde ich ihr helfen. Natürlich würde ich sie retten, aber war irgendetwas wirklich so einfach?

Wenn Isobels Tod Schicksal war, wie Morna so hartnäckig glaubte, welches Gleichgewicht würde ich dann stören, um sie zu retten? Würde sich das Universum auf unergründliche Weise selbst korrigieren – vielleicht, indem es das Leben eines anderen forderte? Ich konnte es nicht wissen, aber ich kannte Isobel gut genug, um zu wissen, dass sie nicht auf Kosten eines anderen weiterleben wollen würde.

»Wenn du nicht willst, dass wir an ihre Haustür klopfen, solltest du den Rest des Weges zu Fuß gehen, Mädchen.«

Adwens Stimme riss mich aus meinen Gedanken. Zum ersten Mal seit vielen Meilen nahm ich den Weg vor mir richtig wahr und stellte fest, dass wir der Festung viel näher waren, als ich dachte.

»Tut mir leid, ich bin ziemlich müde.« Ich hielt am Straßenrand an, kurz vor der Brücke, die zur Festungsinsel führte. Es war ein kalter, regnerischer Tag und wir hatten seit der Abfahrt von Mornas Gasthaus kein anderes Auto mehr gesehen. Wenn die neuesten Bewohner der Festung Cagair nicht gerade draußen waren, konnten wir wahrscheinlich ganz unbemerkt über die Brücke gehen und hinten herum zum Portal gelangen.

»Sollen wir uns hier umziehen, Tante Jane? Ich glaube nicht, dass wir in diesen Klamotten zurückreisen sollten. Isobel und Gregor werden es nicht verstehen.«

Cooper hatte mein nachdenkliches Verhalten nach dem Treffen mit Morna bemerkt. Das wusste ich, weil er die ganze Zeit über nah bei mir geblieben war, nach meiner Hand gegriffen und sie den ganzen Tag über immer wieder sanft gedrückt hatte. Trotzdem fragte er nichts in Bezug auf Morna und ob sie Isobel das Heilmittel gegeben hatte, nach dem wir gesucht hatten, oder nicht. Ich wusste, dass er sich die Frage verkniff, weil er Angst vor der Antwort hatte. Und das war auch gut so, denn ich hatte sowieso keine für ihn.

»Ja, ich denke, das sollten wir tun. Ihr zieht euch draußen um, und ich mache das im Auto.«

Alle drei stöhnten, als sie in den Regen traten, aber sie kamen meiner Aufforderung so schnell nach, dass ich gerade erst aus meinen Socken und meiner Hose geschlüpft war, als Adwen seinen Kopf wieder ins Auto steckte.

»Hey, ich bin noch nicht fertig. Raus mit dir!«

Er rollte mit den Augen und schüttelte den Kopf, ohne sich von der Tür wegzubewegen.

»Jane, ich habe schon mehr von dir gesehen, als du jetzt zeigst. Cooper wird langsam unruhig von dem langen Reisetag. Ich denke, ich werde ihm zum Portal folgen. Orick wird hier auf dich warten, und dann kannst du uns dort treffen. Wir werden nicht ohne dich hindurchgehen. Hast du etwas dagegen, holde Maid?«

»Nein. Das wird ihm gefallen. Geh.«

Er lehnte sich zu mir und küsste mich, bevor er aufstand und Cooper zurief, er solle loslaufen.

Die Gewissheit, dass Orick auf mich wartete, beflügelte mich und ich konnte Isobel lange genug verdrängen, um wieder in meine Kleidung aus dem siebzehnten Jahrhundert zu schlüpfen und Orick draußen zu begegnen.

»Tut mir leid, das war ein bisschen schwierig im Auto.«

»Ja, das glaube ich dir. Ich hätte es selbst nicht geschafft.«

Der Regen störte mich nicht. Er passte zu meiner nachdenklichen Stimmung, und Orick schien es nichts auszumachen, durchnässt zu werden, als wir gemeinsam die Brücke überquerten.

»Was bedrückt dich, Jane? Normalerweise hast du ein Licht in dir, anders als die meisten anderen Menschen. Dieses Licht ist seit gestern schwächer geworden.«

»Es ist nichts.«

»Es ist nicht nichts, Mädchen. Ist es Adwen? Muss ich ihn für dich verprügeln? Ich habe ihm gesagt, dass er mindestens einen Vollmond lang nicht mehr laufen können wird, wenn er dir wehtut.«

Ich lachte, als ich an Cooper dachte. »Du bist nicht der Einzige, der ihm so etwas gesagt hat.«

»Ah, hat mein junger Freund das Gleiche getan?«

»Ja, aber es ist nicht Adwen. Es ist Isobel …«

Ich erzählte ihm alles. Die ganze Zeit über ging er neben mir her und hörte mir aufmerksam zu. Als ich fertig war, weinte ich. Im Laufe unseres Spaziergangs hatte der Regen so stark zugenommen, dass ich nicht mehr zwischen den Regentropfen und den Tränen, die mir übers Gesicht liefen, unterscheiden konnte.

»Ich weiß nicht, was ich tun soll. Wie kann ich sie sterben lassen? Aber wer bin ich schon, dass ich den Lauf der Dinge beeinflussen kann? Glaubst du an das Schicksal, Orick?«

Wir erreichten das Ende der Brücke und Orick nahm meine Hand, als wir auf das Gras traten. Er hielt sie fest und half mir, durch den nassen Rasen zu stapfen, während wir zur Rückseite der Burg gingen. Wir waren nur noch etwa fünfzig Meter entfernt, als Orick stehen blieb und zu dem lichtdurchfluteten Fenster aufblickte, während er seine rechte Hand auf sein Herz legte.

»Nein, aber wenn mich jemand dazu bringen könnte, an das Schicksal zu glauben, dann wäre sie es.«

Ich blickte ebenfalls auf und sah, wie langes, rotes Haar das Fenster füllte, als die Frau, von der Orick sprach, ihren Dutt öffnete. Sie war sein ›Gespenst‹, nur dass sie diesmal wirklich hier war.

»Was würde ich nicht dafür geben, diese feurigen Locken in meinen Händen zu halten, Jane.«

Ich lächelte, als ich mich zu ihm umdrehte, und meine Traurigkeit schmolz dahin, als ich die Bewunderung in seinen Augen sah. Jede Frau, die Oricks Zuneigung gewinnen konnte, hatte mehr Glück, als sie ahnte.

»Du kannst es ja mal versuchen. Geh, klopfe an die Tür und sprich mit ihr. Ich warte auf dich, wenn du willst.«

Orick wandte seinen Blick vom Fenster ab und seine Wangen erröteten trotz des Regens. »Nein. Das könnte ich nicht tun. Selbst wenn ich den Mut dazu hätte, wäre es sinnlos. Mein Platz ist neben Adwen, bis zu dem Tag, an dem ich sterbe.«

»Warum?« Erstaunt legte ich den Kopf schief. Das war eine so extreme Aussage, dass ich sie nur schwer nachvollziehen konnte. »Adwen ist ein erwachsener Mann. Verdienst du nicht dein eigenes Glück?«

»Ich bin glücklich. Sehr glücklich. Aber ich war nicht immer so. Hat Adwen dir erzählt, wie ich zu ihm und seiner Familie gekommen bin?«

»Nein, das hat er nicht. Wie?« Ich hatte mich vom ersten Moment an gefragt, was es mit seiner Vorgeschichte auf sich hatte.

»Ich war gerade zwölf Jahre alt und, ob du es glaubst oder nicht, als Adwen mich fand, war ich nicht so groß, wie ich es jetzt bin. Er war erst sechs und hatte mehr Fleisch auf den Knochen als ich. Ich hatte viele Monde lang allein überlebt und war fast verhungert, als er mich gerettet hat.«

»Dich gerettet? Wovor?«

»Ich bin in einem armen Elternhaus aufgewachsen. Wir waren mittellos und haben für alles, was wir hatten, hart gearbeitet. Wir bewirtschafteten unser eigenes Land, bauten unser eigenes Haus und nahmen nie jemandem etwas weg. Es war meine Aufgabe, die Früchte unserer Arbeit ins Dorf zu bringen und zu verkaufen, und es war jedes Mal eine große Überwindung.

Als ich als kleiner Junge sprechen lernte, kamen die Worte nicht flüssig. Ich brachte nichts heraus, stotterte und mühte mich mit den einfachsten Sätzen ab. Anderen über den Weg zu laufen, war für mich eine Qual, denn ich schämte mich für meine Mühen beim Sprechen. Trotzdem war es immer meine Aufgabe, ins Dorf zu gehen, denn meine Mutter war der Ansicht, dass ich mich nie verbessern würde, wenn ich nicht mit anderen spräche. Sie hatte recht, auch wenn ich das viele Jahre lang nicht erkannt habe. An dem Tag, an dem meine Eltern starben, stritt ich mit ihnen. Ich wollte nicht ins Dorf gehen. Als ich nach Hause kam, fand ich sie tot vor. Abgeschlachtet.« Orick hielt kurz inne und fuhr dann fort.

»In meinem Kummer bin ich geflohen. Ich erinnere mich nicht an die folgenden Monde. Nur daran, dass Adwen die Höhle fand, in der ich gelebt hatte, als ich vor Trauer und Hunger fast gestorben wäre.«

»O Gott, Orick.« Ich schlang meine Arme um ihn und mein Herz schmerzte. Er hatte seine Kindheit viel zu früh verloren. Ich konnte mir nicht vorstellen, dass Orick einst nicht so gesprächig und freundlich gewesen war, wie jetzt. »Es tut mir so leid.«

»Ach, Mädchen, das ist für mich wie ein Traum. Ich denke nur mit einem kleinen Schmerz daran zurück, nicht wie damals, als der Herzschmerz mich so lange verzehrt hat. Ich weiß, wenn Adwen mich nicht gefunden hätte, wäre ich gestorben.

»Weißt du, als Kind war Adwen ähnlich wie Cooper jetzt – reif für sein Alter, fürsorglich und mutig. Vielleicht ist das der Grund, warum ich den kleinen Cooper so gern mag. Adwen nahm meine Hand in der Höhle, obwohl ich furchterregend aussah. Wahrscheinlich wusste er nicht einmal, ob ich seine Hand annehmen oder auffressen würde.

Seine Familie nahm mich auf, und es dauerte ein Jahr, bis ich ein Wort sprach. Sie waren alle nett zu mir, aber die meisten hielten Abstand – außer Adwen. Jeden Tag kam er zu mir, oft den ganzen Nachmittag, und redete mit mir. Er redete, obwohl er wusste, dass ich nichts erwidern würde. Er verlor nie die Geduld mit mir und sagte kein einziges unfreundliches Wort. Mit der Zeit wuchs das Vertrauen, und mein Stottern ließ nach.«

Ich stand da und schluchzte gegen Oricks Brust, während er mir tröstend den Rücken streichelte. Es war lächerlich, aber ich konnte es nicht verhindern. Seine Geschichte brach mir das Herz.

»O Orick. Ich weiß nicht, was ich sagen soll.«

»Ach, du brauchst nichts zu sagen, Mädchen. Ich habe es dir nicht erzählt, um dich aus der Fassung zu bringen. Ich habe es dir erzählt, damit du weißt, wie viel ich Adwen schulde. Auch wenn aus dem netten Jungen ein hochmütiger, schwachsinniger Mann geworden ist, verdanke ich ihm mein Leben.«

Ich lachte und fuhr mir mit dem Handrücken über die Augen, als ich mich von ihm entfernte. Orick und Adwen konnten sich gegenseitig auf den Arm nehmen, so viel sie wollten. Zwischen ihnen herrschte eine brüderliche Liebe, die alles tolerierte.

»Danke, dass du mir das erzählt hast, Orick. Wir sollten uns ihnen anschließen und weitergehen, denke ich. Sonst könnten wir in diesem Regen ertrinken.«

»Ja. Dennoch glaube ich nicht, dass ich dir so geholfen habe, wie ich es vorhatte. Erlaube mir, dir zu sagen, was ich tun würde.«

»Bitte.« Ich konnte jede Hilfe gebrauchen, und ich schätzte Oricks Meinung mehr als die der meisten anderen.

»Die Entscheidung, die Morna dir überlassen hat, ist zu groß, um sie allein zu treffen. Wenn es das Schicksal wirklich gibt, Jane, dann kümmert es sich mehr um Herzensangelegenheiten als um das Leben der Menschen. Schließlich müssen wir alle sterben, nicht wahr? Wenn du mich fragst, ist es eine Verschwendung, wenn das Schicksal sich damit beschäftigt.«

Das war ein gutes Argument. »Da hast du wohl recht.«

»Dann teile das, was du hast, mit Isobel und lass sie entscheiden. Es ist ihr Leben. Ich wüsste nicht, warum du diejenige sein solltest, die eine solche Last zu tragen hat.«

Er hatte recht. Isobel war die Einzige, die das Recht hatte, diese Entscheidung zu treffen.

KAPITEL 36

Festung Cagair – 1649

»Sagst du mir jetzt, wo du gewesen bist, Jane? Denn es war nicht das Dorf.«

»Nein.« Ich lächelte, als ich neben ihr auf das Bett kroch. Sie sah schwach und müde aus, aber ich konnte sehen, dass es ein guter Tag für sie gewesen war. Sie begrüßte uns vor ihrem Zimmer, als wir ankamen, und ihre Augen sahen nicht mehr so trübe aus wie an dem Nachmittag, als wir abgereist waren. »Es war nicht das Dorf.«

»Aye, ich weiß. Wo bist du hingegangen?«

»Das kann ich dir nicht sagen, Isobel. Selbst wenn ich es täte, würdest du es mir nicht glauben.«

Sie grinste und zuckte mit den Schultern. »Wenn ich dir nicht glaube, was schadet es dann, es mir zu sagen? Bitte, Jane. In den letzten Tagen gab es nicht viel, was mich beschäftigt hat. Es war einsam hier ohne die anderen.«

»Gut.« Ich holte das kleine Glasfläschchen heraus, das ich in einer der Falten meines Kleides versteckt hatte. »Wir sind in die Zukunft gereist.«

Isobel lachte und hob ihren Finger, um auf mich zu zeigen. »Siehst du? Es war leicht, mir das zu sagen, und deine fantasievolle Antwort ist einer der Gründe, warum ich dich so vermisst habe. Aber es spielt keine Rolle. Ich bin nur froh, dass ihr alle wohlbehalten zurückgekehrt seid.«

»Ich auch.« Und das war ich auch. Nicht nur, weil wir sicher zurückgekehrt waren, sondern weil ich wieder hier war. Ich hatte nicht gewusst, dass es nötig war, meine alte Heimat zu sehen, um endlich zu erkennen, dass ich nun genau dort war, wo ich hingehörte. »Wie fühlst du dich? Kommt das Blut noch?«

Isobels Lächeln wurde schwächer, und sie tätschelte sich leicht die Brust. »Ja, es kommt mit jedem Husten. An manchen Tagen geht es mir zwar nicht so schlecht, aber ich weiß, dass ich nicht mehr viel Zeit habe.«

»Isobel.« Ich nahm ihre Hände in die meinen. »Ich muss dir etwas zeigen und dann musst du eine Entscheidung treffen.«

»Eine Entscheidung, Jane? Oh, lass das Gregor nicht hören. Er glaubt nicht, dass ich in der Lage bin, selbst Entscheidungen zu treffen.«

Sie lachte vor sich hin, und ich lächelte. Es war gut, dass sie ihren Humor behalten hatte.

»Ich weiß, und deshalb sage ich es ihm auch nicht. Ich weiß, dass er denken würde, er hätte jedes Recht, dir bei der Entscheidung zu helfen, und es besteht kein Zweifel an seiner Meinung. Hier.« Ich drückte ihr das Fläschchen in die Hand.

Sie nahm es an sich, neigte es von einer Seite zur anderen und betrachtete den violetten Inhalt misstrauisch. »Ist das ein Kraut?«

Ich zuckte mit den Schultern. »Es könnten ein paar Kräuter drin sein. Ich weiß es nicht genau.«

»Jane.« Sie drückte mir das Fläschchen wieder in die Hand und schloss meine Finger darum. »Ich habe in den Tagen, in denen ihr fort wart, Dinge gesehen – Frauengestalten in den Fluren oder auf den Treppen, Stimmen in der Luft. Es gibt Magie an diesem Ort. Ist es das, Jane? Bist du losgezogen, um die Person zu finden, von der die Magie der Festung Cagair ausgeht?«

»Nicht direkt, aber das kommt der Sache schon sehr nahe. Ist es wirklich wichtig, wohin wir gegangen sind oder was das ist? Es hat die Kraft, dich zu heilen.«

»Ja, das bezweifle ich nicht, Mädchen, aber was hat es dich gekostet?«

Sie wollte es nicht annehmen; ich konnte in ihren Augen sehen, wie sie mein Angebot ablehnte. Ich hatte geglaubt, es würde ihr Hoffnung geben, aber stattdessen schien sich Resignation in ihren Augen breitzumachen.

»Es hat mich nichts gekostet. Es wird dich auch nichts kosten, wenn du es annimmst.«

»Es gibt nichts auf der Welt, was nichts kostet – weder Liebe noch Hass, weder Krieg noch Frieden. Wenn es jetzt umsonst ist, wird später eine Zeit kommen, in der der Preis gezahlt werden muss, und der Preis wird viel höher sein als der Preis meines Lebens.«

»Nein.« Tränen stiegen mir in die Augen, und sie wollte sie wegwischen. Meine Stimme zitterte, als ich zu ihr sprach. »Das glaube ich nicht. Isobel, dein Leben ist kostbar. Wir alle lieben dich. Keiner von uns möchte sich von dir verabschieden.«

»Es gibt eine natürliche Ordnung der Dinge. Ich spüre, dass

der Tod auf mich zukommt. Er ist nicht so beängstigend, wie ich es mir vorgestellt habe.«

»Dann sag ihm, dass er verschwinden soll. Der Tod kann auch einen anderen holen.«

»Nein.« Ihre Stimme war rau, ihr Blick missbilligend. »Sag das nicht, Jane. Das würde passieren, wenn ich von diesem Fläschchen trinke. Ich werde es nicht nehmen, obwohl ich dir dankbar bin, dass du mich so sehr liebst.«

»Isobel, so funktioniert die Welt nicht. Es wird keine Strafe für deine Heilung geben.«

»Wenn du das glauben würdest, würdest du mich nicht vor die Wahl stellen. Du kannst es nicht wissen, und ich auch nicht. Ich werde nicht das Leben eines anderen riskieren, nicht, wenn ich ein erfülltes Leben voller Liebe, Freundschaft und Abenteuer geführt habe. Ich habe meinen Frieden damit geschlossen. Es ist an der Zeit, dass ihr das auch tut.«

Isobel sah ihn nicht, als er in der Tür zum Schlafgemach stand, und Adwen nutzte den Moment, um sie zu beobachten, anstatt sich bemerkbar zu machen. Mit jedem Husten spritzte mehr Blut auf das abgenutzte Stück Stoff, das sie sich vor den Mund hielt. Sie hatte nur noch wenige Wochen, wenn überhaupt.

Isobels Geist leuchtete noch immer so hell. Ihr Körper versagte, aber ihre Essenz klammerte sich so fest an das Leben. In gewisser Weise glaubte er, dass dies die letzten Tage ihres Lebens für alle, die sie liebten, noch schwerer machen würde.

Es war schon schwer genug gewesen, seine Mutter sterben zu sehen, die zwei Wochen vor ihrem Tod den Kampf aufgegeben hatte; bei Isobel würde das nicht so sein. Sie würde bis zum Ende so bleiben wie sie war. Er glaubte nicht, dass er zusehen könnte, wie ein solches Licht von der Erde verschwand.

Jane erzählte ihm alles kurz nach ihrer Rückkehr durch das Portal. Nicht eine Sekunde lang hatte er geglaubt, dass Isobel sich dafür entscheiden würde, ihr eigenes Leben zu retten. Das Fläschchen stand unberührt neben ihrem Bett, genau wie er es erwartet hatte. Wenn Isobel es getrunken hätte, hätte das bedeutet, entgegen ihren Überzeugungen zu handeln. Adwen war der festen Überzeugung, dass es falsch von Jane und Orick gewesen war, sie vor die Wahl zu stellen. Es war nicht besser, als wenn sie den Trank gar nicht bekommen hätte.

Die Herzen von Jane und Orick waren zu rein. Für sie bedeutete Liebe nur Freundlichkeit, Verständnis und Beistand, aber Adwen war egoistisch genug, um zu erkennen, dass Liebe oft mehr war als das. Manchmal bedeutete Liebe, Entscheidungen zu treffen, für die der andere nicht mutig genug war. Manchmal bedeutete Liebe, egoistisch zu sein.

Er liebte Isobel. Er schätzte ihre Freundschaft. Er schätzte ihr Leben, und wenn niemand anderes vernünftig sein konnte, würde Adwen tun, was nötig war.

Er wartete, bis Isobel fest schlief, und vergewisserte sich, dass er Gregors Schritte nicht hören konnte. Als alles ruhig war, schlich er sich in das Zimmer und nahm das Fläschchen von seinem Platz. Am nächsten Morgen würde Adwen das Frühstück machen, und Isobels Essen würde eigens für sie zubereitet werden.

KAPITEL 37

»Tante Jane, würdest du bitte deine Arme von mir wegnehmen? Ich kann nicht atmen.«

Die Tränen, die ich geweint hatte, bevor ich eingeschlafen war, klebten noch immer an meinen Augenwinkeln, getrocknet und irgendwie schmerzhaft. Ich musste mit den Händen darüber streichen, um die Kruste wegzustreichen, damit ich meine Augen öffnen konnte, während ich meinen Arm von ihm löste und auf dem Bett zur Seite rutschte.

»Coop, ich habe dich gar nicht bemerkt. Wie lange bist du schon hier drin?«

»Ich weiß, dass du mich nicht bemerkt hast. Willst du wissen, warum?« Er lächelte und hob einen seiner Füße unter der Bettdecke hervor. »Ich habe dieses Mal Socken an, damit meine Zehen nicht kalt sind. Nur für dich habe ich sie angezogen, Tante Jane. Und ich bin noch nicht lange hier drin, ich wollte dich eigentlich nur wecken, aber du hast so fest geschlafen, dass ich nur reingekrochen bin, um mich aufzuwärmen. Dann hast du versucht, mich mit deinem Arm zu erdrücken.«

Ich runzelte die Stirn, als ich mich im Bett aufrichtete. »Na ja, ich weiß es zu schätzen, dass du so rücksichtsvoll bist, Socken zu tragen, aber ich mag die Unterstellung nicht, dass mein Arm übermäßig schwer ist. Das ist er nämlich nicht.«

Ich ertappte mich dabei, wie ich ihn hochhielt, um ihn sicherheitshalber zu begutachten.

»Deine Arme hätten sich nicht so schwer angefühlt, wenn du sie nicht wie eine Krake um mich geschlungen hättest.«

Ich zuckte entschuldigend mit den Schultern. Meine Arme und Beine schienen immer zu merken, wenn sich eine andere Person zu mir ins Bett legte, und bewegten sich sofort zur zweiten Wärmequelle – es sei denn, die Person hatte kalte Füße oder Hände, dann hielt ich mich von ihr fern.

»Ist noch jemand wach?«

»O ja. Alle. Sie sind schon den ganzen Tag wach.« Cooper rutschte vom Bett und ging zum Fenster, um den dicken Vorhang zurückzuziehen. »Siehst du? Die Sonne geht schon wieder unter. Es wird bald Abendessen geben. Ich wollte dich eigentlich schon früher wecken, aber Adwen hat es mir verboten.«

Ich wusste, dass es schon spät gewesen war, als ich endlich eingeschlafen war, aber ich konnte nicht glauben, dass ich den ganzen Tag geschlafen hatte. Mein Kummer über Isobels Entscheidung hatte mich völlig erschöpft.

Adwen fragte sich bestimmt, was mit mir los war. Es überraschte mich, dass er in der Nacht nicht zu mir gekommen war, um nach mir zu sehen. Ich war nicht zu ihm in sein Zimmer gegangen, sondern hatte mich in mein eigenes Schlafgemach zurückgezogen. Nachdem ich Isobel besucht hatte, wollte ich allein sein. So ging es mir auch heute noch.

»Warum bist du dann gekommen und hast mich geweckt?«

»Weil ich nicht mehr warten konnte und mich bei dir bedanken wollte«, sagte er und krabbelte zurück auf das Bett.

»Wofür bedanken?« Wenn Cooper nur wüsste, wie mein Gespräch mit Isobel am Abend zuvor verlaufen war, wäre er nicht hier, um mir zu danken. Stattdessen wäre er damit beschäftigt, das Fläschchen zu suchen, um es zu stehlen, Isobel in die Nase zu kneifen und es ihr in den Rachen zu schütten – genau das, was ich gerne getan hätte.

»Ich hatte Angst, zu fragen, nur für den Fall, weißt du? Aber tief im Inneren wusste ich, dass Morna helfen würde. Ich wollte dir nur dafür danken, dass du ihre Hilfe in Anspruch genommen hast, obwohl du so wütend auf mich warst, weil ich durch das Portal gegangen bin. Aber jetzt ist alles in Ordnung, und das verdanke ich dir und Morna.«

Offensichtlich unterschied sich Coopers Definition von ›in Ordnung‹ stark von meiner eigenen. Sobald er die Wahrheit erfuhr, würde es ihm das Herz brechen.

»Was meinst du damit, Coop?«

»Kurz nach dem Frühstück hat Isobel angefangen, sich anders zu verhalten – als wäre sie nicht krank. Ich glaube, es geht ihr wieder besser, Tante Jane.«

Zweifellos war ihre scheinbare Genesung nur eine ihrer kurzzeitigen Erholungen, die aber sicher immer seltener werden würden. Mit Coopers unerschütterlichem Vertrauen in Morna hatte er Isobels guten Morgen natürlich als Zeichen für die Rückkehr ihrer Gesundheit gewertet.

»Coop, ich glaube nicht, dass das der Fall ist. Ich muss dir etwas darüber erzählen, was Morna mir gesagt hat. Sie konnte Isobel nicht helfen. Es gab schon einmal solche Tage, erinnerst du dich? Tage, an denen Isobel sich mehr wie ihr altes Ich gefühlt hat, bevor sie wieder krank geworden ist?«

Er starrte mich einen langen Moment lang an und verschränkte seine kleinen Arme, als er mir gegenüber saß. Angesichts der Worte verzog er das Gesicht, aber er sagte nichts, sondern zog nachdenklich die Augenbrauen zusammen. Nach einer Weile ergriff er das Wort.

»Ja, ich weiß, aber bist du dir sicher? Denn dieser Morgen war anders als die anderen Male. Isobel wusste es auch und aus irgendeinem Grund, den ich nicht verstehe, ist sie sehr wütend darüber.«

»Warum ist sie wütend?« Isobel war immer so dankbar für jeden guten Tag gewesen. Es ergab für mich wenig Sinn, dass sie sich darüber aufregen würde.

»Ich weiß es nicht. Aber ich glaube, sie ist wütend auf dich. Als ich gefragt habe, ob ich dich wecken darf – noch bevor Adwen Nein gesagt hat –, hat sie geschrien und gesagt, dass sie dich nicht sehen will. Das ist wirklich seltsam, Tante Jane.«

Mein Gespräch mit Isobel hatte düster geendet, aber soweit ich wusste, war keiner von uns beiden wütend gewesen, als ich sie verlassen hatte.

»Was meinst du? Es gibt keinen Grund, warum Isobel wütend auf mich sein sollte.«

Cooper zuckte mit den Schultern und rutschte vom Bett, bevor er zur Tür ging. »Ich weiß es nicht. Komm und sieh es dir selbst an. Ich habe Isobel noch nie so wütend gesehen.«

Ich suchte Isobel zuerst in ihrem Schlafgemach, aber nachdem mein Klopfen unbeantwortet blieb, ging ich weiter die Gänge des alten Gemäuers entlang. Ich hielt inne, als ich hinter einer geschlossenen Tür den ungewohnten Klang von Gregors Lachen hörte. Seine Stimme war so fröhlich, wie ich sie noch nie gehört hatte.

»Kopf hoch, Mädchen, und sag mir nicht noch einmal, dass ich mir keine Hoffnungen machen soll. Du bist selbst schuld. Wenn du nicht so verrückt wärst, würde ich nicht glauben, dass du wieder gesund wirst, aber dein Feuer ist wieder da. Ich habe es schon viel zu lange nicht mehr gesehen.«

»Ich will nicht gesund werden, Gregor. Nicht auf diese Weise. Es werden schlimme Dinge daraus entstehen. Hör auf zu lächeln.«

Gregor lachte. Zögernd stieß ich die Tür auf.

»Klopf. Klopf«, flüsterte ich, als ich meinen Kopf in den Raum steckte. In dem Moment, als Isobels Augen sich auf mich richteten, wurden meine Knie schwach vor Nervosität. Ich war in meinem ganzen Leben noch nie so verächtlich angesehen worden.

»Komm nicht in dieses Zimmer, du Lügnerin. Ich habe dir gesagt, dass ich es nicht will. Ich habe dir gesagt, dass ich das nicht zulassen werde. Warum hast du mir die Wahl gelassen, wenn du sie mir gegen meinen Willen wieder genommen hast?«

»Isobel … ich weiß nicht, wovon du redest. Ich habe das Fläschchen in deinem Zimmer gelassen. Du hattest es zuletzt.« Ich stieß die Tür auf und trat ganz in das Zimmer.

»Nein. Schieb das nicht auf mich, Jane. Ich werde für den Rest meines Lebens mit der Schuld für deine Taten leben. Du bist eine schreckliche Lügnerin, und ich will dich nicht sehen.«

Sie stürmte auf mich zu und ich wich zurück, bis ich an die Wand hinter mir stieß. Einen Moment lang dachte ich, sie würde mich schlagen, bis Adwens Stimme von der Tür zu hören war.

»Sei nicht böse auf sie, Isobel. Ich war es, der dir den Trank verabreicht hat.«

KAPITEL 38

Es würde einige Zeit dauern, aber wir waren uns alle ziemlich sicher, dass Isobel ihren Frieden mit der Vorstellung schließen würde, dass sie überleben würde. Ich wusste, dass sie nicht in der Lage sein würde, wütend zu bleiben, wenn Gregor so begeistert war. Mit Isobels Gesundheit war er ein neuer Mensch. Mir wurde bewusst, dass ich ihn erst kennengelernt hatte, als Isobel bereits krank gewesen war. Dadurch hatte ich einige der besten Aspekte seiner Persönlichkeit verpasst. Er war witzig und klug, und wenn er nicht mehr unter der ständigen Angst litt, dass die Liebe seines Lebens sterben könnte, war er viel weniger verklemmt, als ich gedacht hatte.

Ich beobachtete die beiden vom Turmfenster aus. Isobel genoss es, durch die Festung spazieren zu können, ohne den schrecklichen Husten, der sie so lange geplagt hatte, obwohl ich an ihren zusammengekniffenen Lippen erkennen konnte, dass sie sich bemühte, nicht allzu glücklich zu wirken. Gregor hielt ihre Hand, entschlossen, sie so oft wie möglich nach draußen zu bringen, damit sie wieder zu Kräften kam. Er sang ihr beim Gehen etwas vor, und sein Lächeln war so strahlend, dass es die wenigen verbliebenen Schneehaufen zum Schmelzen hätte bringen können. Seine Stimme hallte in der Luft wider, und ich konnte sie bis in den Turm hören. Ich hätte es nie gedacht, aber er hatte eine schöne Stimme.

»Ich glaube, wir haben uns geirrt, Jane. Oder vielleicht war mein Rat falsch.«

Ich drehte meinen Kopf und lächelte, als Orick auf mich zukam. Seit Isobels Genesung hatte ich mich oft gefragt, ob Orick unser Gespräch genauso infrage gestellt hatte wie ich.

»Glaubst du das?«

»Ja, kann sein. Ich wollte nicht, dass du dir Sorgen machst, dass etwas Schlimmes passiert, wenn du sie heilst, aber ich hätte auch nicht gedacht, dass es so viel Freude bringen würde. Ich kenne Isobel gut genug, um zu wissen, dass sie es niemals selbst getrunken hätte. Ich bin froh, dass Adwen sie nicht hat sterben lassen.«

»Das bin ich auch.« Ein Kloß bildete sich in meinem Hals, als ich an die Nacht zurückdachte, in der ich sie zurückgelassen hatte. Ich würde Adwen für das, was er getan hatte, ewig dankbar sein. »Was glaubst du, was ihn dazu gebracht hat?«

»Die Liebe hat eine Rolle gespielt, aber letztendlich war es die Angst, die ihn dazu getrieben hat.«

»Angst – wie meinst du das?«

Orick setzte sich auf eine der Turmbänke und bedeutete mir, mich zu ihm zu setzen. »Wenn du Isobel nicht die Entscheidung überlassen hättest, an wen hättest du gedacht, wenn du ihr den Trank gegeben hättest?«

»Gregor.« Es war seine Liebe zu ihr, die es mir so schwer gemacht hatte, ihre Zurückweisung zu verstehen. Wir alle hätten um sie getrauert, aber ihr Tod hätte ihn gebrochen.

»Ja, wie die meisten. Adwen konnte seine eigene Angst nicht

überwinden, jemanden zu verlieren, den er liebt. Deshalb hat er Isobel den Zaubertrank gegeben. Nicht für Gregor. Das soll kein Urteil über seinen Charakter sein, aber ich kenne ihn besser als mich selbst und es stimmt. Adwen hält sich für viel schwächer, als er ist.«

Oricks Hinweis überraschte mich. Ich hatte Adwen nie für schwach gehalten. »Er verhält sich nicht so.«

»Nein.« Orick schüttelte den Kopf. »Ich will damit nicht sagen, dass er schwach ist. Nur, dass er denkt, er sei es. Er ist viel geduldiger mit anderen als mit sich selbst. Wir alle tragen Wunden aus unserer Kindheit in uns, nicht wahr? Einige von uns gehen gestärkt aus dem Schmerz hervor, während andere ängstlicher werden.

Als Adwen mich fand, hatte er unerschütterliche Geduld mit mir, und ich überwand die Dunkelheit, ohne mich vor irgendetwas zu fürchten. Ich hatte alle verloren, die mir wichtig waren, und mein Leben ging weiter. Als Adwen seine Mutter verlor, hätte ihn das seiner Meinung nach nicht so zerbrechen dürfen, obwohl er ihr näherstand als jedem seiner Brüder oder sogar seinem Vater. Seine Trauer ließ ihn glauben, dass er schwach sei. Als er seinen Kummer überwand, dachte er, dass er seine Stärke nicht von sich selbst, sondern von mir hatte. Ich tat nichts anderes, als ihm die gleiche Geduld entgegenzubringen und ihm die gleiche Zeit und den gleichen Freiraum zu geben, den er mir zugestanden hatte.

»Der Glaube, dass er sich nicht aus eigener Kraft geheilt hatte, veränderte ihn in gewisser Weise. Es machte ihn eher ängstlich als furchtlos. Er ging immer entschlossen durchs Leben, niemanden mehr zu verlieren. Er glaubt nicht, dass er den Schmerz ertragen kann. Deshalb war er so locker mit Frauen. Er wollte niemanden lieben. Jetzt hat er mehr Angst als je zuvor, denn wenn er dich liebt, hat er einen ganzen Kreis von Menschen um sich versammelt, die es geschafft haben, sein Herz zu erobern.«

Ich lehnte mich zurück an die kalten Steine. Ich erkannte die Wahrheit in Oricks Worten. »Warum erzählst du mir das? Er wird mich nicht verlieren – es sei denn, er will es.«

»Ich weiß, Mädchen. Ich kann in deinen Augen sehen, was du für ihn empfindest. Ich sage es dir nur, weil ich glaube, dass du von nun an an seiner Seite sein wirst. Auch wenn es Isobel gut geht, und ich bin froh darüber, wird er früher oder später jemanden verlieren. Das ist unvermeidlich im Leben, und er wird nicht glauben, dass er es ertragen kann, wenn es so weit ist. Glaube nicht an die Schwäche, die du in ihm sehen wirst. Vielleicht darf er sich auch nicht auf dich stützen. Er sollte seine eigene Stärke entdecken. Nur so wird er die Angst verlieren, die ihn plagt. Nur dann wird sein Herz frei für dich und alles andere sein, was das Leben euch beiden bringen wird.«

Ich lächelte und streichelte Oricks Bein. »So wie du redest, würde ich denken, dass du ein sehr alter Mann bist. Du bist viel zu weise für dein Alter.«

Er lachte, stand auf, und wir machten uns auf den Weg den Turm hinunter.

»Ich habe dir doch gesagt, dass ich mich fühlte, als wäre ich mit einer sehr alten Seele geboren wäre. Genau wie unser kleiner Cooper. Deshalb verstehen wir uns auch so gut. Ich kann ihn unten nach mir rufen hören. Ich mache mich besser auf den Weg.«

KAPITEL 39

An dem Tag, an dem Isobel ihn im Wohnzimmer angriff, zog ich wieder in Adwens Schlafgemach ein. Sie so kämpferisch zu sehen, war genug gewesen, um mich davon zu überzeugen, dass sie auf dem Weg der Besserung war, sodass ich nicht mehr so weinerlich und einsam war.

Die Tage nach meiner Rückkehr in sein Zimmer verliefen gut. Wir unterhielten uns, kuschelten und schliefen in den Armen des anderen ein, aber Adwen war zurückhaltend gewesen, besorgt über Isobels Feindseligkeit ihm gegenüber.

Aber diese Nacht, eine ganze Woche später, war anders. Ich wusste es von dem Moment an, als Adwen durch die Tür seines Schlafzimmers trat. Seine Haltung war entspannt, sein Blick verspielt und sein Lächeln ansteckend.

»Du siehst glücklich aus.«

»Ja, das bin ich. Ich werde heute Nacht mit der Frau schlafen, die ich liebe, ohne Angst zu haben, dass Isobel ins Zimmer kommt und mich im Schlaf ermordet.«

Mir blieb der Mund offen stehen, als ich nicht wusste, auf

welchen Teil seines Satzes ich antworten sollte. Offensichtlich war etwas passiert, das ihn glauben ließ, dass Isobel nicht mehr wütend auf ihn war, und das war großartig, aber er hatte auch gesagt, dass er mich liebte, und das war noch nie passiert.

»Du … Du liebst mich, hm?«

Er lächelte, kam auf mich zu und setzte sich auf die Bettkante, um mich zu küssen, bis ich atemlos und erschöpft war.

»Ja, das tue ich, Jane. Ich liebe dich auf eine Weise, die ich nicht für möglich gehalten hätte. Und ich möchte, dass du hier bei mir bleibst.«

»Bleiben?« Ich hatte nicht viel darüber nachgedacht, wie es mit Adwen und mir weitergehen würde, aber der Gedanke, irgendwo mit ihm zu bleiben, sei es in dieser Burg oder unter dem Sternenhimmel, erregte mich zutiefst. Ich hatte jeden Gedanken an unsere Rückkehr nach Hause verdrängt, weil ich nicht daran denken wollte, von seiner Seite zu weichen.

»Ja, bitte tu das. Ich will dich hier haben. Ich glaube nicht, dass ich es schaffe, ohne dich Gutsherr zu sein. Ich brauche dich jede Nacht in meinem Bett, damit ich in diesen Mauern nicht ersticke.«

»Warum musst du Gutsherr sein? Du hast doch noch zwei andere Brüder.« Ich hasste es, dass er in einer Situation festsaß, die er so sehr verachtete. Es erinnerte mich an meinen Vater, und ich wollte nicht, dass Adwen so wurde wie er.

»Vielleicht muss ich das nicht für immer sein, aber meine Brüder sind noch nicht so weit, und ich bin der Älteste. Du hast nicht gesagt, ob du bleiben willst, und du hast auch nicht von deiner Liebe zu mir gesprochen.«

Ich lächelte und griff nach seinen Schultern, als ich ihn zu mir zog. »Du weißt, dass ich dich liebe. Das tue ich schon seit unserem Ritt zur Burg McMillan in der ersten kalten und anstrengenden Nacht.«

»Für mich war es sogar noch früher, schöne Maid. Ich habe dich gesehen, als Orick und ich durch das Dorf ritten. Du standest mit deinem Besen in einer Hand dort und sahst wild aus. Dein Haar flog herum, als du getanzt und gesungen hast. Das hat mich seitdem nicht mehr losgelassen.«

Meine Augen weiteten sich, als mir die Erinnerungen an meinen Solo-Auftritt für die Stühle im Gasthaus durch den Kopf schossen.

»Du hast das gesehen?«

»Ja, du bist eine wunderbare Tänzerin. Vielleicht tanzt du ja mit mir, nachdem ich dich begattet habe?«

Ich lachte, während ich mich an sein Ohr lehnte und flüsterte: »Ich hoffe, ich werde danach nicht mehr die Kraft dazu haben.«

»Ach, Mädchen.« Er zog mich unter den Decken hervor, damit er meine Schnürungen öffnen konnte. »Du kannst es kaum erwarten, aye?«

»Keine Sekunde länger.«

Seine Finger bewegten sich schnell und banden das Kleid auf, bis es locker an meinen Schultern hing. Ich merkte, dass er es gerade herunterschieben wollte, als er innehielt.

»Gib mir zuerst eine Antwort, Jane.«

Ich hatte ihn nicht ignorieren wollen. Ehrlich gesagt hatte ich gedacht, meine Antwort wäre selbstverständlich.

»Ja, aber …« Ich zögerte und wusste nicht, wie ich sagen sollte, was ich meinte, ohne den Eindruck zu erwecken, dass ich einen Antrag von ihm wollte. Wenn er es anbieten würde,

würde ich ja sagen, aber die Ehe war mir nie so wichtig gewesen. Ich fragte mich wirklich nur, welche Erwartungen er an seine Rolle hatte. »Wäre es für mich akzeptabel, hier als deine Liebhaberin zu leben, wenn wir nicht verheiratet sind?«

»Nein.« Er küsste meinen Hals, als er mich von hinten umarmte. Ich schmolz mit ihm zusammen und drehte mich, um meinen Hals zu strecken, damit er mehr Platz für seine Küsse hatte. »Ich möchte, dass du meine Frau wirst, Mädchen, aber ich möchte dir diese Frage nicht stellen, während ich mit dir im Bett liege. Wenn es dir recht ist, würde ich mir gerne mehr Gedanken über diesen Moment machen.«

Ich atmete zittrig aus und meine Brüste hoben und senkten sich schnell, als mein Verlangen nach ihm immer stärker wurde. Ich nickte gegen seine Brust und er strich mit dem Daumen über meine Brustwarzen. Ich stöhnte auf und drehte mich zu ihm um, um ihn auszuziehen, bevor mir die andere Hälfte seiner ersten Aussage wieder einfiel. Ich legte eine Hand auf seine Brust, um ihn aufzuhalten.

»Warte. Was ist mit Isobel passiert? Du sagtest, sie sei nicht mehr wütend auf dich.«

»Jane.« Er beugte sich vor, sodass seine Stirn auf meiner Schulter ruhte. »Konntest du mit dieser Frage nicht bis nachher warten?«

Ich lachte und zog sein Hemd aus. »Nein. Ich bin neugierig. Sie hat seit Tagen nicht mit dir gesprochen.«

»Ich will nicht vulgär sein, aber wenn ich ihre rosigen Wangen und ihren unbeschwerten Schritt heute Morgen richtig deute, hat Gregor sie gestern Abend wohl gut behandelt. Vielleicht ist ihr dadurch bewusst geworden, dass es viele Gründe gibt, für eine gute Gesundheit dankbar zu sein.«

Ich kicherte. Isobel hatte mehr als einmal angedeutet, dass sie diesen Teil ihrer Ehe vermisst hatte, während sie krank gewesen war. »Ja, ich nehme an, das war der Grund. Das hat sie dir aber nicht gesagt, oder?«

»Nein. Sie kam einfach zu mir und sagte, dass sie in ihrem Herzen genug Frieden gefunden hätte, um mir zu vergeben.« Adwen lachte und schob mich rückwärts auf das Bett. »Ich kann jetzt nicht mehr reden, Jane.«

Ich bewegte mich so, dass ich mit gespreizten Beinen vor ihm lag, bereit, von ihm genommen zu werden. Langsam stemmte er sich über mich und drückte seinen Körper flach auf meinen, während er mich so leidenschaftlich küsste, dass ich befürchtete, ich könnte vor lauter Erregung weinen.

Ich schrie auf, als wir uns vereinten, und unsere Bewegungen waren so synchron, dass ich den Unterschied zwischen seinem Körper und meinem eigenen nicht mehr erkennen konnte. Es war nicht übereilt oder notgedrungen wie die Male zuvor. Ich konnte bei jeder seiner Bewegungen spüren, dass er meinen Körper verehren wollte, dass er mir mit jedem Kuss und jeder Berührung, mit jeder köstlich langsamen Spur seiner Zunge zeigen wollte, dass er mich liebte.

Es kam mir vor, als würden wir uns stundenlang lieben. Als wir gemeinsam zum Höhepunkt kamen, erstickte er meinen Schrei mit seinem Mund, und wir küssten uns, bis er auf mir zusammenbrach. Als wir uns voneinander lösten, drehte er sich um und drückte mich an sich, sodass mein Rücken an seine Brust geschmiegt war. Seine Fingerspitzen fuhren sanft über meinen Körper, während wir beide versuchten, wieder zu Atem zu kommen.

Ich schloss meine Augen und ließ zu, dass er mich spürte,

und genoss das köstliche Kitzeln seiner Bewegungen auf meiner Haut. Ich hätte nie gedacht, dass Sex eine so emotionale Erfahrung sein konnte, aber wir waren uns jetzt auf eine Weise näher, die keiner von uns erklären konnte, auch wenn wir sie beide spüren konnten.

Als sich unsere Atmung verlangsamte und der Schlaf uns beide einzuholen begann, bewegte er seine Hand nach unten und umfasste meinen Unterbauch mit seiner Handfläche.

»Was machst du da?« Ich lächelte, als ich meine eigene Hand auf seine legte.

»Ich kann es kaum erwarten, dir Babys zu schenken, Jane.« Tränen füllten meine Augen, noch bevor er ausgeredet hatte. »Es würde mich nicht wundern, wenn ich das gerade eben vollbracht hätte. Ich hatte das Gefühl, als wäre ich tiefer in dir gewesen, als ich es jemals in irgendjemand anderem war. Als wären wir ein- und dieselbe Person, Jane. Hast du es auch gespürt?«

Ich konnte nicht sprechen. Wenn ich es getan hätte, hätte er das Zittern in meiner Stimme sicher gehört. Stattdessen nickte ich, als er sich neben mir entspannte. Alles, was an den Momenten, die wir gerade miteinander verbracht hatten, wertvoll gewesen war, fühlte sich plötzlich verdorben an.

Ich hatte ihm erlaubt, mir seine Liebe zu gestehen, hatte zugestimmt, hier bei ihm zu bleiben, und dabei versäumt, ihm meine Wahrheit zu sagen. Ich hatte es nicht gewollt. Es war mir einfach nicht in den Sinn gekommen, bis er diese Worte gesagt hatte.

Ich atmete tief durch und drehte mich um, um es ihm zu sagen. Er schlief bereits tief und fest, und die kleinste Spur eines Lächelns lag auf seinen Lippen. Ich beugte mich vor, um ihn zu küssen und blies die Kerzen aus.

Im Schutz der Dunkelheit kroch ich weinend zurück zu ihm ins Bett. Der Schlaf schien jetzt weit weg zu sein. Ich verbrachte die Nacht damit, mit mir zu ringen, was grausamer wäre – ihn zu wecken und ihm das Herz zu brechen oder ihn friedlich schlafen zu lassen, in dem Glauben, wir könnten etwas haben, das ich ihm nie geben konnte.

KAPITEL 40

Ich schlüpfte früh aus dem Bett, als es noch dunkel war. Adwen schlief friedlich neben mir, und sein gleichmäßiger Atem war so laut, dass ich ihn nicht aufwecken würde, wenn ich mich bewegte. Ich zog mir das gleiche schlichte grüne Kleid an, das ich am Vortag getragen hatte, griff nach Adwens Mantel und machte mich auf den Weg nach draußen.

Vor dem Eingang war noch alles dunkel, und die aufgehende Sonne wurde von der riesigen Festung verdeckt. Ich tastete mich mit einer Hand an der Außenmauer entlang zur Rückseite der Burg, wo ich sehen konnte, wie die Sonne langsam aufging. Die Wellen waren rau, prallten aber wunderschön gegen die Felsen. Ich schritt auf den felsigen Hang zu und suchte nach einem geeigneten Platz, um die Sonne am Himmel zu beobachten.

Etwa fünfzig Meter weiter unten entdeckte ich einen großen Felsen mit einer flachen Spitze, von dem ich wusste, dass er der perfekte Aussichtspunkt sein würde. Der Gedanke an diese völlige Einsamkeit ließ den riskanten Abstieg lohnenswert erscheinen. Ich hob mein Kleid an und machte mich auf den

Weg, wobei ich sorgfältig darauf achtete, dass ich im Halbdunkel nicht ausrutschte. Zweimal passierte es trotzdem, weil der Boden unter den Felsen durch den Schneesturm weicher geworden war. Jedes Mal hielt ich den Atem an und hoffte, dass der kleine Erdrutsch nicht zu einem viel größeren Felssturz führen würde. In den trockeneren Monaten, wenn der Boden unter den Felsen weniger durchnässt war, wäre diese kleine Wanderung nicht ganz so leichtsinnig gewesen wie jetzt.

Ich musste durchatmen, meine angespannten Nerven beruhigen und die negative Energie in den Griff bekommen, die mich mit jedem neuen Atemzug zu durchdringen schien. Ich war normalerweise kein Angsthase und unnötige Panik war mir fremd, aber heute Morgen hatte ich das Gefühl, dass ich ersticken würde, wenn ich das nervöse Gefühl nicht im Keim ersticken würde, das tief in mir brannte. Die Luft, die Wellen und sogar die zerklüfteten Felsen schienen einen Reiz zu haben, der mich beunruhigte. Es erinnerte mich an den Morgen, an dem Isobel gestürzt war, und ich musste die schreckliche Erinnerung verdrängen. Heute Morgen war es anders – es lag kein Schnee, Isobel ging es gut und alle waren in Sicherheit.

Wahrscheinlich kam die unangenehme Empfindung von meinen Schuldgefühlen, weil ich Adwen gegenüber so feige war. Er hatte die Wahrheit verdient. Wenn ich bleiben würde, würde es ihn genauso belasten wie mich. Aber auch nach seinem Geständnis hatte ich ihm nicht gesagt, dass ich niemals seine Kinder gebären würde.

Ich war nicht wie meine Schwester – ich hatte nicht mein ganzes Leben damit verbracht, mich nach Kindern zu sehnen. Ich hatte Kinderwagen und Schnuller nicht als Teil meiner Zukunft angesehen. Vor Cooper hatte ich mich nie als eine Person gesehen, die Kinder besonders gern mochte. Aber

Cooper war eine seltene Art von Kind. Sie konnten nicht alle so sympathisch sein.

In meinem letzten Highschool-Jahr war ich wegen schrecklicher Schmerzen und starker Blutungen beim Arzt gewesen, und Tests hatten schnell ergeben, dass ich an fortgeschrittener Endometriose litt. Es folgte eine Operation, um die Krämpfe zu lindern, aber man sagte mir, dass eine Schwangerschaft ohne Fruchtbarkeitsbehandlung unwahrscheinlich sei. Das hatte mich bis heute nicht beunruhigt.

Es war nicht so, als hätte Adwens Kinderwunsch mich plötzlich dazu gebracht, sie zu wollen, aber meine Liebe zu ihm ließ die Aussicht auf eine Mutterschaft viel weniger beängstigend erscheinen. Und zum ersten Mal in meinem Leben machte es mich traurig zu wissen, dass es schlicht keine Option war.

Ich hätte es ihm sofort sagen sollen, als er von Kindern gesprochen hatte, aber ich hatte den Moment nicht ruinieren wollen, nicht, als alles so perfekt und leidenschaftlich gewesen war. In Wahrheit wusste ich aber, dass ich Angst hatte. Ich hatte Angst, dass sich die Dinge irgendwie ändern würden, dass sich sein Wunsch, mit mir zusammen zu sein, ändern würde, wenn er wüsste, dass ich ihm niemals Kinder schenken konnte. Für jemanden in seiner Position schien es sehr wichtig zu sein, dass er Erben hatte, die seine Ländereien und seine Verantwortung übernehmen konnten. Das würde ich ihm nie geben können.

Die Wellen schlugen wütend und laut gegen die Felsen. Trotz des tosenden Wassers glaubte ich zu hören, wie jemand nach mir rief. Ich richtete mich auf und drehte meinen Kopf, um zu lauschen, aber alles war still. Ich lehnte mich zurück, schloss die Augen und schob das Geräusch auf einen Windstoß.

Mein Herz blieb fast stehen, als mich eine Hand an der Schulter packte.

»Adwen wird zwei Wochen lang nicht mit dir sprechen, wenn er dich auf diesen Felsen erwischt.«

Als ich Oricks Stimme erkannte, atmete ich erleichtert aus und blickte zu seinem freundlichen Zwinkern auf, als er sich neben mich setzte.

»Gott, hast du mich erschreckt. Hast du eben noch nach mir gerufen?«

»Ja, ich habe versucht, dir zu sagen, dass du hochkommen sollst, damit ich nicht zu dir runterkommen muss, aber du hast mich nicht gehört.«

»Ich dachte, es sei der Wind.«

»Mm.« Orick schloss seine Augen und atmete tief ein, während er lächelte. »Ich liebe den Geruch des Wassers. Hast du schon mal von Meerjungfrauen gehört, Mädchen?«

Ich nickte. »Ja, in Märchen und so. Warum fragst du?«

»Das sind wohl nur Mythen, aber ich finde die Vorstellung schön. Das ganze Leben im Ozean zu verbringen … dagegen hätte ich nichts. Ich habe schon immer eine Berufung gespürt, wenn ich in der Nähe des Wassers war.«

»Ich wusste nicht, dass du das Wasser so sehr magst.«

»Aye. Auf einer unserer Reisen habe ich sogar in Erwägung gezogen, mit einigen Fischern hinaus aufs Wasser zu verschwinden, aber ich konnte mich nicht dazu durchringen, Adwen und seine Familie zu verlassen. Ich bin ein sehr guter Schwimmer. Selbst in solchen Wellen würde ich mich wacker schlagen.«

Er trug einen dicken Umhang und eine Hose, aber ich hatte die Stärke und Größe seiner Muskeln schon vorher bemerkt. Ich zweifelte nicht daran, dass er ein erstaunlich guter

Schwimmer war. Wenn die Breite seiner Brust ein Hinweis auf seine Luftkapazität war, konnte er wahrscheinlich genauso lange unter Wasser bleiben wie viele andere Meeresbewohner.

»Ich bin eine lausige Schwimmerin.«

»Bist du das? Das ist ein weiterer Grund für mich, dich wieder auf festen Boden zu bringen, Mädchen. Was machst du hier draußen?«

»Ich weiß es nicht genau. Ich brauchte frische Luft, und hier unten sah es einfach schön aus. Ich bin heute Morgen sehr nervös.«

»Ja, ich bin auch mit einem ungewöhnlichen Gefühl aufgewacht. Ich weiß nicht, warum, aber es ist ein bedeutender Tag. Ich glaube nicht, dass ich ihn so schnell wieder vergessen werde.«

Das war eine gute Zusammenfassung der aufgewühlten Gefühle, mit denen ich zu kämpfen hatte. Der Tag fühlte sich wichtig an, und es gab keinen Grund dafür.

»Ja. Genau.« Die Sonne war gerade dabei, den Horizont zu übersteigen. »Warum bist du überhaupt schon auf? Ich dachte, alle würden noch schlafen.«

»Der kleine Cooper hat bei mir geschlafen, erinnerst du dich? Ich habe noch nie einen Jungen gesehen, der so früh aufwacht. Was hat dich so früh hierher verschlagen, Jane?«

»Adwen glaubt, dass er mich liebt.«

Orick drehte sich zu mir um, die Augenbrauen verwirrt zusammengekniffen: »Adwen glaubt gar nichts. Er liebt dich.«

»Ich weiß, aber er will Kinder. Und ich kann sie ihm nicht geben.«

»Und du hast es ihm noch nicht gesagt?«

»Ich habe Angst davor.«

»Mädchen.« Orick griff nach meiner linken Hand und hielt

sie sanft zwischen seinen beiden Händen. »Hör mir zu, und zweifle nie an dem, was ich dir jetzt sagen werde. Du brauchst keine Angst vor Adwens Reaktion zu haben. Wer Adwens Liebe hat, kann in seinen Augen nichts falsch machen. Er würde dich nie weniger lieben, wenn er das wüsste. Es gibt andere Wege, Kinder zu finden – viele kleine Seelen suchen ein Zuhause. Vor vielen Jahren nahm er ein Waisenkind auf und liebte es wie sein eigenes Kind. Ich bin mir sicher, dass er sein Haus und sein Herz für ein anderes öffnen würde.«

Ich schniefte, als ich mich zu ihm beugte, um ihn zu umarmen. »Du hast keine Ahnung, wie toll du bist, Orick. Ich habe dich sehr gern. Danke.«

»Ach, Jane, ich mag dich auch sehr gern.« Er hielt inne und deutete wieder auf die Burg. Da ihm jedes Kompliment unangenehm war, so bescheiden, wie er war. »Cooper wartet oben auf dem Hügel auf uns. Bist du bereit für den Rückweg? Ich will dich hier nicht allein lassen. Du könntest auf dem Weg nach oben einen falschen Schritt machen. Ich werde hinter dir hergehen, um dich aufzufangen.«

Seine Worte jagten mir ein unerklärliches Schaudern über den Rücken. Plötzlich war es das Letzte, was ich tun wollte. Ich wollte den Rückweg nicht antreten. Ich hatte noch nie in meinem Leben ein so unerträgliches Gefühl der Vorahnung verspürt.

»Warum rufst du nicht nach Cooper und sagst ihm, dass er reingehen soll? Lass uns eine Weile hier bleiben.«

»Mädchen, du hast mich nicht gehört, als ich nach dir gerufen habe. Ich glaube nicht, dass Cooper mich hören kann, wenn ich nach oben rufe. Am besten gehen wir hoch, damit er weiß, dass es dir gut geht. Wenn du dann allein sein willst, lassen wir dich allein.«

»Okay.« Ich nickte und stand vorsichtig auf, während ich den unteren Teil meines Kleides raffte. Orick stand auf und hielt mir seinen Arm hin, damit ich vor ihn treten konnte.

Der Aufstieg war viel schwieriger als der Abstieg. Mehr als einmal musste ich mich an den Felsen über mir festhalten und mich mit den Händen hochziehen, um sicheren Halt zu finden. Orick blieb dicht hinter mir und legte mir eine ruhige Hand auf den Rücken, wenn es nötig war.

Als wir uns dem Gipfel näherten, konnte ich Cooper am Rand stehen sehen. Als er uns rief, hob ich eine Hand, um ihm zuzuwinken.

Alles ging so schnell, als die Felsen unter meinen Füßen wegrutschten. Plötzlich verlor ich den Halt, und meine linke Hand rutschte ab. Als ich rückwärts fiel, war der entsetzte Blick auf Coopers Gesicht das Letzte, was ich sah.

KAPITEL 41

In Wahrheit konnte ich nur ein paar Meter ausrutschen, aber es fühlte sich an wie hundert, bevor Oricks starke Hände mich fest um die Taille packten. Er musste mich nach vorne schieben, damit wir nicht beide fielen, und mein Gesicht prallte hart gegen die zerklüfteten Felsen vor mir.

»Jane. Jane, bist du verletzt?«

Ich würde ein paar Kratzer haben, aber ich wäre sogar für ein paar gebrochene Knochen dankbar, wenn ich dadurch nicht in den Tod stürzen müsste.

»Es geht mir gut. Gott sei Dank gibt es dich, Orick. Ich könnte dich küssen.«

Er lachte, und ich spürte, wie seine Brust an meinem Rücken bebte. »Ach, das hast du schon einmal gemacht. Ich glaube nicht, dass ich diese süßen Lippen noch einmal ertragen könnte. Außerdem ist Adwen nicht hier, um dich dabei zu sehen. Wenn du mich küssen willst, warte bitte, bis wir beide seinen Gesichtsausdruck sehen können.«

»Tante Jane. Tante Jane. Geht es dir gut?« Coopers

verängstigte Stimme rief zu uns herunter. Orick schrie nach oben, um ihn zu beschwichtigen.

»Ja, Junge, es geht ihr gut, aber sie muss sich selbst hochziehen, wenn sie kann. Cooper, ich will, dass du weit hinten bleibst. Komm erst in die Nähe des Abhangs, wenn deine Tante und ich mit dir dort oben sind.«

Orick lockerte seinen Griff um mich und zeigte auf einen Stein, der außerhalb meiner Reichweite lag.

»Jane, siehst du den großen Felsen hoch über dir?«

Ich lehnte mich an ihn zurück und nickte.

»Ich kann dich darauf heben, aber den Rest des Weges musst du dich selbst hochziehen. Schaffst du das?«

»Ich kann es versuchen.«

Er sagte nichts, sondern hob mich mit Leichtigkeit hoch und hielt meine Oberschenkel fest, während ich nach dem Felsen griff. Er wackelte, als meine Finger ihn packten.

»Orick, ich glaube, er ist nicht stabil genug. Er könnte nachgeben.«

»Zieh für mich daran, Mädchen.« Seine Stimme klang, als wäre sie weit, weit weg. Ich wusste, dass es für ihn noch schwieriger werden würde, allein einen Weg nach oben zu finden, sobald ich auf festem Boden stand. Doch wir konnten immer nur ein Problem auf einmal lösen, also zog ich an dem Felsen, wie er es verlangte. Er wackelte, gab aber nicht nach.

»Ich glaube, er kann dich halten, so klein wie du bist. Halt dich fest und zieh dich schnell hoch.«

Schlank zu sein bedeutete nicht, dass man stark war, und ich war mir nicht sicher, ob ich jemals einen richtigen Klimmzug gemacht hatte. Ich wusste nicht, ob es die Angst oder das Adrenalin war, aber ich wuchtete mich mit wenig Mühe nach oben. Als ich hoch genug war, um mich auf ebenen Boden zu begeben, löste sich der große Stein und ich musste auf das Gras klettern, um nicht mit ihm zu fallen.

Zitternd stand ich auf und drehte mich um, um Orick ein triumphierendes Lächeln zu schenken.

Stattdessen sah ich nur das Blut, das von Oricks Stirn lief, wo der Stein ihn getroffen hatte. Seine Augen waren bereits geschlossen, als er rückwärts fiel. Ich schrie, aber niemand außer Cooper konnte mich hören. Seine zitternden Arme schlossen sich um mein Bein, während wir zusahen, wie Oricks bewusstloser Körper auf die zerklüfteten Felsen am Meer stürzte.

»Orick! Orick!« Unaufhörlich rief Cooper seinen Namen und Tränen liefen ihm über das Gesicht, während er zitternd an meiner Seite stand.

Ich fiel auf die Knie und schluchzte, während ich über die Kante blickte. Ich konnte den Wind nicht mehr spüren und das Rauschen der Wellen nicht mehr hören. Nur Coopers Schreie durchdrangen den Nebel in meinem Gehirn. Ich konnte nichts anderes sehen als Oricks Körper, der dort unten lag. Regungslos. Selbst aus hundert Metern Entfernung konnte ich die riesige Blutlache sehen, die sich um ihn herum gebildet hatte.

Woher das Blut kam, wusste ich nicht, aber er brauchte Hilfe, er musste von dem Felsvorsprung hochgetragen werden. Selbst wenn ich es schaffen würde, zu ihm hinunter zu gelangen, wäre ich keine große Hilfe. Ich konnte ihn nicht allein lassen, ich konnte ihn nicht dort draußen liegen lassen, ob er nun bewusstlos war oder nicht.

»Cooper, du musst aufhören zu weinen. Lauf so schnell du kannst rein und hol alle Männer – Adwen, Gregor und Callum – sofort.«

Ich sah ihn nicht gehen, aber ich wusste, dass er weg war, als ich ihn nicht mehr Oricks Namen rufen hörte.

Mitten in der plötzlichen Stille drang ein neues Geräusch an meine Ohren. Einen Moment lang erlaubte ich mir zu hoffen, dass es Orick war, der wach war und um Hilfe rief. Es dauerte nur einen Schreckensmoment, bis ich erkannte, woher das Geräusch wirklich kam.

Felsen stürzten krachend herab und bildeten einen katastrophalen Erdrutsch. Trotz meiner Schreie und Gebete, dass sie aufhören sollten, wurde Orick innerhalb von Sekunden vollständig bedeckt.

Als der Erdrutsch zum Stillstand kam, lehnte ich mich zitternd zurück und meine Tränen waren plötzlich trocken, als der Schock über mich hereinbrach. Jede Chance, die Orick gehabt hatte, den Sturz zu überleben, war durch das Gewicht der Steine, die auf ihn gefallen waren, zunichtegemacht worden.

Callums Arme hoben mich vom Boden auf und er zog mich an sich, während ich zusah, wie Adwen und Gregor die Klippen hinuntereilten.

Es hatte keinen Sinn. Ich wusste, was sie finden würden. Ich sackte an Callums Schulter zusammen und zitterte, als mein Herz in Millionen Stücke zerbrach.

»Er ist weg. Er ist weg. Er ist tot.« Ich flüsterte die Worte in einer Endlosschleife und jeder Teil von mir hoffte, dass sie irgendwie nicht wahr sein würden.

Ich wusste nicht, wie lange Adwen und Gregor fort waren, aber als sie zu uns zurückkehrten, wusste ich, dass meine törichte Hoffnung vergebens war.

Adwen sagte nichts. In seinen Augen lag so viel Schmerz und Entsetzen, dass ich mich nicht dazu durchringen konnte, nach ihm zu greifen, als er an uns vorbei in die Burg ging. Gregor kam zu Callum, der mich festhielt, und strich mit seiner Hand an meinem Arm entlang, während er sprach.

»Die Felsen haben ihn vom Felsvorsprung gestoßen, denn sein Körper ist fort, aber es ist noch genug Blut vorhanden, um anzunehmen, dass er wahrscheinlich schon tot war, als die Felsen ihn getroffen haben.« Gregor zögerte und stieß ein Schluchzen aus, das das Stechen in meinem Herzen nur noch vertiefte. »Das Meer hat ihn jetzt geholt. Weder unser Wille noch Brighid können ihn jetzt noch retten.«

KAPITEL 42

Eine Woche später

Vor Orick hatte ich noch nie echte Trauer erlebt. In den Tagen nach seinem Tod wurde mir bewusst, dass wir alle die gleichen Anzeichen der Trauer an den Tag legten. Die Kälte, die uns in den Knochen steckte, die Momente in der Nacht, in der wir vergaßen, und die Erinnerungen uns auf eine Art und Weise überfielen, die uns leer und erschüttert zurückließ, die Appetitlosigkeit, der Nebel, in den jeder Tag gehüllt war, die Tränen, die nie zu versiegen schienen.

Alle trauerten, außer Adwen. Sein Kummer war anders als alles, was ich je gesehen hatte. Er konnte nicht funktionieren; er blieb in seinem Schlafgemach und verließ es nur nachmittags, um an den Klippen entlangzugehen. Jeden Tag versuchte ich, ihn zu begleiten, und jeden Tag wies er mich ab.

Adwen erlaubte den Menschen, die er liebte, sich auf eine Weise in sein Herz zu drängen, die so viel von ihm verschlang, dass sie ihn gewissermaßen besaßen. Ich glaube nicht, dass es jemanden gab, den Adwen jemals so sehr geliebt hatte wie Orick. Sie waren Brüder, Freunde, Vertraute und die wahrhaftigste Form von Gefährten gewesen. Jeder von ihnen hatte dem anderen mehr als einmal das Leben gerettet, und jetzt hatte Adwen den einen Menschen verloren, der ihm selbst in seinen schwächsten Jahren unerschütterliche Loyalität entgegengebracht hatte.

»Wir können nicht zulassen, dass er für immer da drin bleibt.«

Ich lehnte meinen Kopf an Isobels Schulter, während sie ihren Arm um mich legte. Wir saßen beide auf dem Boden vor Adwens Schlafgemach. Ich war seit dem Tag nach dem tödlichen Unfall in seiner Nähe geblieben, aber die einzige Person, die er hineinließ, war Callum.

Isobel kam jeden Nachmittag zu mir. Sie sagte immer nur wenig, aber sie unterstützte mich durch ihre stille Stärke und ihre sanften Berührungen meiner Hand.

Sie gewann immer mehr an Kraft und jetzt, knapp zwei Wochen nach dem Morgen, an dem Adwen ihr den Zaubertrank ins Frühstück gemischt hatte, war sie eine Version von Isobel, wie ich sie noch nie gesehen hatte – gesund und munter und in der Lage, ohne Anstrengung zu atmen.

»Er gibt mir die Schuld. Ich weiß, dass er das tut. Ich gebe mir die Schuld. Ihr alle solltet mir die Schuld geben. Wäre ich nicht da runtergegangen, wäre das alles nicht passiert. Er will mich nicht sehen – ich habe es versucht.«

»Jane, du bist die Einzige, die er sehen will. Er will nur nicht, dass du seinen Schmerz siehst, dass du ihn für schwach hältst. So ist das bei Männern, vor allem bei Männern wie Adwen. Ich glaube nicht, dass er dir die Schuld gibt. Orick war ein erwachsener Mann, der für sein Handeln selbst verantwortlich war. Adwen weiß das. Du hast ihn nicht um Hilfe gebeten, und du wusstest nicht einmal, dass er überhaupt wach war, bis er zu dir gekommen ist. Ich weiß nicht, ob Adwen das allein überwinden kann. Seine größte Kraftquelle hat ihn jetzt verlassen. Er braucht deine Liebe, um ihm zu zeigen, dass das Leben auch in den Tiefen unserer Trauer weitergeht.

Sie gab mir keine Gelegenheit zu sprechen. Stattdessen stand sie auf, reichte mir eine Hand und griff nach dem Türknauf von Adwens Schlafgemach, als ich auf den Beinen war.

»Du kannst nicht länger warten. Wir werden ihm deine Anwesenheit aufzwingen müssen. Es ist Zeit für uns alle, die Heimreise anzutreten. Gregor und ich müssen zum Gasthaus zurückkehren, und Cooper braucht seine Mutter. Es ist das erste Mal, dass er einen echten Verlust erlebt, und es wird Zeit brauchen, bis sein kleines Herz heilt. Am besten tut er das im Kreise seiner Familie und in dem Zuhause, das er kennt.«

Ich nickte. Ich wusste einfach nicht, was ich zu ihm sagen sollte. Nichts würde es besser machen. Orick hatte mir das selbst gesagt. Die Zeit war das Einzige, was einen solchen Verlust heilen konnte. Ich wollte ihm diese Zeit geben.

»Er hat mich gebeten zu bleiben, weißt du?«

Isobel lächelte, scheinbar nicht überrascht. »Hat er das? Ihr passt gut zueinander. Wenn du bleiben willst, können Gregor und ich Cooper zurückbegleiten.«

»Nein. Das habe ich nicht gemeint. Ich muss ihn zu seiner Mutter zurückbringen, mit Grace sprechen, alle sehen und ihnen erzählen, was passiert ist.«

Das Geräusch von Schritten näherte sich und wir drehten uns um, um Callum zu sehen, der mit einem Tablett voller Essen auf das Schlafgemach zuging.

»Wirst du ihn heute sehen? Gregor sagt, du hast dich zur Abreise bereit gemacht. Bring ihm sein Essen und fordere ihn auf, mit dir zu sprechen.«

Ich nahm Callum das Tablett ab und sah die beiden an. »Habt ihr beide das geplant?«

Sie sagten nichts. Callum öffnete die Tür, als ich spürte, wie Isobels Hand mich hineinschob.

Die Tür schloss sich hinter mir, sobald ich eintrat. In der Dunkelheit konnte ich nichts sehen.

»Jane.« Adwens Stimme war müde und frustriert. »Geh, Mädchen. Ich will keine Gesellschaft.«

»Es tut mir leid, aber du wirst sie für eine Weile bekommen, ob du willst oder nicht. Du kannst dich nicht für immer von der Welt abschotten.«

»Doch, das habe ich vor.«

»Sogar von mir?« Ich ging tiefer in den Raum und tastete mich zu einem kleinen Tisch vor, wo ich das Tablett abstellte, bevor ich zum Fenster ging, um etwas Licht hereinzulassen. Ich zog die Vorhänge zurück und drehte mich um, um ihn zu finden. Ich hatte erwartet, Adwen im Bett zu finden. Stattdessen stand er keine zwei Meter von mir entfernt.

Seine Augen waren rot und feucht, seine Schultern angespannt und gekrümmt. Zögernd näherte ich mich ihm und streckte meine Hände nach oben zu seinem Gesicht aus. Er zitterte, als meine Handfläche seine Gesichtshälfte berührte, und er stieß einen schweren Atemzug aus, als er seinen Kopf zu meiner Schulter neigte.

Ich schlang meine Arme um ihn und drückte ihn an mich, während er antwortete.

»Aye, Jane. Auch von dir.«

»Adwen.« Meine eigene Stimme brach, als ich sprach. Bald war er es, der mich in den Armen hielt, während ich an seiner Brust weinte. Die Schuldgefühle, der Stress, die Sorgen und der Kummer der letzten Woche kamen endlich zum Vorschein, als er seine Arme um mich schlang. Ich hatte ihn mehr vermisst, als ich mir eingestehen wollte. »Es tut mir leid. Ich weiß, es ist meine Schuld. Ich kann nicht atmen, wenn ich darüber nachdenke. Die Schuldgefühle, die ich für das, was passiert ist, empfinde–«

»Ich hatte gehofft, dass du mir verzeihen würdest, aber ich verstehe es. Ich werde mir nie verzeihen können. Für dich ist es noch zu früh. Es ist Zeit für Gregor, Isobel und Cooper, nach Hause zu gehen. Ich habe vor, mit ihnen zu reisen, um Cooper sicher zurückzubringen und dann hierher zu dir zurückzukehren, aber vielleicht möchtest du, dass ich dir etwas Zeit gebe?«

»Jane.« Seine Hände griffen nach meinen Armen, als er mich von sich entfernte. »Warum glaubst du, dass es deine Schuld ist?«

Ich sah ihn einen Moment lang verständnislos an, weil ich glaubte, dass er mich noch mehr verunsichern wollte, aber ich konnte an dem Schmerz in seinen Augen erkennen, dass meine Worte ihn überrascht hatten.

»Adwen, wenn ich nicht auf den Felsen gewesen wäre, wäre Orick auch nicht dort gewesen. Er wäre nicht gestürzt.«

Sein Daumen streichelte sanft über meine Wange. »Nein. Du trägst keine Schuld daran. Ich mache dir keine Vorwürfe, und du solltest dir auch keine Vorwürfe machen. Orick würde das nicht wollen.«

Ich fing wieder an zu schluchzen, und er zog mich an sich und ließ zu, dass ich die Vorderseite seines Hemdes durchnässte, während er meinen Kopf küsste. Seine nächsten Worte versetzten mir den schlimmsten und am wenigsten erwarteten Schlag.

»Du musst natürlich mit den anderen zurückreisen, aber ich glaube nicht, dass du zurückkehren solltest.«

»Niemals?« Ich hoffte, dass ich mich verhört hatte.

»Nein. Niemals. Ich bin Gutsherr, Jane. Ich muss meine eigenen Kinder haben.«

»Was?« Meine Ohren begannen zu klingeln, als ich mich von ihm entfernte. Seit Oricks Tod hatte ich noch keine Zeit gehabt, es ihm zu sagen. Woher sollte er das wissen?

»Du kannst keine Kinder gebären, nicht wahr?«

»Nein. Woher weißt du das?« Meine Antwort kam erstickt und heiser heraus, und mein Herz brach mit jeder Sekunde, die verstrich. Ich konnte verstehen, dass er mir die Schuld an Oricks Tod gab, aber zu hören, dass er mich nicht mehr wollte, nachdem er mein Geheimnis herausgefunden hatte, ließ meine schlimmsten Befürchtungen wahr werden.

»Du meinst, wie ich es herausfinden konnte, wenn du es vor mir verheimlichen wolltest? Callum hat gehört, wie du Isobel erzählt hast, warum du auf den Felsen warst. Er hat es mir gesagt. Es tut mir leid, Jane. Das kann nicht zwischen uns stehen.«

Ich führte meine Hände zu meinem Gesicht und drückte meine Fingerspitzen gegen meinen Nasenrücken und meine Augenlider. Ich hoffte, dass ich im Bett aufwachen würde, wenn ich sie öffnen würde. Dass alles in der letzten Woche ein schrecklicher Traum gewesen war.

Er war verrückt vor Trauer und auf eine Weise verloren, mit der er nicht umzugehen wusste. Er meinte es nicht so, wie er es sagte.

Ich öffnete die Augen und atmete ein. Mein Körper zitterte wild, als ich nach Worten rang. »Adwen, ich wollte es dir ja sagen. Ich wollte nur nicht, dass du enttäuscht bist. Es spielt keine Rolle.« Jetzt war ich wütend, wütend darüber, dass seine Liebe zu mir so leicht zu ändern war. »Überlege dir sehr genau, wie du diese Frage beantwortest. Meinst du das, was du gerade gesagt hast, ernst? Willst du wirklich, dass ich wegbleibe? Denn wenn du ja sagst, werde ich genau das tun. Ich liebe dich und ich möchte hier bei dir sein, aber wenn du ja sagst, wirst du mich nie wieder auf dem Gelände der Festung Cagair sehen.«

Er zögerte einen Moment lang. Ich sah den Schmerz und die Traurigkeit in seinen Augen aufflackern. Für einen kurzen Moment dachte ich, er würde die Hand nach mir ausstrecken, mich an sich ziehen und sich entschuldigen, aber ich sah den Moment, in dem er sich von mir abschottete.

»Ja, ich habe jedes Wort so gemeint.«

KAPITEL 43

Adwen hörte den Tumult des Aufbruchs – das Wiehern der Pferde und Coopers weinerliche Stimme, die fragte, wo er bliebe. Er rührte sich nicht aus seiner Kammer. Wenn er sie jetzt nicht fortschickte, würde er sie niemals gehen lassen. Sie hatte etwas viel Besseres als ihn verdient.

Wie hatte sie nur denken können, dass Oricks Tod ihre Schuld war? Sie war nicht diejenige, die Mornas Warnung missachtet und Isobel den Trank gegen ihren Willen gegeben hatte. Nein, Jane hat das Richtige getan – sie hatte Isobel die Entscheidung überlassen.

Hätte er das Gleiche getan, wäre sein Freund noch am Leben. Nicht, dass er Isobel ihre Gesundheit missgönnte, er mochte sie genauso sehr wie jeder andere in der Burg. Er wünschte nur, er hätte es besser gewusst, als mit dem Schicksal zu spielen.

Er war ein Narr gewesen und war nicht würdig, sie zu beschützen – sie zu lieben. Vielleicht würde sein Herz mit der Zeit wieder so weit heilen, dass er sie so lieben konnte, wie sie es verdiente, aber jetzt war es zu zerbrochen und verstümmelt wie der Körper seines geliebten Freundes. Selbst wenn er lernen könnte, ohne Orick zu leben, selbst wenn Jane ihm helfen könnte, wieder Liebe zu empfinden, würde er ihr sicher das Herz brechen. Das tat er den Frauen immer an.

Die Fenster blieben so offen, wie Jane sie hinterlassen hatte, und Adwen blinzelte mit den Augen gegen das Sonnenlicht an, als er sie von der Festung wegreiten sah. Er würde sie alle vermissen, aber es war besser so. Er hatte sie alle schon zu sehr ins Herz geschlossen.

Er blieb am Fenster stehen, bis sie die Brücke hinter sich gelassen hatten und nicht mehr in Sichtweite waren. Wenigstens konnte er jetzt mit seiner Trauer durch die ganze Burg streifen, ohne sich Sorgen machen zu müssen, gestört zu werden. Er drehte sich um und sah Callum in der Tür stehen.

»Es ist doch nicht schon wieder Essenszeit? Ich habe keine Lust, etwas zu essen.«

Callum starrte ihn an, sein Mitleid war verschwunden und seine Augen plötzlich wütend. »Ich habe es satt, dir Essen zu bringen. Du bist ein erwachsener Mann und benimmst dich wie ein Kind. Meinst du, du bist der Einzige, der ihn verloren hat, Adwen?«

Jede Erwähnung von Oricks Tod war wie ein Schlag in die Magengrube. In kurzen Momenten schien der Verlust weniger schlimm. Dann brach er jedoch wieder über ihn herein, bis der Schmerz unerträglich schien. »Die anderen kannten ihn nur ein paar Monde.«

»Du machst dich lächerlich, Adwen. Du bist ein unwissender Narr. Du kennst Jane erst seit ein paar Monden. Würdest du sagen, dass du sie weniger liebst als Orick?«

Es gab niemanden, den er mehr liebte als Jane. Sie hatte ihn vom ersten Augenblick an in ihren Bann gezogen, aber mit Orick hatte er ein Stück seiner Seele verloren. »Nein.«

»Ja, ich weiß. Und die anderen haben ihn auch sehr geliebt. Und was ist mit mir, Adwen? Denkst du, dass ich keine Gefühle habe? Ich bin mit Orick aufgewachsen, genau wie du. Er war mein Bruder und auch Griffiths Bruder. Vater wird sich fühlen, als hätte er einen Sohn verloren, wenn er es erfährt. Ich habe ihnen Reiter nachgeschickt, aber es wird lange dauern, bis wir von ihnen hören.«

Natürlich trauerte Callum um Orick. Er war nur zu sehr in seinem eigenen Schmerz versunken, um daran zu denken. »Es tut mir leid, Bruder. Ich weiß, dass du ihn geliebt hast und er dich. Willst du mir noch mehr Schuldgefühle einreden, als ich ohnehin schon habe? Ich habe schon genug Schmerzen, ohne dass du mir noch mehr zufügst.«

»Du bist arrogant und egoistisch. Jemand muss es dir sagen, damit du aufwachst. Hast du sie deshalb fortgeschickt? Weil du dich schuldig fühlst? Das solltest du. Du hast das Mädchen ohne Grund in Stücke gerissen. Warum hast du ihr gesagt, dass du weißt, dass sie keine Kinder bekommen kann? Ich habe dir das gesagt, damit du sie tröstest und ihr sagst, dass es dir egal ist. Stattdessen hast du es benutzt, um sie fortzuschicken. Ich glaube nicht, dass du zu der Sorte Mann gehörst, die eine Frau dafür verurteilen und ablehnen würde. Hast du ernst gemeint, was du zu ihr gesagt hast?«

Es hatte ihm wehgetan, sie anzulügen, aber er hatte es für nötig gehalten. Sie war genauso stur wie er. Er wusste, dass sie nicht fortgegangen wäre, wenn er sie nicht verletzt hätte. »Nein, natürlich habe ich das nicht ernst gemeint. Ich werde sie lieben, bis mein letzter Atemzug mich verlässt, aber sie verdient jemanden, der sie nicht zerstören wird.«

Callum schüttelte den Kopf und lachte ihn angewidert an. »Dein Kummer hat dich töricht gemacht. Du wirst dich nur selbst zerstören, wenn du nicht mit diesem Unsinn aufhörst. Du magst dich jetzt zerstört fühlen, weil du es bist, aber du wirst es nicht für immer sein. Triff jetzt, inmitten deiner Trauer, keine Entscheidungen, die deinen Lebensweg verändern werden. Sie war für dich bestimmt, Adwen. Aber du bist noch nicht bereit für sie. Nicht, wenn du sie so behandeln würdest, wie du es heute getan hast.«

Adwen setzte sich hin und der Schmerz in seiner Brust kehrte zurück. Das wusste er. »Ja, du siehst also, warum ich getan habe, was ich getan habe. Und jetzt lass mich in Ruhe.«

»Nein, es ist nicht meine Aufgabe, dich zu verhätscheln. Orick mag ein sehr geduldiger Mann gewesen sein, aber wenn er gesehen hätte, wie du Jane heute Morgen behandelt hast, hätte er dich ebenso aus diesem Raum geworfen, wie ich es jetzt tue.«

Ein kleines, schmerzhaftes Lachen entkam ihm – das erste Mal seit dem Unfall, dass er in Humor in irgendetwas sah. »Dazu bist du nicht fähig, Callum.«

»Glaubst du das wirklich?«

Callum kam auf ihn zu. Bevor Adwen aufstehen konnte, stieß Callum ihn mit dem Fuß und warf ihn zu Boden.

»Steh auf, nimm deine Sachen und verschwinde aus der Festung.«

Adwen stand auf, zu fassungslos, um wütend zu werden, rieb er sich den Hintern und starrte seinen Bruder mit großen Augen an. »Was?«

»Du willst kein Gutsherr sein. Das solltest du auch nicht. Selbst mit Jane an deiner Seite wäre es unerträglich für dich, hier in dieser Burg eingesperrt zu sein. Gib mir das Land, und ich werde Gutsherr. Geh fort von hier, verarbeite deinen Kummer und schließe deinen Frieden mit deiner Schuld. Sei eine Zeit lang allein in dieser Welt. Du warst noch nie wirklich allein, und du wirst nicht bereit sein für eine Maid wie Jane, bis du es bist. Wenn du wieder klar denken kannst, geh zu ihr und flehe sie an, dich zurückzunehmen. Bete bis dahin jeden Tag zu allen Heiligen, dass sie keinen Besseren als dich findet, bevor du ein Mann wirst, der ihrer würdig ist.«

Adwen ritt davon, ohne zu wissen, wohin er gehen sollte, aber als sein Pferd die Brücke überquerte, wusste er, dass es richtig war, zu gehen. Auf der Festung Cagair konnte er niemals heilen – nicht, wenn die Erinnerung an diesen schrecklichen Tag bei jedem Blick nach draußen wieder auftauchte.

Er würde sich die Zeit nehmen, die er brauchte. Dann würde er sich auf den Weg zurück zu Jane machen.

KAPITEL 44

McMillan-Territorium – drei Monate später

Ich stand an der Tür von Gregors und Isobels kleinen Ställen und wartete darauf, dass Coopers kleines Pony auf dem Hügel erschien. Er kam zur gleichen Zeit wie jeden Morgen, und als er den Hügel zu mir herunterritt, überquerte Eoghanan den Hügel in einem angemessenen Abstand hinter ihm. Ich winkte ihm zu, um ihn wissen zu lassen, dass er zur Burg zurückkehren konnte. Das war unser tägliches Ritual, und ich freute mich jeden Tag auf Coopers Ankunft im Gasthaus.

Ich war noch nie jemand gewesen, der sich viel aus immergleichen Abläufen machte. In meinem alten Leben hatte ich die Freiheit genossen, nicht zu wissen, was jeder Tag bringen würde. Jetzt war alles anders. Seit unserer Rückkehr von der Festung Cagair war die Routine das Einzige, was mich durch jeden Tag brachte, ohne dass ich an einer Mischung aus Schuldgefühlen und Bedauern zerbrach. Die täglichen Rituale des Fegens und Backens von halbwegs genießbarem Brot, zusammen mit Coopers Besuchen, waren jetzt überlebenswichtig für mich. Die Gewissheit, dass jeder Tag so sein würde wie der letzte, half mir, nicht mehr zu hoffen.

Den ersten Monat lang hoffte ich jeden Tag. Mehr als das, ich erwartete, dass Adwen zu mir kommen würde. Ich erwartete, dass er sich entschuldigen und sagen würde, dass er aus Kummer Dinge gesagt hatte, die er nicht so gemeint hatte.

Ich glaubte nicht, dass er mich weggeschickt hatte, weil ich keine Kinder von ihm bekommen konnte. Er hatte mich aus genau demselben Grund weggeschickt, der laut Orick für so viele von Adwens Handlungen verantwortlich war: Angst. Er hatte Orick verloren, und er konnte den Gedanken nicht ertragen, noch jemanden zu verlieren. Er hielt es für einfacher, mich wegzustoßen.

An dem Tag, an dem wir gegangen waren, hatte ich zugelassen, dass seine Worte mich verletzten, obwohl sie nicht der Wahrheit entsprachen. Ich war zu traurig gewesen, zu schuldbewusst und müde, um zu kämpfen. Ich bereute es, nicht geblieben zu sein, ihn nicht geschüttelt zu haben, bis er zur Vernunft gekommen wäre, ihn nicht mit kaltem Wasser bespritzt zu haben, um ihn aufzuwecken. Ich hatte überreagiert. Ich hätte tun sollen, was Orick vorgeschlagen hatte, und die Geduld mit ihm verlieren sollen – ihn zwingen sollen, seine eigene Stärke zu erkennen.

Stattdessen war ich gegangen. Damit hatte ich uns alle drei im Stich gelassen – Adwen, mich selbst und das Andenken an Orick.

Isobel versuchte mehr als einmal, mich zur Rückkehr zu bewegen, aber egal wie sehr ich es bereute, gegangen zu sein, eines hatte ich ihm an diesem Tag sehr deutlich gemacht. Wenn er mich wegschickte, würde ich nicht zurückkommen. Ich würde mein Wort nicht brechen.

Als Isobel schließlich merkte, dass ich das ernst meinte, klammerte sie sich an ihre eigene Hoffnung, dass Adwen mich holen kommen würde. Daran hielt sie immer noch fest. Ich hatte diese Hoffnung sterben lassen.

Es war eine komische Sache, einen Traum zu zerstören – die bewusste Entscheidung zu treffen, nicht mehr zu wollen, nicht mehr zu hoffen, nicht mehr zu wünschen, das zurückzugewinnen, was man einst für unverzichtbar gehalten hatte. Es war, als würde man sich entscheiden, einen Teil von sich selbst zu entfernen, in dem Wissen, dass man ihn nie mehr zurückbekommen würde.

Es hatte eine Weile gedauert, bis das Leben für uns alle wieder zu einem normalen Rhythmus zurückgefunden hatte. Wenn Cooper nicht gewesen wäre, wenn ich nicht die Gelegenheit gehabt hätte, ihm dabei zuzusehen, wie er seinen eigenen Herzschmerz und seine Trauer mit so unschuldiger Anmut bewältigte, hätte ich vielleicht zugelassen, dass der Verlust mich zu jemandem gemacht hätte, der ich nicht sein wollte.

Stattdessen war ich einfach ein bisschen weniger verträumt, ein bisschen weniger naiv und viel stärker als zuvor. Jetzt verstand ich, was Orick mit Stärke gemeint hatte. Tragödien konnten einen zu einer wahrhaftigeren Form seiner selbst aufbauen, nachdem sie einen in den Abgrund gerissen hatten. Es war schmerzhaft und ich wünschte mir immer noch jeden Tag, dass nichts davon passiert wäre, aber es war passiert und ich würde deswegen nicht aufhören, mein Leben zu leben. Es würde mir gut gehen. Mein Leben würde auch ohne Adwen oder Orick weitergehen.

»Wie war der Ritt heute Morgen, Coop? Wie geht es deinen Schwestern?«

Cooper lächelte, als er in die Ställe ritt und mit Leichtigkeit von dem kleinen Pferd abstieg. »Es war gut. Den beiden geht es gut.« Er kam auf mich zu und umarmte mich. »Ich bin froh, dich zu sehen, Tante Jane.«

Ich zerzauste sein Haar und küsste ihn auf den Kopf, während ich lachte. »Ich freue mich auch, dich zu sehen, aber ich habe dich erst gestern Abend gesehen.«

»Ja, das weiß ich, aber ich freue mich immer, dich zu sehen. Hey, kann ich dir etwas zeigen?«

»Natürlich.«

Er nahm meine Hand, als ich ihm antwortete, und zog mich durch die Ställe, um sich auf die kleine Stufe an der Rückseite des Gasthauses zu setzen. Er zog einen kleinen, glatten, hölzernen Kreis heraus und reichte ihn mir.

»Was ist das?«

»Dreh ihn um.«

Ich tat, was er sagte und schluckte, als ich auf das in das Holz geschnitzte Bild hinunterblickte. Es war klein und filigran, aber es war eindeutig Orick. »O Coop. Wer hat das gemacht?«

»Dad hat das Holz vorbereitet. Er hat es geschnitten und geglättet und so weiter. Und dann hat Opa ihn so gezeichnet, wie ich ihn beschrieben habe. Als die Zeichnung richtig war, hat er sie in das Holz geschnitzt.«

»Das ist wunderschön, Cooper. Du hast ihn Opa sehr gut beschrieben.«

»Na ja, Opa hat ihn tatsächlich einmal getroffen, an dem Abend, als er und Adwen zum Essen in die Burg gekommen sind, und er ist ziemlich gut darin, sich Gesichter zu merken, aber ich habe ihm so viel erzählt, wie ich konnte. Das hier kannst du behalten. Ich habe ihn fünf machen lassen.«

»Fünf?« Ich fuhr mit dem Daumen über das Bild und Tränen stiegen mir in die Augen. Ich vermisste ihn jeden Tag.

»Eins für mich, eins für dich, eins für Isobel, eins für Gregor und eins für …«, er zögerte und ich wusste, welchen Namen er als Nächstes sagen wollte.

»Ist schon gut, Coop.«

»Und eins für Adwen, falls ich ihn jemals wiedersehen sollte.« Eine Träne bildete sich in Coopers Augenwinkel und ich zog ihn in eine Umarmung, damit er nicht sah, dass ich wegen seiner Tränen kurz davor war, ganz aus der Fassung zu geraten.

»Das ist sehr aufmerksam von dir, Coop.«

Er zuckte in meinen Armen, versuchte aber nicht, sich zu befreien, während ich ihn festhielt. »Es ist schwer in dieser Zeit, weißt du? Es gibt keine Bilder oder irgendetwas, das an ihn erinnert. Ich habe nicht …« Er holte zittrig Luft und brach in Tränen aus, was mir die Kraft raubte, meine eigenen Tränen zu unterdrücken. Wir schluchzten gemeinsam, während er sprach. »Ich wollte ihn nicht vergessen.«

»Oh, das wirst du nicht, Coop. Aber das ist wirklich toll. Ich werde es immer bei mir tragen.«

Ich hielt ihn im Arm, während wir gemeinsam weinten, und sah erst auf, als ich einen Mann registrierte, der sich uns von der Seite näherte. Ich blickte auf und sah Clyde Allaway, einen reisenden Fischer, der oft im Dorf haltmachte, um getrocknete Heringe oder andere Fänge an die Einheimischen zu verkaufen. Isobel verachtete ihn und weigerte sich, etwas bei ihm zu kaufen, aber das hielt ihn nicht davon ab, es zu versuchen.

»Ich wollte euch nicht belästigen. Wäre es besser, wenn ich ein anderes Mal wiederkomme?«

»Nein.« Ich ließ Cooper los, stand auf und wischte mir mit dem Handrücken über das Gesicht. »Alles in Ordnung. Wir sind nur ein bisschen weinerlich heute.«

Er nickte unbehaglich. »Bist du dir sicher, dass sie heute Fisch brauchen?«

Wir hatten seit über einer Woche keinen Gast mehr gehabt, und im Schrank lagen stapelweise getrocknete Heringe. Trotzdem brachte ich es nicht übers Herz, ihn abzuweisen. »Ich sehe mal nach, ob Isobel oder Gregor da sind.«

Ich drehte mich um und sah Isobel in der Tür stehen. »Nein, Clyde, wir brauchen keinen Fisch von dir. Haben wir das jemals getan? Warum sollten wir heute damit anfangen?«

»Isobel!« Erstaunt sah ich sie an. Obwohl sie mir gegenüber schon mehrmals ihre Abneigung geäußert hatte, war sie ihm gegenüber nie wirklich hasserfüllt gewesen.

»Ich bitte dich, Jane. Siehst du nicht, was er tut? Er kommt nur vorbei, um dich zu sehen. Es ist ihm egal, ob wir seinen Fisch kaufen oder nicht.«

Ich schaute zu Clyde hinüber, der sich trotz der Röte in seinen Wangen gut zurechtfand und Isobels Angriff in einer Weise abwehrte, die ich nicht erwartet hatte.

»Ja, ich weiß, dass du meinen Fisch nicht kaufen willst, aber was schadet es, bei der süßen Jane vorbeizuschauen? Sie ist eine Schönheit, und ich habe lange genug geschwiegen. Es ist mir egal, ob sie es weiß.«

Isobel ließ die Decken fallen, die sie in ihren Armen getragen hatte, um sie zum Lüften aufzuhängen, und schritt auf ihn zu, so wie sie es an jenem Tag im mit Adwen getan hatte.

»Es schadet sehr wohl. Sie ist nicht dein Eigentum und du darfst ihr nicht den Hof machen. Und jetzt verschwinde von hier, bevor ich meinen Besenstiel nehme und ihn dir in dein Hinterteil schiebe.«

Coopers Tränen schienen zu verschwinden, als er in hysterisches Kichern ausbrach.

Clyde erkannte die Wahrheit in Isobels Warnung und schenkte mir ein kleines Lächeln. Er nickte, bevor er sich zum Gehen wandte.

Ich wartete, bis er außer Sichtweite war, um zu sprechen.

»Isobel, was zum Teufel ist in dich gefahren?«

Sie verschränkte die Arme und sah mich an, als hätte sie nichts falsch gemacht. »Ich weiß nicht, was du meinst. Willst du Zeit mit einem Mann wie Clyde verbringen? Ich kann es mir nicht vorstellen.«

»Nein. Natürlich nicht, aber ich bin mehr als fähig, das selbst zu entscheiden und ihm das zu sagen. Du brauchst das nicht für mich zu tun. Und was hast du damit gemeint, dass er mir nicht den Hof machen darf? Wem bin ich denn versprochen? Bestimmt nicht dir.«

Ich konnte sehen, wie sie die Zähne zusammenbiss. Sie sagte nichts, als sie das Bettzeug aufsammelte, das sie fallen gelassen hatte, und bedeutete Cooper mit einer Handbewegung, ihr zu helfen.

»Du gehörst zu Adwen und so wird es immer sein. Es ist mir egal, was du sagst. Und jetzt«, sie deutete mit einem Finger auf das Innere des Gasthauses, »ist Gregor nicht hier. Wie du siehst, habe ich alle Hände voll zu tun. Da sitzt ein Mann im Esszimmer. Geh zu ihm und frag ihn, ob er über Nacht bleiben will.«

»Ein Gast?« Ich konnte nicht glauben, dass sie mir diese Aufgabe zuwies, nachdem ich tagelang keine Gäste betreut hatte. »Willst du das nicht selbst machen? Ich kann mich mit Cooper um diese Decken kümmern.«

Ihr Gesicht errötete augenblicklich. »Sehe ich so aus, als würde ich mich selbst darum kümmern wollen? Bitte, Jane.«

Ungläubig schüttelte ich den Kopf und sah zu, wie sie und Cooper davongingen, bevor ich wieder ins Haus trat. Die Sonne warf einen Schatten auf den Mann, der drinnen stand, und ich konnte nicht erkennen, wer es war, bis er sich mir zuwandte. Als er sich umdrehte, musste ich mich an der Tischkante festhalten, um nicht umzukippen.

Es war Adwen.

»Hi.« Das war alles, was ich sagen konnte, während ich ihn anstarrte. Alles in mir wollte auf ihn zu rennen, aber er machte keinen Schritt auf mich zu, also blieb ich, wo ich war.

Er war etwas gebräunter als das letzte Mal, als wir uns gesehen hatten – braungebrannt und leicht schmutzig. Er sah noch besser aus, und die Augenringe waren verschwunden.

Er lächelte, sagte aber nichts. Ich nahm meine Hand vorsichtig vom Tisch und fühlte mich mit jeder Sekunde beständiger.

»Du kommst nicht von der Festung Cagair.« Ich wusste nicht, warum ich das zu ihm sagte. Es schien einfach eine naheliegende Beobachtung zu sein. Er sah nicht so aus, als wäre er nur ein paar Tage unterwegs gewesen. Er sah aus, als wäre er sehr lange weg gewesen.

»Nein.«

Der Klang seiner Stimme brachte mich zum Weinen.

»Wo warst du denn?«

»An vielen Orten. Das spielt keine Rolle.«

Er war angespannt und ich konnte das schwere Heben und Senken seiner Brust von der anderen Seite des Raumes aus sehen. Ich wollte ihn spüren, seine Hände und die Kraft in seinen Armen. Ich hatte alle Gefühle, die ich für ihn hatte, so tief in mir vergraben, dass ich gedacht hatte, sie würden nie wieder herauskommen. Doch es brauchte nur einen Blick auf ihn, und die Emotionen drohten mich zu übermannen.

»Was machst du hier? Das ist nicht fair, Adwen. Es ist schmerzhaft für mich, dich zu sehen.«

»Jane.« Dann bewegte er sich und verringerte den Abstand zwischen uns mit zwei langen Schritten. Seine Hände zitterten, als er mein Gesicht von beiden Seiten umfasste. »Liebst du mich noch?«

Tränen liefen aus meinen Augen auf seine Finger, als ich sprach. »Ich war nie diejenige, die etwas anderes behauptet hat.«

Er küsste mich und zog mich in seine Arme, als der monatelange Kummer über seine Abwesenheit verflog. In diesem Moment wurde mir bewusst, dass ich mich immer wieder selbst belogen hatte, um damit fertigzuwerden. Träume, Hoffnungen, Wünsche – sie konnten nicht durch reine Willenskraft ausgelöscht werden. Sie hatten sich einfach unter die Oberfläche meines Herzens zurückgezogen und auf Adwens Rückkehr gewartet. Ein Teil von mir – der Teil, den ich verdrängt hatte – musste schon immer gewusst haben, dass er zurückkommen würde.

Es war mir egal, wo er gewesen war und warum er so lange gebraucht hatte, um zu mir zurückzukommen. Ich wusste, dass wir uns nicht wieder trennen würden, als er seine Arme um mich schlang.

Ich drehte mein Gesicht zu ihm, um ihn zu küssen, und wischte ihm die einzelne Träne aus dem Augenwinkel. Ich umarmte ihn und hörte ein lautes Schniefen aus dem hinteren Teil des Raumes. Ich löste mich von ihm, hielt aber seine Hand fest, als ich mich umdrehte und sah, dass Isobel weinte und Cooper in der Tür fröhlich klatschte.

KAPITEL 45

Festung Cagair – ein Monat später

Wir organisierten unsere Hochzeit innerhalb eines Tages, da wir beide viel mehr an den Flitterwochen als an der Zeremonie interessiert waren. Unmittelbar nach unserem Eheversprechen brachen wir auf und begaben uns auf eine einmonatige Reise durch Schottland, auf der ich das unendliche Vergnügen hatte, den Mann kennenzulernen, der Adwen geworden war.

Er hatte sich im Laufe der drei Monate verändert. Nicht so, wie ich mich verändert hatte, sondern auf eine Weise, die weit weniger wechselhaft war. Er hatte den Teil von sich gefunden, von dem Orick immer gewusst hatte, dass er in ihm steckte – eine unerschütterliche innere Stärke. Das machte ihn zu einem besseren Mann, Liebhaber und Partner. Und eines Tages, wenn wir beide bereit waren und wir auf die richtigen Waisenkinder trafen, würde er in der Lage sein, sein Herz für ein Zuhause voller Kinder zu öffnen, ohne die ständige Angst, die ihn vorher immer geplagt hatte.

Er war von Ketten befreit, von denen er nicht einmal gewusst hatte, dass er sie mit sich herumgetragen hatte, und unsere Ehe, unser gemeinsames Leben, würde dadurch so viel glücklicher werden.

Nach Wochen des Lachens, der Gespräche und einer gehörigen Portion Liebe machten wir den letzten Tag unserer Flitterwochen zu einem düsteren Tag – einem Tag der Besinnung auf der Festung Cagair, um uns angemessen von dem Freund zu verabschieden, den wir verloren hatten, bevor wir unser neues gemeinsames Leben begannen.

Die Festung würde nicht unser Zuhause sein. Callum war als Gutsherr glücklich, und wir wollten beide näher bei Cooper sein. Nach unserer Rückkehr würden wir uns auf dem McMillan-Territorium niederlassen, und obwohl ich wusste, dass wir oft reisen würden, konnten wir in der Nähe derer sein, die wir liebten.

Adwen erlaubte mir nicht, den felsigen Abhang mit ihm hinunterzuklettern, was weniger meiner Sicherheit diente als seinem Bedürfnis, allein zu sein. Es machte mir nichts aus, als ich am Rand stand und ihn beobachtete. Auch ich brauchte die Einsamkeit. Dieser Tag war so anders als der, an dem Orick ums Leben gekommen war – die Felsen waren stabil und das Meer ruhig.

Ich schloss meine Augen und sprach ein stilles Gebet für meinen Freund. Ich konnte ihn hier spüren, zwischen den Felsen und dem Wasser.

Ich beobachtete, wie Adwen die Plattform erreichte, auf der Orick gelandet war und dann von den herabstürzenden Felsen mitgerissen wurde. Als ich sie jetzt betrachtete, war ich eher von Klarheit als von Trauer erfüllt, und es überraschte mich, dass sie seine Leiche nicht gefunden hatten. Die Felsen hätten ihn zerschmettern müssen, anstatt ihn von der Kante zu stoßen.

Eine Meeresbrise wehte über mich hinweg. Sie war seltsam warm und ich fand Trost darin, während mein letztes Gespräch mit Orick mir durch den Kopf ging. *Ich bin ein sehr guter Schwimmer. Selbst in solchen Wellen würde ich mich wacker schlagen …*

Ich konnte fast hören, wie die Brise seine Stimme mit sich trug, und ich musste den Kopf schütteln, um den Gedanken zu verdrängen. Hoffnung war etwas anderes als Wahnvorstellungen, und es waren Monate vergangen, seit Orick gestorben war.

Doch als ich die Felsen zum ersten Mal seit der Tragödie wieder sah, konnte ich Oricks Tod auf eine Weise sehen, wie es mir vorher nicht möglich gewesen war. Für uns war es schrecklich gewesen, aber er hätte seinen Tod wahrscheinlich genau so gewollt.

Er war eins mit dem Meer geworden. Ich würde immer an ihn denken, wie er in dem Meer schwamm, das er so sehr geliebt hatte.

Ich sagte nichts zu Adwen, als er wieder nach oben kletterte und sich zu mir gesellte. Er nahm meine Hand und küsste sie, bevor wir uns zur Burg wandten, um zu Callum zu gehen.

Wir würden Orick immer vermissen und die Traurigkeit würde nie ganz verschwinden, aber hierher zurückzukommen war eine Befreiung, die wir beide dringend gebraucht hatten. Und jetzt konnten wir frei von Schuldgefühlen und Reue aufatmen und unser neues gemeinsames Leben beginnen.

Ein Leben voller Liebe, Reisen, Freunde, Familie und bis wir Kinder zur Adoption gefunden hatten, würden wir jeden Tag ein paar Stunden im Bett verbringen.

EPILOG

Er träumte endlos, immer von denselben namenlosen Menschen, die durch seinen Kopf tanzten und ohne Stimmen zu ihm sprachen. Während er schlief, hörte er nur das Rauschen des Wassers und der Wellen, die gegen die Felsen schlugen.

Als er aufwachte, konnte er sich nicht aufrichten, konnte sich nicht von der warmen Decke lösen, die ihn umhüllte. Wie lange war er schon hier – inmitten des Wassers, des Kerzenlichts und der Frau, die mit ihm in der Höhle blieb?

Sie kümmerte sich um ihn, fütterte ihn, reinigte ihn und rieb wohltuende Öle in die aufgerissenen Wunden auf seiner Haut. Wenn sie sprach, konnte er ihre Stimme hören, obwohl er meistens nicht lange genug bei Bewusstsein blieb, um zu verstehen, was sie zu ihm sagte.

Eine Sache verwirrte ihn mehr als alles andere. Sie rief immer mit einem Namen nach ihm, der nicht sein eigener war – Orick, Orick. Sie sprach ihn immer auf die gleiche Weise an.

Er erkannte den Namen nicht. Es konnte nicht sein eigener sein. Aber wenn Orick nicht sein Name war, wie hieß er dann?

Er wusste es nicht.

ENDE

LIEBE JENSEITS DER TRÄUME (BUCH 8)

Kapitel 1

Cagair Burg – Gegenwart

Die Augen sind der wichtigste Teil eines jeden Porträts. Den Leuten fällt es vielleicht nicht auf, wenn man das Kinn verpfuscht oder die Nase nicht richtig geformt ist, aber sie werden es immer bemerken, wenn man die Augen falsch macht.

Das hatte mir meine allerersten Kunstlehrerin beigebracht – eine exzentrische alte Frau mit einem leichten Messie-Problem, die meine Eltern eingestellt hatten, um mich zu unterrichten, als ich gerade mal acht Jahre alt gewesen war. Ich mochte es nie, wenn so viel Druck auf mein Kunstwerk ausgeübt wurde, also malte ich Landschaften, abstrakte Bilder und alles, bei dem ich nicht das Abbild einer anderen Person mit Farbe und Pinsel darstellen musste.

Außerdem hatte ich kein wirkliches Talent für Porträts, zumindest glaubte ich das, aber der Anblick des Fremden vor mir belehrte mich eines Besseren. Natürlich war ich mir nicht sicher, ob Talent irgendetwas mit der Art und Weise zu tun hatte, wie dieses Bild entstanden war. Das Bild des Fremden hat sich so sehr in mein Gedächtnis eingebrannt, dass ich ihn genauso gut hätte malen können, selbst wenn ich noch nie in meinem Leben einen Pinsel in der Hand gehabt hätte.

Dieser Mann – mit seinen dunklen Haaren und seinen blauen Augen, die aussahen, als wären sie aus buntem Glas – war das Schönste, was ich je geschaffen hatte. Ich wünschte mir nichts sehnlicher, als ihn aus der Leinwand zu holen und in mein Schlafzimmer zu bringen.

Vielleicht würde er aufhören, mich in meinen Träumen zu verfolgen, jetzt, wo ich ihn als etwas verewigt hatte, das über meine Nachtruhe hinausging.

Jetzt musste ich nur noch meine Unterschrift unten anbringen, dann wäre das Bild fertig und ich könnte vielleicht, aber nur vielleicht, eine Nacht schlafen, ohne dass er in jeden Winkel meines Geistes eindrang.

»Du wirst bald keine Socken mehr haben, wenn er so weitermacht.«

Erst als Aidens Stimme hinter mir ertönte, wurde ich auf die kleinen Zähne aufmerksam, die an meinem großen Zeh zerrten, als Toby an meiner Socke zog, um mich vom Hocker zu reißen. Nach dem letzten Strich legte ich den Pinsel ab und beugte mich hinunter, um den Welpen in meine Arme zu nehmen, bevor ich mich zu ihm umdrehte.

Aiden stand groß und schlaksig in der Tür, sein freundliches Lächeln war ein willkommener Anblick nach den Stunden, die ich allein im Turm verbracht hatte. Normalerweise war er mit

Sägespänen bedeckt, aber er hatte sich gut herausgeputzt. Sein langes blondes Haar hatte er zu einem kleinen Pferdeschwanz zusammengebunden und seine nackten Zehen ragten unter dem Saum seiner Jeans hervor. Er hatte sein ganzes Leben in Schottland verbracht, aber auf den ersten Blick hätte ich geschworen, er wäre ein gebürtiger Kalifornier.

»Ich habe jetzt schon keine mehr. Ich bin mir ziemlich sicher, dass jedes andere Paar bereits ein Loch hat. Ich sollte wirklich anfangen, Schuhe zu tragen. Ich hasse sie einfach so sehr.«

Aiden lachte und kam herüber, um Toby hinter den Ohren zu kraulen, bevor er auf das Bild zeigte. »Ich auch. Ist das dein Freund?«

Ich stand auf und stellte mich neben Aiden, wobei ich Toby auf den Boden setzte.

»Nein, das ist leider nicht mein Freund.«

Aiden verschränkte die Arme und legte den Kopf schief, während er mich schelmisch angrinste. »Dann zeigst du ihm das besser nicht.«

Ich lachte und schlug ihm spielerisch auf den Arm. »Aiden, ich habe keinen Freund. Meinst du nicht, wenn ich einen hätte, hättest du schon längst davon erfahren? Wir haben in den letzten sechs Monaten so gut wie jeden Tag zusammen verbracht.«

»Falsche Antwort.«

Meine Verwirrung wuchs mit jedem neuen Wort. »Wovon redest du?«

»Gillian, ich wusste, dass du keinen Freund hast, oder zumindest dachte ich nicht, dass du einen hast. Wenn du einen hättest, würde ich sagen, dass er ein Arschloch ist, denn du hast ihn die letzten sechs Monate nicht mehr gesehen. Billy hat mich gefragt, ob du einen hast. Ich habe ja gesagt, um dir den Ärger zu ersparen, damit er nicht versucht, dich zu umwerben.«

Ich hob Toby wieder hoch und übergab ihn Aidan, dann machte ich mich daran, mein Chaos zu beseitigen.

»Mich umwerben? Billy hat noch keine drei Worte zu mir gesagt. Ich kann mir nicht vorstellen, dass er jemals den Mut dazu aufbringen würde.«

»Oh, du würdest dich wundern. Ein oder zwei Drinks und er wird dir das Ohr abkauen. Du würdest es nicht mögen. Vertrau mir.«

»Oh, das tue ich. Was machst du denn hier oben? Bist du für heute schon fertig?«

»Ja, ich habe alle Männer nach Hause geschickt. Anne hat ein besonderes Wochenende für unseren Jahrestag geplant. Wir werden nicht da sein, aber ich habe mein Handy dabei, falls du oder Tracy mich brauchen.«

»Ich habe seit drei Monaten nichts mehr von Tracy gehört. Ich wäre schockiert, wenn du dieses Wochenende von ihr hören würdest.«

Meine Schwester Tracy brauchte niemanden außer ihrem Mann Mark. Und selbst er war ihr nicht sonderlich wichtig. Zumindest wusste ich, wie ihre Entscheidung ausfallen würde, wenn sie zwischen ihm und seinen Bankkonten wählen müsste.

»Ja, ich erwarte nicht, dass sie sich meldet, aber wenn sie es versucht, habe ich mein Handy dabei.« Er gestikulierte in Richtung des Gemäldes. »Ist das ein Auftragsgemälde?«

»Nein.« Ich biss mir auf die Lippe, als ich mit dem Putzen aufhörte und nach meinem dünnsten Pinsel griff, um ihn in schwarze Farbe zu tauchen und schnell meine Unterschrift an den unteren Rand zu setzen. »Das hier ist nur für mich.«

»Nur für dich, was?« Er hob eine Augenbraue und nickte neckisch.

Ich lachte und machte mich wieder daran, meine Pinsel zu reinigen, ohne ihn zu beachten.

»Warum hast du diesen Mann gemalt? Kennst du ihn?«

Ich schüttelte den Kopf. »Nein, ich kenne ihn nicht. Ich bin mir nicht einmal sicher, ob es ihn wirklich gibt. Das ist das Seltsame. Jede Nacht, und ich meine jede einzelne Nacht seit ich hier bin, habe ich von ihm geträumt.«

Aidens Augen weiteten sich, und er nickte wissend mit dem Kopf. »Ist das so? Du weißt, dass diese Burg eine lange Vorgeschichte hat. Vielleicht ist er einer der Geister, die in diesen Gemäuern umherstreifen.«

Ich zuckte mit den Schultern. »Vielleicht, aber ich bin schon seit Monaten hier und habe noch keine Geister gesehen.«

»Ich auch nicht, aber es sind auch noch andere Dinge passiert. Die Mädchen, denen die Burg gehört hat, bevor deine Schwester sie gekauft hat, sind einen Monat nach dem Kauf verschwunden, und das ist nicht die einzige seltsame Begebenheit, die sich hier zugetragen hat.«

Ich hörte zum ersten Mal davon, aber es war eine Erklärung, warum Tracy die Burg überhaupt gekauft hatte. »Na ja, deshalb hat Tracy die Burg wahrscheinlich auch gekauft. Sie liebt solche Dinge – alles, was nach Abenteuer schreit. Allerdings liebt sie nie etwas so sehr, dass sie dabei bleibt, deshalb bin ich hier, um dich und Toby im Auge zu behalten.«

Aiden zeigte auf den Welpen, der jetzt tief und fest in seinen Armen schlief.

»Es wird dir schwer fallen, ihn ihr zurückzugeben, wenn sie zurückkommt, nicht wahr?«

»Oh, das wird auf keinen Fall passieren. Sie hatte ihn ganze drei Tage, bevor ich hierher gekommen bin, um auf ihn und die Burg aufzupassen. Er kennt mich viel länger, als er sie kannte. Toby ist jetzt mein Hund.«

Aiden nickte und als er sah, dass ich mit dem Putzen fertig war, ging er auf die Tür zu, bevor wir gemeinsam die Wendeltreppe hinuntergingen.

»Das sollte er auch sein. Ich kenne Tracy schon lange, aber selbst ich kann nicht glauben, wie wenig Zeit sie hier verbracht hat. Sie hat den Großteil der Arbeit nicht genehmigt. Was, wenn ihr nicht gefällt, was ich geleistet habe?«

Meine Schwester und ich waren so verschieden wie Tag und Nacht, aber selbst sie konnte nicht leugnen, wie gut Aiden und seine Männer diesen Ort renoviert hatten. Sie hatten einem Bauwerk wieder Leben eingehaucht, das es schon sehr lange nötig gehabt hatte.

»Das bezweifle ich. Sie will nur, dass du das Gebäude so historisch korrekt wie möglich restaurierst. Du hast mehr als genug Berater, die dir dabei helfen, also bin ich sicher, dass sie sehr zufrieden sein wird. Wie könnte sie das nicht sein? Es ist unglaublich, wie viel du in so kurzer Zeit geschafft hast. Es ist umwerfend.«

»Ich habe es nicht allein geschafft. Ich hatte Hilfe.«

Das hatte er, aber der Rest waren nur angeheuerte Arbeiter, die nur so viele Tage blieben, wie sie für ihre jeweilige Aufgabe brauchten. Aiden hatte alles in die Burg investiert und war sogar mit seiner Frau dorthin gezogen, damit er sich rund um die Uhr der Restaurierung widmen konnte.

»Das mag sein, aber keiner von ihnen hat so hart gearbeitet wie du. Du liebst diesen Ort wirklich. Das sehe ich daran, wie du dich um ihn kümmerst. Genau das hat die Burg seit Jahrhunderten gebraucht.«

»Ja, das tue ich. Und du auch. Tracy sollte einen Ort wie diesen nicht besitzen. Ich weiß, dass sie ihn nicht behalten wird. Wenn ich das Geld hätte, würde ich ihr die Burg sofort abkaufen.«

Natürlich hatte sie vor, sie zu verkaufen. Tracy und Mark blieben nie länger als ein paar Monate an einem Ort. Sein unendlicher Geldvorrat, den er mit einer Art selbstentwickeltem Internetgeschäft erwirtschaftete – ich könnte nicht einmal annähernd beschreiben, was er beruflich machte -, ermöglichte ihnen einen Lebensstil, bei dem sie tun konnten, was sie wollten, wann immer ihnen danach war. Sie nutzten das voll aus und nahmen bei ihren Entscheidungen keine Rücksicht auf andere Menschen oder sonstige Faktoren.

Ich war wirklich verblüfft über Tracys Anruf gewesen, als sie mir mitgeteilt hatte, dass sie die Burg gekauft hatte, und noch verblüffter war ich, als sie mir drei Wochen später mitteilte, dass sie für etwas, das mit Marks Geschäft zu tun hatte, nach Japan reisen würden. Natürlich wollte sie, dass ich, die Künstlerin, die von überall aus arbeiten konnte, herkam und die Renovierungsarbeiten überwachte.

Tracy mochte keine Verpflichtungen. Sie und Mark besaßen kein Haus. Sie hatten keine Kinder. Soweit ich wusste, hatten sie nicht einmal einen festen Ort, an dem sie ihre Post abholen konnten. Dann kaufte sie plötzlich innerhalb eines Monats eine Burg, adoptierte einen Welpen und übertrug mir beide riesigen Verantwortungen.

Nicht, dass mich das sonderlich gestört hätte. Wie konnte ich mich beschweren, wenn ich die letzten sechs Monate in einer prächtigen Burg mit einem Turm wie aus einem Märchenbuch verbracht hatte und abends mit dem flauschigsten Welpen, den ich je gesehen hatte, kuscheln konnte?

»Du hast recht. Ich bin mir sicher, dass sie nicht die Absicht hat, hier zu bleiben. Aber ihr seid ja alte Freunde. Vielleicht kannst du sie überreden, den Preis zu reduzieren, damit du sie kaufen kannst?«

»Wenn es nur um Tracy ginge, könnte ich sie vielleicht überzeugen, aber Mark hat sein Geld nicht ohne Grund. Er wird keinen Penny weniger akzeptieren, als es wert ist. Es ist eine Schande. Die Cagair Burg braucht jemanden, der sie liebt, dort bleibt und sich darum kümmert – der dort lebt.«

»Ja, das braucht sie.« Ich deutete mit dem Kopf in Richtung Tür. »Gehst du jetzt?«

»Ja, ich dachte, ich komme vorbei und verabschiede mich von dir. Wir sehen uns dann am Montag. Kommst du hier allein zurecht?«

Ich stand mit ihm in der Eingangshalle und sah mir den schönen Steinboden und die sanften Lichter an, die installiert worden waren, um die Burg so zu modernisieren, dass sie auch für zukünftige Generationen nutzbar war. Mir gefiel alles an dieser Burg. Ich würde mehr als zufrieden sein, hier allein zu wohnen. Tatsächlich würde ich jede Minute genießen.

»Auf jeden Fall. Geht ihr zwei nur und habt Spaß.«

Lesen Sie jetzt den Rest der Geschichte.

MORNAS VERMÄCHTNIS, BUCH 8
LIEBE
JENSEITS
DER TRÄUME
EIN SCHOTTISCHER ZEITREISE-ROMAN
USA TODAY BESTSELLER-AUTORIN
BETHANY
CLAIRE

BÜCHER VON BETHANY CLAIRE

Lesen Sie die ganze Reihe

Liebe jenseits Der Zeit

Liebe jenseits Der Vernunft

Ein Conall-Weihnachten

Liebe jenseits Der Hoffnung

Liebe jenseits Aller Grenzen

Zu Gegebener Zeit

Liebe jenseits Aller Maße

Liebe jenseits der Träume

Liebe jenseits des Glaubens

Ein McMillan-Weihnachten

Liebe jenseits der Reichweite

ÜBER DEN AUTOR

BETHANY CLAIRE ist eine USA Today-Bestsellerautorin von mitreißenden, schottischen Liebes- und Zeitreise-Romanen. Bethany liebt es, ihre Leser in Welten eintauchen zu lassen, die mit üppigen Landschaften, gutaussehenden Schotten, viel Magie und Happy Ends gefüllt sind.

Sie hat zwei quengelige Pelzbabys, spielt jeden Tag Klavier und liebt Disney und Yogahosen mehr, als eine Frau in den Dreißigern es sollte. Am kreativsten ist sie nach ausreichend Schlaf und der perfekten Tasse Kaffee. Wenn sie nicht schreibt, reist Bethany so viel wie möglich und verlässt ihr Zuhause nie ohne ein gutes Buch, das ihr Gesellschaft leistet.

Wenn Sie mehr über Bethany lesen möchten oder neugierig sind, wann ihr nächstes Buch erscheint, besuchen Sie bitte ihre Website unter: www.bethanyclaire.com. Dort können Sie sich auch anmelden, um E-Mail-Benachrichtigungen über Neuerscheinungen zu erhalten.

Printed in Poland
by Amazon Fulfillment
Poland Sp. z o.o., Wrocław

46304256R00208